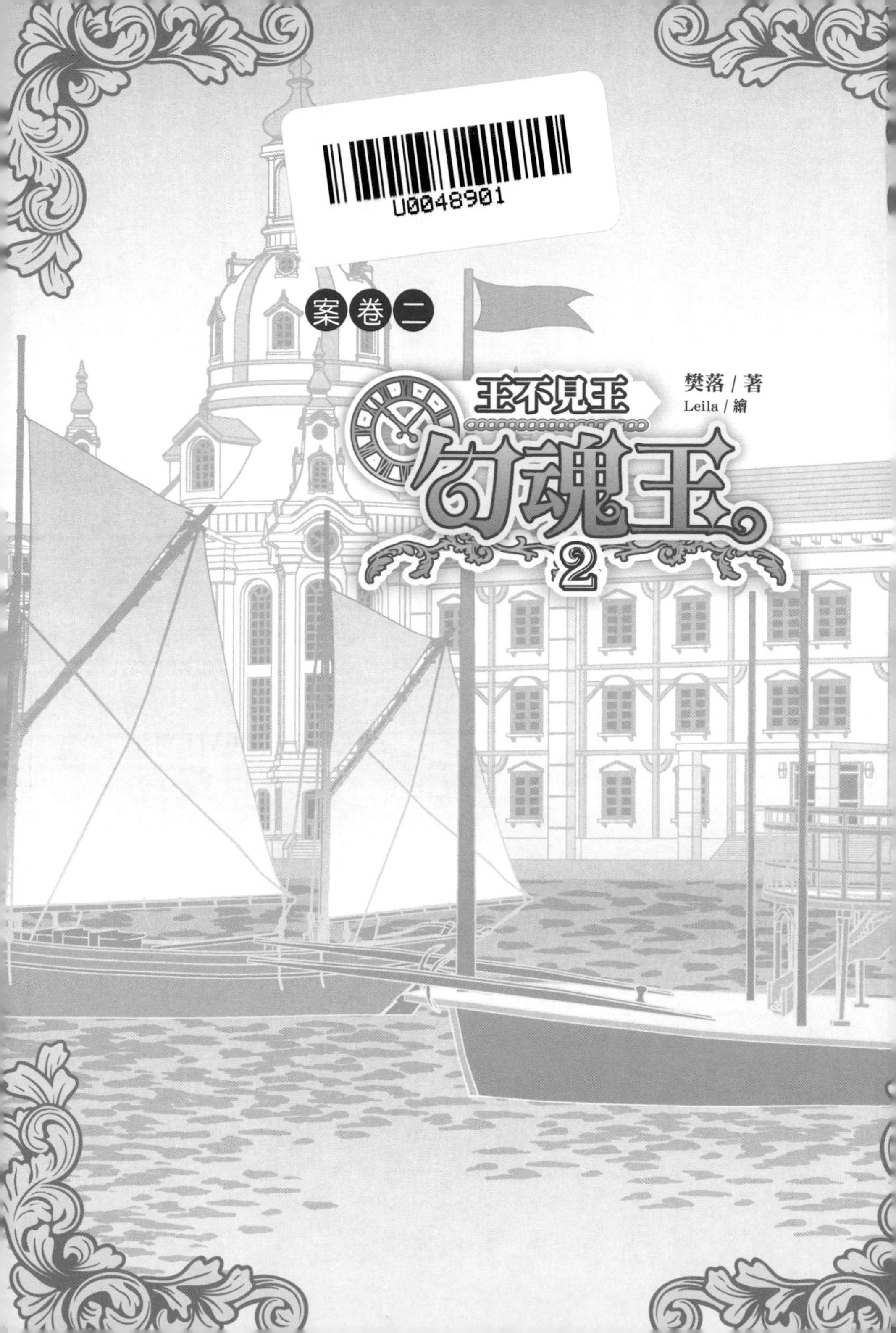
案卷二
王不見王
勾魂王 2
樊落／著
Leila／繪

CONTENTS
目錄頁

楔子

「你為什麼會隨身攜帶傷藥？」

「我爹說這個世道，我們當巡捕的太危險，這是給我帶著保平安用的，你看這不就用上了？你怎麼對人一點信任都沒有？這可是我們家用上等的藥材自製的傷藥，外面根本買不到，你還嫌棄。」

「我相信的只有我手裡的槍。」

「你到底是幹什麼的？」

「小子，別想套我的話。」

傍晚，醒舞臺劇院門前人潮擁擠，據說這次是著名的徽班來上海演出，挑大梁的還是新近竄紅的青衣筱靈玉，喜歡京劇的戲迷們都跑來捧場。

洛逍遙今晚也來湊熱鬧了，不過他並不是喜歡聽戲，而是被上司揪來當跑腿的。這位土生土長的華人總探長叫方醒笙，四十偏後的年紀，是個老戲迷，好在他沒有太小氣，給了洛逍遙兩張贈票，讓他帶情人一起來看戲。

洛逍遙哪有情人啊？他整天最迷的是玩槍，還有就是跟朋友去茶館喝茶聽說書，所以最後他就把票給了長生。

他打的算盤是多帶長生出來走動走動，利於孩子恢復記憶，再順便拜託上司幫幫忙，看能不能找到尋親的線索。

可惜來了之後，方醒笙就忙著跟公董局[1]的一些要員打招呼，又跟鄰座的洋女人打得火熱，最後才注意到他們的存在。

他們的座位在二樓前排，長生第一次來這種地方，坐在座位上，興奮地東張西望，藏在他衣服裡的小松鼠也被驚動了，跟長生做著同樣的動作。

聽了洛逍遙的解釋，又看了長生的反應後，方醒笙衝洛逍遙打了個手勢，讓他靠近自己，小聲說：「這孩子很機靈，又白嫩嫩的，不過沒見過什麼大世面，我猜他大概是小城鎮上有錢人家的少爺，回頭我幫你問問廣州那邊的同行，要是有消息，會跟你說的。」

「謝謝總探長！」

「感謝要用行動來表示，你沒看到我們的零食都沒了嗎？」

方醒笙敲敲眼前的桌子，桌上擺放的瓜子乾果都見底了，他奇怪地說：「真見鬼，剛才還挺多的，怎麼一眨眼就沒了？」

洛逍遙偷眼瞅瞅長生。

長生急忙把臉腮塞得圓滾滾的小松鼠壓回到口袋裡，洛逍遙也及時擋住方醒笙的視線，手往旁邊一指。

「總探長，你看那邊有美女。」

方醒笙看過去，馬上壓低聲音說：「別亂指，那是姜大帥的老婆，要是被他聽到，你就死翹翹了。」

「什麼姜大帥？」

「聽說是浙江的一個土匪軍閥，最近陪老婆來上海玩，你看他身邊那些都是當兵的，你少招惹。」

聽了方醒笙的解釋，洛逍遙才留意到坐在美女身旁的那位所謂的姜大帥。

姜大帥穿著便衣，五十上下，剃著光頭，還大腹便便，要不是眼神鋒利，很難把他

注釋——

1　公董局：全名上海法租界公董局，是舊上海法租界內的最高行政管理機構，該機構由董事會領導，下設市政總理處、督辦辦公室、庶務處、警務處等執行機構。

跟軍閥聯繫到一起。

他老婆才三十出頭，穿旗袍，燙著捲髮，用珠花將兩側的頭髮紮起來，她長得很漂亮，跟姜大帥坐在一起，真是一朵鮮花插在牛糞上了。

發覺洛逍遙的注視，姜大帥眼睛一瞪，惡狠狠地朝這邊看過來，洛逍遙慌忙移開視線，小聲說：「太可惜了。」

方醒笙用手肘撞了他一下。

「少管閒事，戲快開場了，你趕緊去準備零食，葵瓜子我要五香跟辣味的，瓜子要原味的，啊對了，還有茶水，要菊花茶，再買三瓶汽水。」

要求還真多。

「是是是，我這就去。」

洛逍遙應下來，起身要離開，衣襬被長生攔住，「我去吧，我腿短跑得快。」

「你對這裡的路不熟，乖乖待著就好，我去去就回，喔對了，管好你的花生醬。」

洛逍遙交代完畢，匆匆跑出去，這時兩旁的牆上已經打出了即將開始的字幕，燈光也逐漸暗下來，他只好加快腳步，免得過會兒一片漆黑，不好找座位。

路上洛逍遙遇到茶水跑堂，他報了座位號，讓跑堂去倒茶，又出了戲院買零食，偏巧零食攤上的原味西瓜子賣完了，他只好去附近的攤子找。

汽水跟不同味道的瓜子都分別買好了，洛逍遙抱著一大堆東西往回走，剛過拐角，後面忽然傳來雜遝的腳步聲，一個人衝過來撞到他身上，把他拿的東西都打翻了。

沒等洛逍遙說完，又有幾個穿對襟短衣的人擦著他身邊跑過去，看他們的打扮，不知是哪個有錢人家的保鏢護院。

「喂，你怎麼搞的……」

洛逍遙只好自認倒楣，蹲下來撿散落的東西，誰知他剛把一包瓜子撿起來，就被人從旁邊踹了一腳，紙包飛到空中，瓜子落了一地，這次是沒得撿了。

踢飛東西的人打扮跟先前幾個人相同，他把東西踢散了，連個道歉都沒有，追著同伴匆匆往前跑，一隻手還搭在腰部。

夏季衣薄，可以隱約看到那人腰側凸起的槍枝，從他們的舉動中，洛逍遙覺察到不對勁，他放棄撿東西，追了上去。

那夥人的步伐非常快，沿路衝進了胡同裡，洛逍遙看到堆放在路邊的雜物被他們一陣亂踢，他衝過去，喝道：「站住！」

冷不防聽到呵斥聲，那些人一齊轉過頭來，其中有人已把手按在腰間，領頭的人走到洛逍遙面前，推了他一把。

「小子，少管閒事！」

他長得膀大腰圓，一看就是個練家子的，頭上戴著帽子，帽簷壓得很低，再加上天太黑，洛逍遙看不清他的長相，不過這種打手他見多了，根本不怕，喝道：「老子管的就是鬧事！」

他將探員證亮出來，在那人面前晃了晃。

「看清楚這是什麼？」

看到他的證件，那些人的臉色變了，態度前倨後恭，領頭的人衝他直點頭哈腰。

「原來是長官，不好意思，冒犯了、冒犯了。」

洛逍遙在租界裡混，整天跟這種人打交道，早習慣他們的做派，見他們老實了，他收起探員證，問道：「老子現在是不是可以管了？」

「是是是。」

「大晚上的你們在幹什麼？橫衝直撞的，撞傷了人怎麼辦？」

「我們家遭了小偷，老爺命令人追，兄弟們也是混口飯吃的，只好卯足了勁來追。」

「哪位老爺？」

「就黃老爺，住四馬路西口那邊的。」

領頭的往西指了指。

洛逍遙對這裡不大熟，突然之間想不起黃老爺是誰，不過這條路由西向東沿街都是各類的商鋪銀行，住了不少有錢人，大概又是某位商行的大老爺。

四馬路是公共租界地區，不在洛逍遙的管轄範圍內，對方的態度軟化了，他也見好就收，問：「那賊捉到了嗎？」

「沒有，他溜太快了，一眨眼就沒影了。」

「被偷了什麼？要不要跟我去巡捕房報案……」

「不用了、不用了，東西沒丟，就是這種小偷小摸的賊太討厭了，所以老爺讓我們抓到後，好好教訓他一頓。」

「你們追賊歸追賊，不能妨礙到別人，你看，剛才大家都被你們嚇到了，我的瓜子汽水也被打翻了，還得重買。」

「對不起，我們下次一定注意，這是賠您的，請莫見怪、請莫見怪。」

領頭的人掏出兩張鈔票遞給洛逍遙，洛逍遙推開了，領頭的硬是塞給他。

「一點茶錢，小的能孝敬的就這麼多，您別介意。」

他說完，衝同伴們揮揮手，幾個人匆匆離開了，不給洛逍遙拒絕的機會。

洛逍遙也沒再堅持，租界裡規矩太多，只是點小錢，雙方互給方便而已，他要是一再堅持，反而樹敵，看看塞在手裡的紙幣，隨手揣進口袋。

那幫人走了，賊沒抓到，胡同裡卻被他們折騰得亂七八糟，洛逍遙不由得皺起眉，探頭往前面看看。

小巷裡黑漆漆的，什麼都看不清楚，也聽不到動靜。

說不定賊早就跑掉了，要知道做賊這一行的，最重要的就是腳力。

洛逍遙順著黑黑的巷子走進去，雖然他對是否能捉到賊不抱期待，不過既然收了人家的錢，總要走走形式的。

眼前翻倒了一個竹筐，洛逍遙扶起來放好，又往前走了一段路，正要返回去，眼神掠過牆角堆放的雜物上。

雜物上蓋著的粗布被掀開了，大概是剛才那幫人在翻找時弄的，洛逍遙走過去，將布重新蓋上，卻不小心碰到旁邊堆的一捆竹竿上，他伸手去扶竹竿，卻剛好跟竹竿後的一雙眼睛對個正著。

「啊！」

饒是洛逍遙膽大，在猝不及防之下看到一對眼珠，還是嚇得叫出了聲，身子向後一晃，卻沒有摔倒，因為有隻手從竹竿裡迅速探出來，將他抓住了。

洛逍遙跟著父親學過一些拳腳，這兩年在巡捕房也沒少鍛煉，可是對方的速度太快，沒等他反擊，就覺得眼前一晃，身體失去平衡，被那個人反扣住，緊接著頸下一涼。

就算不低頭，洛逍遙也能猜到架在他脖子上的東西是什麼，想到那些殺人不眨眼的江洋大盜，他額上的冷汗冒了出來，結結巴巴地說：「好漢饒命，只是偷東西而已，不至於殺人吧？」

「膽小鬼！」

耳邊傳來冷笑，聲音低沉嘶啞，洛逍遙無法辨別他的年紀，只聽出他是個男人，語氣裡充滿了鄙視之意。

要不是眼下的狀況不允許，他一定反駁說——什麼膽小鬼？等你被別人用槍指著的時候，說不定還不如我呢。

他一邊憤憤不平，一邊又忍不住懊悔——剛才那幫護院幾乎都要捉到賊了，都怪他出現打斷，真是自作孽不可活啊！

脖子上一緊，打斷了洛逍遙的胡思亂想，男人喝道：「帶我去沒人的地方。」

「啊？」

「快點！」

腰眼被頂了一下，洛逍遙往前一晃，看到了男人右肩上的血，目光再往下滑，他發現男人用另一隻手按住左邊腰部。

「你受傷了？」

而且還是兩記槍傷，洛逍遙很吃驚，抬頭看向男人。

胡同裡光線不好，男人又蒙著面，頭上還戴著寬簷帽子，整張臉只有一對眼睛露在外面，那眼眸陰沉凶狠，充滿了野獸般的戾氣。

洛逍遙發現不對勁了，在巡捕房做了幾年的經驗告訴他，這個人不是普通的盜賊，否則那幫護院不會向他連開兩槍，還對他窮追不捨。

商人求財，最懂得息事寧人的道理，所以通常不會對一個小偷趕盡殺絕。

「你是什麼人？」

啪嗒！

手槍保險栓拉下的響聲回應了洛逍遙的問話，看到指在自己腦門上的槍口，洛逍遙閉上了嘴。

「照我說的做，」男人低聲喝道：「只要你不耍心眼，我不會殺你。」

洛逍遙看看那柄槍，又看看男人腰間的傷口。

男人右肩受了傷，只能左手持槍，導致左腰的傷無法按壓，血不斷流下，再拖延一陣子的話，就會流到地面上了。

「你的傷勢不輕，先按著吧。」

洛逍遙從脖子上扯下毛巾，毛巾半濕，是他為了降溫用的，沒想到現在派上用場。

他把毛巾從中間撕開，一半按在男人的腰間，一半遞過去，用眼神指指他的肩膀，示意他捂傷。

男人蒙著臉，但是從眼神裡可以看出他的警戒。

洛逍遙說：「放心，在不知道你是什麼人之前，我不會蠻幹的，胡同這麼窄，你手裡又有槍，一個弄不好，我就嗝屁了，我是膽小鬼，怎麼會做這種蠢事？」

不知道男人有沒有聽出他話裡的譏諷，不過沒再對他動用武力，扳住他的肩膀，借他的手捂著腰傷，讓他做出攙扶醉漢的樣子，將槍口頂在他的腰眼上，喝道：「走！」

黑暗中洛逍遙翻了個白眼，覺得自己真夠倒楣的，只是出來買點零食，就遇到了這麼大的麻煩。

希望總探長顧著看戲，不會在意他的遲遲不歸，否則鬧騰起來，一定會小事變大事，大事變喪事的。

不過要說找個沒人的地方，這傢伙算是問對人了。

他知道一個適合藏身的好地方，而且那地方近在眼前，就是醒舞臺戲院。

戲院剛裝潢翻新沒多久，重新開業的時候，老闆擔心賊偷太多，特意請了他們兩大租界的巡捕來維護治安，所以洛逍遙對戲院裡面的構造很熟悉。

他扶著男人穿過胡同，眼看著快走到街上，小聲說：「兄台，能麻煩你把面罩摘下來嗎？你這個樣子，豈不是此地無銀三百兩？」

男人把面罩拉了下來，洛逍遙偷眼打量，不由得嚇了一跳。

面罩下是一張灰濛濛毫無表情的臉孔，洛逍遙處理死亡事件時，那些死者的臉都是這種死白死白的顏色，活像一副面具……

喔，說到面具，洛逍遙想通了——這不是男人真正的容貌，而是非常接近於皮膚顏色的面具！

真是個狡猾的傢伙，還以為可以趁機看到他的真面目，誰知他還留了一手。

彷彿看出洛逍遙的想法，面具男從鼻子裡發出輕哼。

「這對你來說比較好，否則我就真要殺人滅口了。」

在洛逍遙的帶領下，他們很快就走捷徑回到戲院，並從戲院一側的小門進去。

門房認識洛逍遙，以為他攙扶的是喝醉的同事，也沒多問，說句辛苦了，就讓他進去了。

就這樣，洛逍遙扶著面具男一路來到放雜物的儲藏室。

儲藏室上了鎖，不過這難不倒洛逍遙，憑著在巡捕房混的經驗，他輕易將鎖頭撬開，進去後，反手帶上門。

儲藏室裡還有一個小地下室，是當防空洞用的，裡面放了些儲備糧食跟食用水，門關上後，就算外面打雷都聽不到，算是個絕佳的藏身之所。

洛逍遙打開唯一的小燈，面具男打量著房間，「虧你能找到這種地方。」

「被槍口頂著呢，我能不全力以赴嘛……這裡不可能有人來的，你看是不是該把槍收起來了？」

洛逍遙自嘲地說著，用手指擋住面前的槍口往旁邊推。

面具男順著他的力道移開了槍，靠牆就地坐下，他放下槍，取出匕首，用刀尖挑開肩上的衣服。

看他的樣子，是想自己處理傷口，洛逍遙急忙跑過去，但還沒等他靠近，就再次被槍口對準，面具男拔槍的動作很快，至少是洛逍遙見過的人當中速度最快的一個。

生怕做冤死鬼，他急忙雙手舉起做投降狀。

「你看你擰著身子，怎麼處理傷口啊？不如交給我。」

面具男保持持槍的姿勢，盯著他不說話，那對眼珠嵌在僵硬的膠皮面具上，說不出地磣人。

洛逍遙結結巴巴地說：「我家開藥鋪的，我好歹也是半個大夫，你看我還隨身帶了傷藥呢，至少比你自己包紮要方便。」

他把脖子上的紅線扯出來，紅線下方繫了個小白瓷瓶，瓶子當中印著朱紅色的洛字，形狀跟市面上常見的藥瓶一樣，只是尺寸很小。

看到藥瓶，面具男終於把槍放下，用下巴朝他擺了一下，示意他過去，匕首刀把朝前，看意思是要交給他了，嘴上卻說：「你最好不要耍花樣。」

「是是是。」

見識過面具男的身手，洛逍遙可不敢拿自己的小命開玩笑，他接過匕首，蹲下身，想先看男人腰上的傷，男人說：「那是擦傷，沒有大礙，你處理肩上的傷就行了。」

洛逍遙只好聽從，將他肩上的衣服豁口扯得更大一些，用毛巾擦去血跡，傷口還在流血，無法看清裡面的狀況。

「子彈卡在骨頭裡了，你用刀挑出來。」

「啊？」

「啊什麼？你不是半個大夫嗎？連見點血都受不了？」

「不是我受不了，我是怕你受不了。」

檢查了面具男的傷口，洛逍遙說：「你的傷有點嚴重，我又沒有必備的手術器具跟麻藥，硬來會很痛的，我勸你還是找間醫院，哪怕是地下的……」

「少廢話，痛不痛我心裡有數，你只管做你的就是。」

這人怎麼這樣啊，完全不講道理，這麼固執的性子，說不定是上了歲數又很醜並且麻子臉的江洋大盜。

洛逍遙在內心擅自想像了一下對方的長相，在口袋裡摸了摸，還好他家總探長喜歡抽菸斗，所以他今晚看戲時，特意帶了打火機。

他打著打火機，用火燎了一下匕首的刀刃，趁著熱度將刀刃貼在傷口上，面具男打了個激靈，將槍柄放在嘴邊，張口咬住。

等血稍微止住後，洛逍遙用刀尖刺入傷口中，又提醒道：「你可要忍住，別到時痛暈過去，我可不管你。」

面具男點點頭，算是回應了。

為了縮短疼痛的時間，洛逍遙加快了落刀的速度。

他雖然是頭一次處理槍傷，但從小幫父母的忙，處理這種外傷對他來說並不複雜，沒幾下就把彈頭挑出來。

啪嗒一聲響，彈頭落到地上，面具男緊繃的身體明顯放鬆了，洛逍遙也鬆了口氣，這才發現自己額上都是冷汗，再看看男人的臉色，不過由於對方戴了面具，無法判斷他的出汗程度跟身體狀況。

面具男把槍放下，因為拳頭捏緊，他手背上的青筋暴起，但除此之外，沒有其他明顯的反應，洛逍遙衷心佩服他的忍耐力，問：「你是軍人吧？」

眼眸厲光射來，洛逍遙意識到自己踩到了他的地雷，急忙噤聲。

手裡的小藥瓶被粗暴地搶了過去，面具男拔開瓶塞，嗅了嗅，才還給他，問：「你為什麼會隨身攜帶傷藥？」

「我爹說這個世道，我們當巡捕的太危險，這是給我帶著保平安用的，你看這不就用上了？」

毛巾上沾滿了血，用不了，洛逍遙翻翻口袋，還好找到手帕，他將手帕撕成布條，把傷藥敷在傷口上，再用布條將傷口綁好。

肩傷處理完後，洛逍遙又檢查了面具男腰部的槍傷，不由得鬆了口氣。

正如面具男所說的，子彈只是擦傷肌肉組織，沒有傷及內臟，相對來說，造成的傷害也比較小。

洛逍遙清理好傷口，接著敷藥包紮，感覺到對方身上的殺氣稍微減低，他忍不住說：

「你怎麼對人一點信任都沒有？這可是我們家用上等的藥材自製的傷藥，外面根本買不到，你還嫌棄。」

「我相信的只有我手裡的槍。」

「你到底是幹什麼的？」

「小子，別想套我的話。」

哼哼哼，就算這傢伙不說他也知道，他不是軍人就是江洋大盜，而且前者的可能性更大，因為這種隱忍冷靜的個性是只有受過特訓的軍人才擁有的。

不過，軍人怎麼會淪落到去偷人家東西的地步了？難道他是逃兵？

在心裡胡思亂想著，洛逍遙把傷口都包紮好了，又提醒道：「你肩上的傷一定要縫針才行，記得回頭去醫院重新處理傷口，否則一旦感染，會危及生命的。」

「我是壞人，你心裡一定期盼著我死吧。」

男人不鹹不淡地回了一句，洛逍遙撓撓頭。

「那倒沒有，不管是站在巡捕還是大夫的立場上，我都討厭死亡這種事。」

「哼，婦人之仁。」

面具男嗤之以鼻，將衣服整理好，站了起來。

洛逍遙的目光落到地上，看到地上濺了血跡，他開始煩惱怎麼清理現場。

耳邊傳來輕響，洛逍遙最初沒在意，等他回過神來，就看到男人站在他面前，左手持槍，槍口正對準他的太陽穴。

「喂，你這是……」

洛逍遙傻眼了，可還沒等他把話說完，就被打斷了，面具男盯著他，給他的感覺就像是獵豹注視獵物，隨時都會發動攻擊。

不過男人並沒有攻擊他，而是晃晃另一隻手裡的東西，「原來你叫洛逍遙。」啊！發現自己的探員證不知何時到了對方手裡，洛逍遙大驚失色，叫道：「還我！」

他想站起來，但是在槍口的恐嚇下只好又坐了回去。

面具男來回看著那個小證件本。

「你救我一命，他日我也會救你一次，不過如果今天的事你敢說給第二個人聽，那你還有你家人的命我就不敢保證了。」

「混蛋！」我救了你，你還敢威脅我……

後面那句話洛逍遙沒來得及說出來，因為他剛罵完兩個字，頸部就傳來疼痛，跟著眼前一黑，什麼都不知道了。

不知過了多久，臉上傳來癢癢的感覺，洛逍遙打了個噴嚏，神志終於回歸。

他睜開眼睛，鼻子被個毛茸茸的東西掃到，害得他又打了個噴嚏，這才看清那東西是小松鼠花生。

長生蹲在他身邊，看到他醒來，驚喜地叫道：「逍遙？逍遙你沒事吧？」

長生最初住進洛家時，管洛逍遙叫哥哥，但洛逍遙覺得被叫老了，就讓他直接叫名字。

見是長生，洛逍遙晃晃腦袋，說了句沒事，藉著他的力量坐了起來。

小松鼠跑去長生身邊，蹲在他身旁一起看洛逍遙。

長生拍拍胸口，鬆了口氣，說：「沒事就好，我剛才看到你躺在這裡一動不動，還以為你出事了，逍遙，你怎麼會在這裡？是不是遇到壞人了？」

呃！

說到壞人，洛逍遙的記憶一點點復甦了，他揉著被打痛的後頸，左右看看。

他現在仍舊在小地下室裡，不過面具男消失了，原本濺在地上的血跡也一併消失，只留下他的探員證。

洛逍遙看看放在角落裡的水桶，猜到血漬是面具男走之前擦掉的，不由得感嘆他真是個心思縝密的人，拜他所賜，自己不用再煩惱怎麼清理現場了。

他問長生，「你怎麼會找到這裡來的？」

「唱大戲我看不大懂，又見你一直沒回來，就偷偷出來找你，可是看門的爺爺不讓我出去，最後還是花生把我帶到這裡的，逍遙，你怎麼會在這裡？」

「出了點小事情，總探長沒問起我吧？」

「沒有，他聽戲聽得很入迷。」

洛逍遙看看手錶，糟糕，從他離開到現在已經過了一個多小時了，希望上司沒有留意到他的失蹤。

不過這還不是最糟糕的事，看手錶的時候，洛逍遙後知後覺地發現他的外衣不見了。他現在就穿了一件小汗衫，肩膀都露在外面，再摸摸頸下，紅繩沒了，小藥瓶也沒了。

洛逍遙嘴巴一咧，要不是眼前還有個孩子，他一定會哭出來。

早知道就不自吹那傷藥靈驗了，誰能想到那混蛋不僅把他作為護身符的藥瓶偷走了，還偷了他的外衣，那是前幾天他在霞飛路雲裳時裝店訂做的，布料都是從國外進口的高檔貨啊！

為了買那件外衣，他一整個月的薪水都泡湯了，還偷偷跟表哥借了一筆錢，結果現在衣服丟了，欠款還在，他能不哭嗎？

他就知道做人不能太好心，那該死的盜賊，下次讓他遇見，一定將那傢伙的另一隻胳膊也打殘！

長生坐在旁邊，就見洛逍遙的表情時而懊惱、時而猙獰、時而咬牙切齒，他不知道出了什麼事，有點害怕，拽拽洛逍遙的衣襬。

「逍遙你的臉一直在抽筋，是不是撞壞腦袋了？」

──對，他是撞壞腦袋了，要不怎麼會救一個盜賊！

洛逍遙在心裡把面具男從頭到尾罵了個狗血淋頭，罵完後感覺神清氣爽許多，這才開始考慮接下來的事情。

他站起來，問長生：「你是什麼時候過來的？」

「五六分鐘前吧。」

「路上有沒有被誰看到？或是遇到什麼奇怪的人？比如穿著跟我相同外衣的男人？」

「沒有，逍遙你是不是遇到小偷了？所以衣服才會不見了？」

這句話戳到洛逍遙的痛處。

身為一名巡捕，衣服卻被小偷偷了，就算面具男不威脅他，他也不會說出去的，因為實在是太丟人了！

「當然、當然不是……我只是跟朋友喝了兩杯，所以找個地方睡覺而已，走了走了，不早點回去，一定會被探長罵的。」

洛逍遙說完，拉著長生出去，小松鼠也跳起來，飛快地竄到前面。

走到門口，洛逍遙又轉頭打量地下室，確定沒有留下奇怪的物品跟血跡後，這才離開，又叮囑長生說：「今晚的事不要對別人說，尤其是我爹娘還有表哥。」

「為什麼？」

「因為……因為我的外衣是賭錢輸了，押給朋友了，如果我娘知道我偷偷賭錢，會打斷我的腿。」

「喔，好可怕，那我不說，一定不說！」

得到了長生的保證，洛逍遙鬆了口氣，他帶著孩子來到走廊上，突然發現自己的手一片血紅，原來面具男清理了現場，卻把他漏掉了。

洛逍遙忍不住又在心裡咒罵起來，他找個藉口去洗手間，長生陪著他，兩人走到洗手間的門口時，有人突然從裡面跑出來，跟他撞個正著。

洛逍遙向後晃了一跟頭，那人也不道歉，匆匆走掉了。

等洛逍遙站穩，轉頭看時，只看到對方又高又胖的身軀，背影跟姜大帥有幾分相似，不過他戴了帽子，無法知道他是不是光頭。

幸好遇到的是個沒禮貌的人，要是對方停下，跟他道歉的話，他還擔心手上的血跡被發現。

洛逍遙心裡暗嘆僥倖，看著胖子拐過走廊去後臺，他走進洗手間，打開水龍頭洗手。水槽有些髒，上面沾了些灰灰的雜質，洛逍遙沒在意，把手洗乾淨後，又對著鏡子仔細檢查了臉跟身上，確定沒問題後，才返回劇場裡面。

舞臺上正在上演《狸貓換太子》，戲已經接近尾聲，洛逍遙一路上忍受著從兩旁投來的奇怪目光，快步走回座位上，心裡忍不住感謝面具男，幸好那傢伙手下留情，沒把他的汗衫也剝掉，否則他就真沒臉回來了。

方醒笙坐在位子上用手打著拍子，跟著二胡搖頭晃腦，看到洛逍遙，隨口問：「你去哪兒了？」

「剛才在劇院門口遇到個朋友，被拉去喝了兩杯，嘿嘿。」

「喔……」

方醒笙的心思都放在戲上，沒再多問，洛逍遙鬆了口氣，往椅背上一靠，看著舞臺，總算有了一種回歸現實的慶幸感。

面具男傷得很重，事後一定會去醫院的，他明天要不要叫上兄弟們盤查上海所有的醫院呢？

這個念頭在洛逍遙腦子裡轉了兩圈，很快就被他否決了。

盜賊中了兩槍，相信短時間內不可能再出來偷東西了，窮寇莫追，畢竟敵在暗他在明，要是惹惱對方，遷怒他的家人的話，那就得不償失了。

所以，得饒人處且饒人，今晚的遭遇就當是作夢吧，睡醒就沒事了。

【第一章】

接受新委託

「為了紀念我們萬能偵探社成立之後接手的第一個案子，我給案子起好名字了，就叫——勾魂玉。」

「勾魂玉？」

順著蘇唯的目光，沈玉書看到了報紙版面上的另一則新聞——俠盜勾魂玉再度出手，商界巨頭家中慘遭盜竊。

這標題太生動，所以不用看報導的具體內容，也知道是什麼案件了。

「嚕……嚕嚕嚕，嚕……嚕嚕嚕……」

陰暗的空間裡，斷斷續續傳來英國民謠的哼聲，蘇唯拿著他那個隨身不離的袖珍小手電筒，在封閉的房間裡慢慢走著，一邊走一邊左右打探。

這裡是地下室一隅，年代久了，牆壁斑駁，地上隨便堆放著一些木箱。

他剛才打開一個箱子看過了，裡面都是泛黃的醫書，有沒有實用價值他不知道，至少對他來說，這些東西是沒用的。

於是他又把重點放在牆壁上，左敲一下右敲一下，但沉沉的回聲告訴他，牆壁都是實心的，不存在夾層的可能性。

看來這只是一間狹窄的普通地下室而已，所以那些人想在這裡尋找什麼呢？

蘇唯摸摸下巴，又舉起手電筒打量天花板，光亮劃過對面，一張泛著綠光的臉突然出現在他面前，他沒有防備，嚇得向後一晃。

那張綠瑩瑩的鬼臉也同時晃了晃，蘇唯覺得有點面熟，定定神，湊過去仔細一看，原來他面前有一扇玻璃窗，玻璃窗上的綠色鬼臉正是他自己。

蘇唯伸手敲敲玻璃，鬆了口氣，正自嘲自己來到九十年前之後連膽子也變小了，玻璃上忽然又映出一張灰濛濛的臉，有個聲音幽幽地說：「你……在……這……裡……做……什……麼……」

「哇！」

這次可是貨真價實的幽靈，蘇唯沒忍得住，慘叫出聲，他急忙轉過身，就見一道修長的身軀站在黑暗中，影影綽綽的，充滿了詭異的感覺。

他立刻把手電筒的光打到那個人的臉上。

那是一張沉靜冷峻又不失俊秀的臉龐，光線的關係，那張臉顯得灰濛濛的，看起來有點可怕，不過卻是他認識的人。

「沈玉書，你知不知道人嚇人，嚇死人？」

確定那人是沈玉書後，蘇唯鬆了口氣，摸著撲通撲通跳個不停的心臟，「還好我的心臟夠堅強，否則你很容易落得個誤殺的罪名。」

「難……道……現……在……更……可……怕……的……人……不……是……你……嗎……」

「我只是在做面膜……」

「為……什……麼……要……在……我……家……的……地……下……室……做……面……膜？想……嚇……死……人……的……是……你……吧……」

幽幽話聲以極其緩慢的速度傳來，蘇唯立刻伸手制止。

「拜託！拜託你能不能用正常的語速說話？」

沈玉書沉默下來，注視了蘇唯五秒後，突然走到他面前，扳住他的肩膀，讓他重新面對玻璃窗。

「你為什麼要在臉上敷這種奇怪的東西？是想嚇死誰？」

「這不叫奇怪的東西，這叫面膜，是美容用的。」

雖然乍看去是有點嚇人，尤其是在黑燈瞎火的地方。

看著玻璃上映出的綠油油的臉龐，蘇唯自己也不得不承認他現在的樣子有點恐怖。

不過這也不能怪他，誰讓這個時代沒有面膜呢？

所以他只好自製了一些面膜來用，他本來是想追求淡綠色的，但敷臉的紗布上浸了水果蔬菜的汁液後，變成了墨綠色，不過第一次操作，難免有失誤，也是可以理解的。

「我看到你出門了，才進來的，所以主觀意志上，我並沒有想嚇你。」

「對，你的主觀意志是想偷東西，但我的事務所的地下室裡並沒有你想要的東西，真令人遺憾。」

「那倒沒有，至少我弄清楚了一件事。」摸著玻璃，蘇唯說。

手腕一緊，沈玉書拉著他走出去。

「我也弄清楚了一件事，對付一個小偷，最好的辦法就是把他投入大牢，所以還要謝謝你主動幫忙提供人證跟物證，那麼接下來，我就可以給巡捕房打電話報警了。」

「都說了我沒有想偷東西了，如果要偷，我會偷你的辦公室，重要東西應該都放在那裡吧。」

「沒有要偷？那請問你是怎麼進入我的事務所的？」

「呃，如果我說是你忘記鎖門的話，你會信嗎？」

「而且還順便忘了鎖地下室那個鏽得幾乎打不開的大鎖嗎？」

「聽起來有點糟糕，作為開鎖方面的行家，我建議你換新鎖。」

「謝謝提醒，我會換的。」

說著話，沈玉書拉著蘇唯來到了一樓的事務所。

這裡原本是沈玉書的父親移居到上海時購買的房子，地處貝勒路跟霞飛路交叉的拐角位置，周圍有不少賣店商鋪，是個繁華的區域。

自從得到了洛正夫婦的首肯，沈玉書就請人重新裝潢了這棟舊宅，把它翻修成偵探事務所。

一樓是書房、實驗室跟會客室，二樓的房間用來休息之用，至於地下室，他還沒想到用途，就暫時擱置了，沒想到會被蘇唯捷足先登。

進了房間，沈玉書走到書桌前，拿起話筒就要撥打，被蘇唯撲到桌上，及時按下了掛機鍵，然後仰起頭，堆起一臉燦爛的笑。

「你不是來真的吧？俗話說買賣不成仁義在，更別說我們還合作過。」

「你覺得我有善良到被小偷光顧了，還跟他稱兄道弟的程度嗎？」

「沒有，你看起來沒那麼M。」

「什麼？」

「呃，我的意思是得饒人處且饒人，看在我們交情的份上，別那麼咄咄逼人嘛！」

蘇唯繼續堆笑，又向沈玉書眨眼，可惜沈玉書視若無睹。

「在動用美男計之前，請先把你臉上的怪東西拿掉，還有，對我拋媚眼是沒用的，我對男人沒興趣。」

蘇唯這才想起敷在臉上的綠紗布面膜，他一把扯下來，站直身子，正色說：「好，我知道你跟你的偶像一樣，只對案子有興趣，那我們就來說案子好了，你有沒有想過洛叔提到這棟房子鬧鬼是怎麼回事？」

沈玉書眉頭一挑，衝蘇唯冷笑。

「看來你不僅喜歡偷東西，還很喜歡偷聽別人說話。」

「不，這叫收集情報，而經過我對情報的收集、匯總再加以分析，我想到了一種可能性，也只有這一種可能性。」

沈玉書把話筒放下了。

蘇唯豎起食指。

「我們都知道這世上沒有鬼，所以洛叔見到的鬼一定是人扮的，這一種可能性就是——有人想在這裡找到某種東西，為了掩藏身分，他們做了偽裝，就像我敷面膜一樣，以防萬一被人看到，還有掩飾的餘地，事實上這種裝扮還真派上了用場。」

「什麼裝扮？」

「就是把臉抹綠，還特意穿了你父親以前的官服，所以洛叔才會被嚇到。由此可知，那些人瞭解你父親，並知道他官服的樣子，這樣推想的話，小偷的範圍就縮小了很多。」

「特意穿了官服……」沈玉書沉吟道。

他垂著眼簾，像是想到了什麼，表情若有所思，蘇唯正為自己聰明的推理感到自豪時，沈玉書突然說：「所以你就以為我家藏了什麼財寶，也喬裝打扮來尋寶吧？但很遺憾地告訴你，並沒有。」

蘇唯反駁道：「你也太以小人之心度君子之腹了，我只是想幫你解惑，你自己也很想知道真相對吧？」

「想知道真相我會自己查的。」

沈玉書指向對面的牆壁，蘇唯順著他的示意看過去。

「喔喔，這幅是陳淳[2]的《花鳥圖》，靜雅別致，很符合這個房間的氣息，不過它是仿的，價值大約在……」

「請看花鳥圖的旁邊。」

沈玉書扳住蘇唯的頭，讓他的視線準確落在畫軸旁邊的地方。

注釋——

2 陳淳：明代畫家，名道復，更字復父，號白陽山人。原為文徵明的弟子，後不拘師法，自成一格，擅長寫意花卉，中年好作山水，畫風屬於文人雋雅，稱為白陽派畫家，與徐渭並稱為「白陽、青藤」。

那裡掛著營業證書，法人代表寫的是沈玉書的名字，下方是公司名稱——萬能偵探社。

「這裡是萬能偵探社，我是偵探社的老闆兼偵探，所以任何問題，我都可以自己來查，用不著請別人。」

他只知道萬能膠水，萬能偵探是什麼鬼？

忍著笑，蘇唯說：「我知道你很厲害，但如果有人幫忙的話，會事半功倍的，你喜歡月薪制還是抽成制？」

「都不喜歡，我沒興趣跟小偷合作。」

「事實上你已經跟小偷合作過一次了，並且非常成功。」

環視著房間，蘇唯說：「你看你這裡，已經開張半個多月了，卻一個客人都沒有，可見廣告宣傳做得不好，這方面我可以幫忙的，你只要付一點酬勞給我就可以了。」

「我沒錢了。」

「我沒聽錯吧？你剛賺了五千大洋欸。」

「三分之一拿去孝敬長輩了，三分之一用來裝修事務所了。」

「那還有三分之一呢？」

「三分之一中的三分之二用來購買試驗器材，剩下的存了定期存款，還有一部分借給逍遙，所以沒錢雇你。」

「那看來只有一條路了，」蘇唯打了個響指，「跟上次那樣，我們合作。我現在手頭上雖然錢不多，但也有個幾千大洋，加入你的偵探社當股東的話……」

「免談。」

「做人有原則是好事，但為了原則而讓自己捉襟見肘的話，那就是蠢人的行為了。」

「免談。」

沈玉書不是個固執的人，可是試想一下，他今後的工作除了與錢財有關外，還需要保護客人的隱私，如果合作的夥伴手腳不乾淨，說不定哪天公司的收入跟情報都被掏空了，那他可就有苦沒處訴了。

見他毫無通融的餘地，蘇唯不爽了，下巴稍微揚起，直視著他，卻不說話，沈玉書也不示弱，迎著他的目光看過去。

兩人的眼刀在空中交匯，較量了十幾秒之後，沈玉書重新拿起話筒，蘇唯知道他想做什麼，一個飛撲，搶先抓過座機，不讓他撥打。

「我只是想找份正經工作，不會就這麼難吧？你就不能像幫助長生那樣幫助一下我這個失足青年？」

「這個藉口不足以說服我。」

「那好，既然話都說到這份上了，我就跟你坦白了吧。」仰頭注視沈玉書，蘇唯大聲說：「我喜歡你，想每天陪在你身邊！」

空間裡瞬間有幾秒的沉靜，接著響起沈玉書有板有眼的聲音：「表白時眼神飄忽，偏向左上方；眉頭有輕微的上挑；尾音吐字太用力，還有說『喜歡』的時候，你的手指下意識地抓緊座機，這一切都是撒謊時的基本表現。」

面對這種機械性的分析，蘇唯無語了，沉默半晌，他忽然綻開笑顏。

「恭喜你沈先生，順利通過了我們的偵探能力測試第一關。」

這次無語的人換成了沈玉書。

看著蘇唯的笑臉，沈玉書突然發現他其實並沒有真的討厭這傢伙，否則早在發現蘇唯入室偷竊的時候，他就報警了，而不是在這裡跟他有一句沒一句地說廢話。

看來擁有一張討喜的臉的確很重要，至少他的情緒被左右了——偵探雖然不比電影明星，但他們有一個共通點，那就是許多時候需要演戲，不僅要演，還要演得有趣，挑起觀眾的興趣，這一點蘇唯過關了。

所以即使知道蘇唯在撒謊，他還是被說動了。

偵探社剛開張，他需要夥伴，尤其是聰明又有能力的夥伴，雖然這個夥伴的人品有點問題，但他恰恰對有問題的那部分感興趣。

蘇唯的身分、他來上海的目的，還有，為什麼他要特意接近自己？

糟糕，這個想法太危險了！

在發現自己的興趣被完全勾起來後，沈玉書沒好氣地想要不要把偵探能力測試第二關設定成——如何對付一個賣相不錯但詭計多端的拆白黨。

就在他認真思索這個可能性的時候，事務所門口傳來敲門聲。

「對不起，可以打擾一下嗎？」

兩人轉頭看去，就見一位穿著旗袍，身材苗條的女人站在門口。

她大約三十上下的年紀，燙著大捲的頭髮在頭上方束起，手裡拿了一個金黃色的小提包。

看她的氣質跟打扮，比起一些明星也毫不遜色，不過她更有錢，從她戴的項鏈跟耳環這些飾品來看，她應該是官紳或大老闆的太太，只是氣色不大好，有點病怏怏的。

「歡迎歡迎！」

有客登門了，沈玉書放開跟蘇唯的糾纏，站直身子，說：「歡迎。」

蘇唯表現得比沈玉書更熱情，他把座機放回原處，迎上前，正要說說場面話，女人先開了口。

「沈先生你好，我們又見面了。」

「欸？」

蘇唯一愣，看到他這個反應，女人笑了。

「你忘了，五天前在霞飛路，你曾幫過我的忙。」

「是你！」

經她提醒，蘇唯想起來了。

最近他比較無聊，所以常去光顧名流出入的場所，以便加深對這個世界的瞭解。

五天前，他在百貨公司買了東西，出來時剛好看到小偷偷了一名女士的錢包，卻因為技術太差被發現了，小偷拔刀警告，他看不過去，出手制伏小偷，把錢包還給女士。

事後，女士向他道謝，問起他的名字，他就隨手把沈玉書的名片遞給對方，沒想到她會找過來。

那天她穿了西裝，還戴著蕾絲花邊的小帽，妝扮豔麗，跟今天的形象相差太大，所以他一時間沒認出來。

「哇塞，這……簡直就是喬裝。」

蘇唯把手遮在嘴邊，發出衷心讚歎。

難怪大家常說女人化妝是喬裝，真是一點不假，換個髮型跟衣服，再稍微改變一下化妝的方式，就像是換了一個人。

「吳……媚小姐，妳好。」

在腦子裡飛快地調出女人的資料，他微笑著打招呼。

「很高興妳來我們偵探社捧場，不過沈先生是我們老闆，我只是這家偵探社的股東兼搭檔，我叫蘇唯……」

「嗯哼！」

沈玉書走到兩人面前，打斷蘇唯的介紹，掏出名片遞給吳媚，作了自我介紹後，問：「吳小姐來我們偵探社，是想委託我們查找什麼情報嗎？」

吳媚猶豫了一下，點點頭，一副欲言又止的模樣。

沈玉書請她坐下來詳談，她看了一眼門口，那裡站了一位穿西裝的男人，三十多歲，身材魁梧，面無表情，雙手反背在身後，腰板挺得筆直，讓人聯想到軍人。

吳媚在沙發坐下，男人得到示意，也跟著進來，站在她後面，他依舊保持無表情的面孔，看樣子是隨行保鏢。

吳媚看起來有些緊張，沈玉書詢問她喝什麼飲料，她也答不上來，手指下意識地攥緊小皮包，隨口說了句什麼都好。

蘇唯察言觀色，說：「那就紅茶好了，我的搭檔收藏的大吉嶺紅茶可是非常純正的。」

他說完，攬住沈玉書的肩膀，把他帶到書桌另一邊，背對吳媚兩人，小聲說：「我去泡茶，順便洗把臉，你好好招呼客人，我們開張後第一筆生意，可不要搞砸了。」

這人自說自話的水準越來越高了，這一副二當家的口氣是怎麼回事？

沈玉書想反駁，眼簾抬起，先看到了蘇唯眉邊沾的藥沫，想起他敷紗布的樣子，突然有些想笑，懶得再跟他計較，揮揮手，讓他趕緊去辦事。

蘇唯出去了，沈玉書隔著茶几，在吳媚對面坐下，開門見山地問：「不知吳小姐想委託我們處理什麼案子？」

「我……保護我的人身安全！」

出人意料的發言，沈玉書看了一眼吳媚身後的保鏢，吳媚注意到他的反應，緊接著又說：「還有，幫我洗清冤屈。」

「是怎樣的冤屈？」

「沈先生有看過昨天的報紙嗎？報上登了前一晚發生在醒舞臺戲院的命案。」

「妳是說浙江軍閥被殺案？」

「對，被害人姜英凱就是我家老爺。」

吳媚微微低下頭，嗓音有些哽咽。

「他這次是專程陪我來上海遊玩的，沒想到才到三天，就遭遇了飛來橫禍……」

沈玉書起身，走到書架前。

書架上有一格專門用來收集各家的報紙，他取出昨天的日報，翻到社會事件的版面。他對這起事件有印象，但報紙上雖然做了大篇幅的報導，內容卻很籠統，只說是浙江軍閥姜英凱在看戲途中遭遇搶劫，被殺身亡，凶手在逃，公共租界已出動大批的警力，努力在最短的時間裡捉拿凶手等等。

沈玉書重新瀏覽了一遍報導，轉回座位坐下，將那頁版面平攤在茶几上，朝向吳媚，吳媚含淚點點頭，說：「就是這件事。」

「報紙上說是突發性的搶劫事件，但是聽吳小姐的意思，並沒有那麼簡單。」

「那是有預謀的謀殺，絕不是突發事件，那些人還想殺我，今早我下榻的旅館房間的玻璃窗戶被子彈擊碎了，還好我家老爺的副官機警，才讓我躲過暗殺。」

「事後妳有報警嗎？」

「沒有，那些巡捕房的人根本不相信我說的話，他們還認為我家老爺的死與我有關，昨天審問我很久，才放我離開。」

「怎麼會這樣？這麼對待一位漂亮的小姐，實在是太過分了！」

蘇唯沏茶回來，聽了吳媚跟沈玉書的對話，他義憤填膺地說，又將紅茶分別放在兩人面前，做出請用的手勢。

紅茶的芳香四溢，吳媚道了謝，拿起托盤裡的檸檬片，放進茶杯裡，禮貌性地喝了一口，這才放下茶杯，苦笑說：「夫妻一方被害，配偶被懷疑也是正常的，更何況我跟我家老爺還是半路夫妻，所以……」

「妳放心，拯救美女於苦難，是我們應盡的職責，一切都包在我們身上，絕對不會讓妳受委屈的。」

蘇唯在沈玉書身旁坐下，信誓旦旦地下保證，又掏出紙筆做出記錄的準備。

沈玉書看了他一眼，對吳媚說：「但一切還需要妳的配合，首先，請把姜大帥遇害當晚的經過詳細講一遍。」

「好的。」

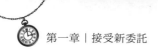

吳媚定定神，開始講述經過。

她這次來上海主要是為了採購衣物，姜英凱是特意陪她來的，剛好醒舞臺戲院來了新戲班子，所以那晚他們臨時決定去聽戲。

聽戲途中，姜英凱的菸癮犯了，說出去抽根菸，也沒帶隨從，但他一直沒有回來，眼看著戲快唱完了，吳媚很擔心，讓隨從出去尋找，卻哪裡都找不到他。

直到後來戲院散場，有人穿過後巷回家時，才在戲院後面的小巷裡發現了姜英凱的屍體，他胸口中了一槍，全身僵硬，早已死去多時。

所以從姜英凱的屍體被發現，到巡捕房的人趕來，戲院周圍都處於一片混亂中。吳媚因為打擊太大，幾乎精神崩潰，還好有姜英凱的副官許富幫忙處理狀況，後來吳媚被帶去巡捕房接受調查，也是許富從中周旋，又請來上海有名的律師，讓那些探員們無法為難吳媚。

聽著她的講述，兩人同時看向站在她身後的男人，蘇唯問：「這位就是許副官？」

「是的，他跟著我家老爺很多年了，忠心耿耿，今早也是多虧他的幫助，才讓我倖免遇難。」

許富依然面無表情，朝他們略微低頭，說：「大帥遇害，一定是有人預謀行刺，可惜我是個大老粗，打人可以，動腦子這種事就要勞煩你們這些有文化的人了。」

「等等，」蘇唯插話問：「聽你們的意思，好像很確定大帥是被謀害的？」

吳媚猶豫了一下，點頭。

「不瞞你們說，我家老爺早年領兵打仗，再加上他性格火爆，肯定是有些積怨的，否則如果只是普通劫財，盜賊怎麼會殺人呢？」

「你們來上海後，他有跟誰會過面？」

「他嫌熱，很少單獨出去，只有一次說去辦點事，我從來不過問他的私事，所以也沒問他去哪裡，那天我一個人去霞飛路購物，就是在那裡遇到了蘇先生。」

「他那天出去時有帶隨從嗎？」

「帶了，不過只是遠遠跟隨，他身手不錯，又隨身帶槍，所以不喜歡被人跟得太緊。」

「有人知道你們那晚看戲的行程嗎？」

「那是我們臨時決定的，知道的只有我們夫妻還有隨身的護衛，不過他們跟隨大帥的時間比我還長，都是值得信任的人。」

蘇唯打了個響指。

「所以員警才會把懷疑重點放在妳身上？」

「對，畢竟我家老爺死後，最大的受益人是我……可是我真的沒有殺人啊，雖然我們沒有孩子，但關係一直都很融洽的……」

話被打斷了，沈玉書問：「聽戲中途，大帥出去抽菸時，也沒帶人嗎？」

蘇唯看了他一眼，心想這傢伙看似紳士，實際上就是個冷酷男，面對女人楚楚可憐的表現，就算知道她是在演戲，也該配合一下嘛。

吳媚沒留意到他們的眼神互動，說：「沒有，他說去去就回，我就沒在意。」

「大帥大約是幾點出去的，妳還記得嗎？」

「我沒看時間，不過我記得當時戲唱到中段，那晚唱的是《狸貓換太子》，正好是仁宗跟親生母親見面的那段。」

對話到這裡，沈玉書略微思索後，問：「你們現在住哪裡？」

「金門酒店。本來我們住黃埔旅館，今早出了槍擊事件後，許副官就幫我祕密換了旅館。」

「黃埔旅館那邊已經退房了嗎？」

「暫時還沒有，許副官說就當是個幌子，引罪犯上鉤。」

沈玉書看向許富。

「你事後有檢查彈頭的型號嗎？」

「檢查了，子彈口徑 7.92mm，是德國造的 K98 狙擊步槍，這種步槍在市面上很常見，所以無法從這條線索入手。」

沈玉書又問吳媚，「我想去黃埔旅館看一下，可以嗎？」

「可以的，房間號是五七八，我會先跟他們打好招呼，到時你報我的名字就行了。」

「謝謝。」

沈玉書刻板地道了謝後，又說：「最後一個問題，上海有的是有名氣的偵探社，而我們這裡才剛開張，對妳來說，我們並不是最好的選擇對象，為什麼要把這麼大的案子交給我們來辦？」

聽了他的詢問，吳媚笑了。

「沈先生真是一針見血，那我也不隱瞞了，這裡固然有很多老字號的偵探社，但就因為太老字號了，關係盤根錯節，做事也會考慮過多，老實說，那些老油條不值得信任，而你們剛開張，一定想藉此打響名頭，現在機會就放在眼前，你們一定會全力以赴的。」

頓了頓，她又看向蘇唯，「至少蘇先生給我的印象很好，所以我相信我不會看錯人。」

一頂大高帽子戴過來了，而且說得合情合理，蘇唯向吳媚做出一個燦爛的笑。

「謝謝吳小姐賞識。」

「我只是就事論事。」

吳媚打開小皮包，從裡面掏出一個信封，放到了茶几上。

「這是委託的預付金，我的要求只有一個，希望兩位在最短的時間裡找出凶手，解救我於危境，還我清白。」

他們還沒報價呢，人家已經給錢了，看那信封的厚度，金額一定很可觀。

蘇唯晃晃手裡的筆，說：「沒問題，這件事包在我們身上。」

沈玉書瞟了蘇唯一眼，對吳媚說：「這個案子我們接了，不過為了方便我們調查，還請吳小姐把你們來上海後聯絡過的人的名單寫給我，還有姜大帥在這裡的朋友，越詳細越好。」

「這個我也有想到，所以來之前我就做了整理，這是列表，希望能有幫助。」

吳媚將一張折好的紙交給沈玉書。

紙上的名單是手寫的，娟秀的字體，看來是出自吳媚之手。

上面一共十幾個人，分成兩列，一列是吳媚的交友關係，一列是姜英凱的，名單按照由親到疏的關係排列，名字後面還附有地址跟聯絡電話。

蘇唯湊過去看了一眼，衝吳媚豎起大拇指。

「太好了，有這個，我們查起來就方便多了。」

「那我就恭候兩位的好消息了，這兩天我會一直住在金門酒店的，有什麼消息，請隨時聯絡我。」

吳媚說完，又再次表示謝意後，起身離開。

把他們兩人送出大門，回到事務所的辦公室，蘇唯把門關上，跑過去，拿起信封打開，往外一倒，厚厚的一疊錢便落了出來。

「哇塞，出手可真闊氣，我以為五千大洋已經很厲害了，沒想到人外有人天外有天。」他笑咪咪地對沈玉書說：「看，我隨便就幫你找了個大客戶來，所以跟我合作不會吃虧的。」

「我比較想知道我的名片是什麼時候到你手裡的？」

「嗯……這個問題我認為不重要。」蘇唯坐到沈玉書身旁，手搭在他的肩膀上，笑咪咪地問：「其實你也對我有興趣吧？想知道我是什麼人？為什麼要來上海灘淘金？」

沈玉書挑了下眉。

蘇唯說中了他的心思，他一直不鬆口，並不是真的不想答應，他只是想看蘇唯能堅持多久，聽這傢伙瞎扯挺有趣的，至少在迄今為止的人生中，他沒有見過這類性格的人。

所以把蘇唯列為研究的觀察對象，也許是個不錯的選擇。

「那我們就來聊重要的事。」他把蘇唯的胳膊推開，說：「我不要跟小偷搭檔……」

看到蘇唯的眉頭不爽地挑起，似乎要反駁，沈玉書搶先說：「不過我家少個廚子，如果你肯負責我們三餐的話，我考慮適當地採納你的建議，照之前合作的方式分成，但是在統籌安排上要一律聽我的指揮。」

等等，有誰聽說過合作夥伴還要照顧對方一日三餐的？

蘇唯震驚了，他萬沒想到當初為了討好洛家夫婦而隨手做的幾道菜會被沈玉書盯上。

蘇唯少年時代跟隨師父遊歷，算是吃盡天下美食，吃得多了，自己多多少少也學會了一些。

他的廚藝雖然不能跟大廚相比，但是會經常做一些這個時代還沒有的菜餚，所以洛正夫婦吃過一次後就喜歡上了，經常在沈玉書面前提到。

若非如此，沈玉書也不會特意加上這個條件，一日三餐不太可能，但偶爾露露手藝孝敬一下兩老，他想蘇唯還是可以做到的。

蘇唯注視了沈玉書幾秒，驚訝的表情慢慢轉為詭笑。

「喔，我知道了，你也喜歡我的廚藝對不對？」

「沒那回事。」

「別死鴨子嘴硬了，你是北方人，這裡的北方菜可沒我做得道地，既然你喜歡，那沒得說，我最喜歡跟吃貨交流感情了，說說看，你都想吃什麼？只要你說得出來的，我絕對可以做出來。」

吃貨？

又是一個沈玉書不常聽到的辭彙，而且他根本就不是吃貨，他只是想吃得好一點。

沈玉書把陷入開心狀態中的小偷推開了，正色道：「還有，把頭髮剪短，你這髮型太搶眼，不適合偵探工作。」

「難道我最搶眼的不是我的容貌嗎？」

「還有你無與倫比的自信。」

「你簡直就可以當我的知己了，好，成交，不過……」

「不過什麼？」

「既然要做搭檔了，那我也說說我的想法——要做一個好的偵探，耐性也是必備的條件之一，你下次記得對客戶的態度好一點，尤其在面對漂亮女人時。」

聽懂了蘇唯的意思，沈玉書說：「吳媚在許多地方撒謊。」

「但這錢是真的，所以我傾向於她有難言之隱。」

蘇唯拿起沈玉書那杯還沒有動過的紅茶，將檸檬片放進茶裡，說：「而且她有一定的見識，畢竟不是每個人都懂檸檬紅茶的喝法。」

洋洋自得的說法，這簡直就是在藉稱讚別人來間接讚美自己。

沈玉書忍不住斜瞥他。

「那你又是從哪學的？」

「這不用學，我們那個時代……不，我們那個地方的人大家都知道的。」

「是哪個地方？」說話用詞會那麼的奇怪。

「嗯，想套我的話啊，」蘇唯眯著眼睛笑看他，說道：「等我們再熟一熟，我就考慮告訴你。」

沈玉書也知道他不會實話實說，便沒再問下去，「你提醒了我，回頭記得買檸檬。」

「啊？」

「檸檬是我買給小姨做菜用的，現在被你用掉了。」

「只是一顆檸檬而已，不需要特意補上吧，你這酷酷的長相跟你的小市民氣息相差太多了，看這濃濃的反差，而且不萌。」

反差……萌？

沈玉書歪歪頭，發現自己又聽不懂了。

蘇唯放下茶杯，把話轉入正題。

「閒話告一段落，為了打響名頭，我們說正事。」

他拿起剛才做的記錄跟聯絡名單。

「吳媚在許多地方撒謊，所以比起調查她提供的人員名單，我們應該更留意姜大帥身邊的人，她還提到了忠心這個詞，真好笑，我不否認忠心的人存在，但是現實中，最能讓人忠心的是錢。」

尤其是在亂世中。

蘇唯抬筆把許副官的名字也寫到了名單裡。

「還有吳媚本人，他們夫妻年紀相差很大，見識也差很大，要說有感情，那真是火星撞地球了。」

「不錯，丈夫死了，妻子悲痛欲絕，還被懷疑是凶手，在這種情況下，正常人無法提供一份詳盡的名單，看她的表情哀而不傷，可見比起丈夫的死亡，她更擔心自己接下來的命運，所以竭盡全力協助我們。」

「這至少證明她不是凶手？」

「現在斷言還為之過早，先去巡捕房問一下案子的具體情況，再做結論。」

「順便再請小表弟打聽一下吳媚的來歷。」

兩人商量好作戰方案，蘇唯起身準備收拾茶杯，這時外面傳來腳步聲，接著是長生清脆的聲音。

「沈哥哥好，咦，蘇醬，你也在？」

長生跑進來，看到蘇唯，跟他打了招呼，又將飯盒在他們面前晃了晃。

「小姨讓我送飯來，菜很多的，蘇醬你也一起吃吧。」

蘇唯看看沈玉書，又看了眼掛鐘，時間已經是中午了，吃了飯出門辦事剛剛好。

「那我去換茶，長生你也一起來。」

等蘇唯換了新茶，擺在托盤裡端去辦公室，長生已將飯菜都擺好了，小松鼠面前也有個小盤子，裡面放了一些瓜子給牠。

沈玉書向長生道了謝，吃飯的時候，他說：「這裡離家很遠，你不用天天送飯來。」

「是啊，你回去告訴小姨，我們剛接了個大案子，最近會很忙，大概不會留在事務所裡。」

「知道啦，不過我不會累的，我教秦伯伯的兒子識字，所以他的黃包車不載客的時候，就會順路載我一下。」

長生在洛家住下後，食住有了著落，性格也開朗了很多，說話做事有分寸又有眼色，跟紫萊街的街坊們很快就混熟了。

蘇唯摸摸他的頭，「厲害啊，都當先生了。」

被稱讚，長生靦腆地笑笑，拿起托盤裡的檸檬片，放進紅茶裡，然後雙手捧起，慢慢啜飲起來。

看到他的舉動，蘇唯跟沈玉書對望一眼，沈玉書說：「看來這裡懂得怎麼喝檸檬紅茶的人沒你想的那麼少。」

「我只知道這孩子一定出身書香門第。」

蘇唯嘟囔完，又問長生，「你最近跟著逍遙混，他有沒有說幫你尋找家人的後續？」

「好像還沒有結果，而且我……我也不想回去。」

「為什麼？」

「因為我作夢一直被人追，有人要殺我，好可怕，我每次都會被嚇醒，我怕回去。」

長生低下頭不說話了，沈玉書給蘇唯使了個眼色，讓他不要多問。

長生還是個孩子，剛來他們家時，每晚都作噩夢說胡話，最近才好一點了，他不想加重孩子的負擔。

至於尋找長生的家人，沈玉書也有點擔心。

從長生斷斷續續的描述中，他感覺長生被賣並不是單純遇到了人販子，更有可能是家裡遭遇了什麼變故，在他心裡留下了陰影，所以他才會拒絕想起那段記憶。

所以，還是一切順其自然吧。

「對了，前晚逍遙帶你去戲院看戲，那晚是不是發生了什麼事啊？」

「沒有！什麼都沒有！」

蘇唯本來只是隨口問一句，但長生過於緊張的回應反而引起了他的注意，立刻追問：「沒有？」

「嗯嗯，我們一直都在看戲，什麼都不知道的……啊不，逍遙中間有去買零食，跟朋友聊天。」

「是什麼朋友啊？」

「不知道，我跟花生什麼都沒看到，對吧花生？」

孩子低頭問花生，花生正忙著吃東西，一點反應都沒有。

蘇唯看向沈玉書，正巧沈玉書也在看他，兩人都從對方的眼神中看出這件事不單純，長生在說謊，而讓他說謊的人只有一個。

「有點意思。」半晌，蘇唯笑道。

沈玉書點頭同意。

「看來接下來我們要查的東西很多。」

「為了紀念我們萬能偵探社成立之後接手的第一個案子，我給案子起好名字了，就叫——勾魂玉。」

「勾魂玉？」

順著蘇唯的目光，沈玉書看到了報紙版面上的另一則新聞——俠盜勾魂玉再度出手，商界巨頭家中慘遭盜竊。

這標題太生動，所以不用看報導的具體內容，也知道是什麼案件了。

除此之外，上面還刊登了受害者強烈譴責盜賊的無法無天，呼籲市民協助提供情報，儘快捉拿他歸案等話題，並附了照片。

照片裡的東西像是一個反來的C，C的上方類似龍頭，彎曲的部位又有豎起的鱗角。

沈玉書解釋說：「這叫玉鉤，是古人的一種腰間配飾，也是勾魂玉的標記。」

「我知道這是玉鉤，我比較對勾魂玉這個人感到好奇。」

「勾魂玉是流竄多年的江洋大盜，他行蹤詭祕，四處犯案，並專盜官紳富豪。傳說他做過的案子現場都會留下玉鉤的標記，他將錢物捐給民間慈善組織時，物品上也會印有玉鉤，所以大家才會稱他為俠盜，不過這種做法不足取，會讓人誤以為只要是為大家做好事，就可以強取豪奪。」

「就是，太過分了，居然敢在我面前稱俠盜，簡直不可忍！」

蘇唯一拍桌子，豪氣干雲地說：「看著吧，我一定要讓所有人都知道，在上海灘只有一位俠盜，那就是我蘇十六！」

這應該才是蘇唯將他們的開張第一案定名為勾魂玉的真正原因。

在這一刻，沈玉書確定了，今後要跟一個小偷長期合作，糾正他的價值觀是非常有必要的。

吃完飯，兩人幫長生把碗筷收拾進飯盒裡，等長生走後，沈玉書取了道具箱，出了事務所，準備去麥蘭巡捕房。

看著沈玉書鎖門，蘇唯問道：「我說，我現在也算是股東之一了，是不是也應該有一把鑰匙？」

「你也需要嗎？」

沈玉書抬起頭看他，驚訝的表情像是聽到什麼了不得的話。

「需要的，就像我會飛簷走壁，但這跟我想坐電梯並不矛盾。」

「好吧，我回頭把備用的鑰匙給你。」

「謝謝，」跟隨沈玉書走下樓梯，蘇唯舉手說：「我還有個問題要問。」

「這位同學，請提問。」

「為什麼我們的偵探社要叫萬能偵探社？」

沈玉書看著他，臉上浮起微笑，就在蘇唯被他笑得毛骨悚然的時候，沈玉書轉身，向前走去。

蘇唯追了過去。

「別走那麼快，你還沒回答我。」

「你可以問，但我沒說我一定要回答。」稍微一頓後，沈玉書又追加，「等我們再熟一熟，我就考慮告訴你。」

他說完，又加快了腳步，看著他的背影，蘇唯笑了。

——他就說相由心生這句話絕對是錯誤的，你看這個人的面相多剛正耿直啊，但實際上呢，睚眥必報的手段玩得比他都嫺熟。

啊哈，終於找到朋友了。

【第二章】

舊友重逢

「聽你們的對話，父輩以前都是在朝廷裡做事的？」

端木衡笑了，「小官小官，不值一提。」

沈玉書打趣道：「如果連左院判都說是小官，那這世上就沒有人敢稱大官了。」

蘇唯忍不住拍拍沈玉書的肩膀，「太好了，既然你跟官二代是好基友，那今後我們做事就方便多了。」

「基友？」端木衡奇怪地問。

「就是朋友，他喜歡說一些奇奇怪怪的家鄉話，你不用在意。」

兩人來到巡捕房，洛逍遙正在跟幾個同事吃午餐，他剛把麵條咬進嘴裡，一抬頭，看到沈玉書跟蘇唯，急忙端著碗起身就走，被蘇唯追上去，扳住肩膀按住了。

「你幹什麼？見到我們像是見了鬼。」

「鬼都沒有你們難纏，」洛逍遙幾口把麵條吞下肚，說：「先聲明，首先巡捕跟偵探的立場是對立的，我不能隨便透露資料給你們，看在親戚的份上，你不要害我丟飯碗，其次，這個案子發生在公共租界，我只是案發時先到現場，所以幫忙做了一些記錄而已。」

「啊哈，小表弟你變聰明了，我們還沒說話，你就知道我們想問什麼案子了。」

「還能有什麼？最近不就出了那一樁案子嘛。」

「我們沒有想要資料。」

沈玉書說完，沒等洛逍遙鬆口氣，他又接著說：「你是最先到現場的，你提供的線索會比資料更齊全，所以直接聽你說就行了，投桃報李，我可以免費幫你們檢驗姜大帥的屍體。」

「都說了這是公共租界的案子，人家巡捕房有自己的驗屍官，根本不需要你們……」

洛逍遙的話還沒說完，肩膀就被蘇唯用力按了一下，小聲追加。

「姜大帥的身分特殊，不少人都在盯著這個案子，你也想早點破案吧？跟上次一樣，到時案子破了，功勞是你的，酬金是我們的，好處大家一起拿，怎麼樣？」

「你們有認真聽我說話嗎？這次是真不行，今早案子已經轉交公共租界那邊了，就算我想查案，也插不進手，我沒那麼大的權力。」

「那知道是誰負責的嗎？」

「我們這邊是裴劍鋒探員，因為最早的目擊者是我們法租界這邊的人，所以總督察特別調他過來協助公共租界方面調查此案，」洛逍遙皺著眉說：「好像那個姜大帥在公董局裡有人，所以上面才會這麼安排。」

蘇唯跟沈玉書對望一眼，洛逍遙還以為可以脫身了，誰知下一秒他們異口同聲地說：「還是要你幫忙。」

「我說你們……」

「小表弟，看來你最近很拮据啊。」蘇唯收回手，翻看著手裡的借據，問：「你賭錢輸了嗎？跟人家借這麼多錢？」

看到借據，洛逍遙傻眼了，伸手去搶，被沈玉書搶先拿過去，就見借據上寫著十個大洋的金額，貸款人是方醒笙。

方醒笙是洛逍遙的頂頭上司，沈玉書認識，看到下面是洛逍遙的簽名畫押，他問：「為什麼你要借這麼多錢？」

「這……這不就是……」

不就是因為他買的高檔外套被偷了嘛。

但衣服被偷不等於說他可以不還錢，為了不讓沈玉書懷疑，他只好拆東牆補西牆，先還了沈玉書的錢再說，所以就導致了這種尷尬的局面。

這話洛逍遙不敢說，生怕傳到父母耳朵裡。

照母親的火爆脾氣，說不定會一棒子敲斷他的腿，期期艾艾地正不知道該如何是好時，蘇唯拍拍他的肩膀，安慰道：「這筆錢我替你還了，也不用你歸還，你只要給個方便就好。」

「這……」

洛逍遙看看沈玉書，又看著蘇唯微笑著取回借據，放進自己的口袋裡，他認命地耷拉下了腦袋。

「小心點，注意點，警惕點，戴好口罩，遇到人點個頭就行了，不要多說話。」

在去驗屍房的路上，洛逍遙不斷叮囑喬裝的蘇唯跟沈玉書。

為了掩人耳目，他們兩個穿了大夫的白色外袍，還戴了帽子跟口罩，洛逍遙卻還是不放心，一直提醒注意。

最後蘇唯聽煩了，制止了他的囉嗦。

「我覺得你應該把精神勁兒用在講述案子上。」

洛逍遙奇道：「案子剛才都講過了啊，難道你們還要我再講一遍嗎？」

兩人同時點頭。

沒看到現場證供，只憑洛逍遙的記憶講述，很可能哪裡會有遺漏，所以重複講述是很有必要的。

「怕了你們了，那我再說一遍，你們好好聽。」

剛才蘇唯幫他把帳還上了，拿人手短，洛逍遙只好盡力配合，將自己在戲院的經歷除了面具男之外的都講了一遍。

事件發生在《狸貓換太子》的戲結束後，他跟方醒笙出了劇院，那時大約九點多，他帶著長生準備回家，就在此時附近傳來驚叫悲鳴聲，還有人大呼報案。

他和方醒笙跟隨人群跑到戲院的後面，在角落裡發現了屍體。

死者坐在地上，背靠牆，胸前都是血，幾個彪形大漢跟美貌少婦站在屍體旁，洛逍遙曾在戲院裡見過他們，所以他馬上猜到了死者的身分。

發生了命案，洛逍遙急忙讓人去巡捕房召集人手，又拜託街坊把長生送回家，自己留下來保護現場。

後來公共租界的巡捕跟驗屍官陸續趕到，經過勘察取證，大家一致把懷疑對象鎖定在吳媚身上，認為劫財殺人只是設計出來的假象。

驗屍官在檢查中發現子彈是近距離發射的，死者並無掙扎的痕跡，也就是說能讓他毫無防備的一定是他熟悉的人，並且凶器是姜英凱自己的配槍，普通盜賊怎麼可能從孔武有力的姜英凱身上奪走配槍？

「但光憑這一點，並不足以證明嫌疑人就是吳媚啊。」

「當然還不止這些，我們懷疑她是因為她跟那些手下給假口供。」

「怎麼說？」

「他們說姜英凱在戲的中場出去抽菸，從時間推算，大約是八點半之前，也就是說那個時間裡姜英凱還是活著的，但是驗屍官九點半趕到現場，從屍體僵硬的程度上判定姜英凱至少已經死亡兩個小時以上了。」

「所以肯定有一方在說謊。」

「驗屍官沒必要說謊，而且我自己也看了屍首，我敢肯定驗屍官說的是正確的，事後我們詢問過坐在姜大帥附近的幾位戲迷，他們說中途有人出去過，但當時大家都在看戲，沒特別留意是誰，所以我們懷疑姜大帥在戲開場之前就被暗殺了，可是我們查過戲院內部，沒有找到有力的線索。」

聽到這裡，蘇唯看向沈玉書，沈玉書的表情若有所思，始終沒有開口詢問。

驗屍房到了，洛逍遙打開門，帶他們進去。

案發當時狀況太混亂，洛逍遙也不知道是誰下令將姜英凱的屍體搬到法租界巡捕房的，不過這給沈玉書他們提供了方便。

由於被害人家屬的強烈反對，驗屍官只是做了簡單的驗屍，洛逍遙說上頭已經接受了家屬儘快歸還屍首的請求，所以他們再晚來一會兒的話，大概就看不到了。

沈玉書拿出膠皮手套，遞給他們兩人，他自己戴好手套，掀開蓋在屍首上的白布，認真檢查起來。

蘇唯在一旁提著道具小箱子，隨時聽沈玉書的吩咐，拿出必要的道具給他，洛逍遙站得遠遠的，嘟囔說：「你們準備得夠齊全的。」

沈玉書用小鑷子將死者的毛髮，還有他指甲裡的碎屑物分別放進試管裡，又仔細觀察他心臟部位的傷口，忽然嗯了一聲。

蘇唯問：「怎麼了？」

「這傷口不大對，好像經過二次傷害。」

洛逍遙探頭看過來。

「什麼叫二次傷害？」

「從傷口寬度來看，大約是被口徑為六到七釐米的子彈射擊造成的，但出血量卻不多，死者後背上的血量就更少了。」

沈玉書讓洛逍遙取來死者生前穿過的衣服鞋襪，讓他們看上衣左胸上的彈孔和血漬。

「所以我懷疑死者的死因不是子彈造成的，簡單地說，凶手用其他物體先刺穿了他的心臟，後來才用手槍在原來的傷口上補了一槍，掩飾最初的傷口。」

「為什麼要這麼做？」蘇唯跟洛逍遙同時問。

「大概不這樣做的話，可能會暴露凶手的身分，這是我唯一可以想到的原因。」

沈玉書採集了死者胸前跟衣服上的纖維物質，收好，洛逍遙很不解，「你能靠著這些東西找出什麼嗎？」

「我盡力，或許可以憑這些細微的線索，找出死者是死於什麼凶器？又是在哪裡被槍殺的？還有死者在死前做過什麼、見過什麼人？」

知道死者死於什麼凶器與查案有關係嗎？反正凶器不是刀就是手槍。

洛逍遙還是不懂，不過為了不打擾沈玉書做事，他忍住沒把疑惑問出來。

沈玉書又從衣服上的幾個部位收集了存留物質，蘇唯負責檢查遺留物品——錢包、沾了血的手槍，還有牙籤、薄荷糖以及香菸。

香菸是哈德門，民初流行的老牌子，蘇唯沒見過，拿起菸盒好奇地看。

裡面只少了兩根菸，他說：「看死者的手指，是老菸槍了，不可能特意跑出去抽菸，才抽兩根。」

洛逍遙說：「也可能他抽了一包，這是剛開封的第二包。」

見蘇唯又翻看錢包，他說：「錢包的大鈔都沒了，槍裡少了兩發子彈，跟死者身上的彈孔還有在現場找到的彈頭都對應得上。」

言下之意他們有認真查案，並不是敷衍了事的。

但沈玉書沒有留意他的暗示，檢查著死者的皮鞋，問：「彈頭在哪裡？」

洛逍遙答道：「被裴劍鋒收走了，本來其他物證他也要拿走，是我們總探長說要轉交公共租界那邊，才留下的……你們檢查完了嗎？檢查完就快走吧，如果有人來的話，我就不好交差了。」

沈玉書把物品依次放回原處，又將屍體重新蓋好，就在洛逍遙想鬆口氣的時候，他突然問：「我聽長生說那晚你在看戲時也有出去過，還遇到了朋友。」

一個猝不及防，洛逍遙大聲咳嗽起來。

「是、是啊，是戲剛開場的時候，我們總探長讓我去買零食，我在戲院門口遇到個朋友，就聊了一會兒。」

「是哪位朋友？」

「巡捕房的，你不認識的，呵呵。」

這謊言說得太蹩腳，但事到如今，洛逍遙只能這樣說，躲過一陣是一陣。

一晚上連續發生兩起槍擊事件，就算再遲鈍，他也會懷疑這兩起案件是不是有關聯。所以這兩天洛逍遙一直心神不定，一邊為自己隱瞞真相感到不安，一邊又判斷這兩件事只是偶然，因為時間對不上。

那晚他甦醒後，曾在洗手間遇到過一個長得很像姜英凱的人，從時間上來推算，剛好就是姜英凱出來抽菸的時間，卻走錯了路，去了後臺。

所以洛逍遙個人傾向於吳媚沒有說謊，但他不敢肯定自己見到的那個人就是姜英凱，如果他貿然跳出來作證，勢必要扯到他之前的經歷，到時只怕會越描越黑，這就是他沒有對任何人講的原因。

沈玉書也沒有再問下去，而是看著他不說話。

洛逍遙被盯得心裡發毛，本能地把眼神瞥開了，只覺得從小到大，他沒什麼事能瞞得過表哥，但這件事性命攸關，絕對不能說。

還好關鍵時刻蘇唯伸出了援助之手，對沈玉書說：「差不多了，可以離開了。」

兩人收好採集的樣本，離開驗屍房，洛逍遙在心裡大大地鬆了口氣，抹了把額上的冷汗，也急忙跟了出去。

不過事情沒有如他期待的平安度過，他們才來到走廊上，迎面就看到一位穿著風衣的男人走過來，洛逍遙嚇傻眼了，急忙小聲說：「低頭低頭。」

「那是誰？」

「就是裴劍鋒，上頭調來專門負責姜大帥案子的那個。」

等洛逍遙解釋完，裴劍鋒已經走到他們面前。

裴劍鋒三十出頭，他的個頭沒有特別高，卻很精幹，目光炯炯，不苟言笑，皮膚略黑，很配他的衣著，頭上戴著禮帽，頗有民初摩登男士的氣質，至少在氣場上就甩出洛逍遙好幾條街。

看到他，蘇唯忍不住暗歎民初帥哥多，衣著髮型不比現代都市人差，甚至更有氣韻，他還想多看幾眼，被洛逍遙迅速拉去了一邊，給裴劍鋒讓開路。

裴劍鋒卻停下腳步，打量著大夫打扮的蘇唯跟沈玉書，問洛逍遙：「他們是誰？」

「是、是……醫院的醫生，我們的驗屍官忙不過來，就請他們來幫幫忙。」

「姜大帥的案子是我負責的，另調人手來，為什麼不通知我？」

洛逍遙啞口無言了，沈玉書替他回答：「不是姜大帥的案子，是其他案子。」

「哪件案子？」

「勾魂玉盜竊案。」

「據我所知，那件案子並沒有死人。」

「這位先生，驗屍官驗的不僅僅只有屍體，你這是狹義的想法。」

兩人舌劍唇槍互不相讓，洛逍遙在旁邊聽得心驚膽顫，好想找個藉口把話岔開，卻又不敢打斷他們，正著急，就見裴劍鋒伸出手，對兩人說：「證件。」

洛逍遙頓時眼前烏雲蓋頂，好想暈過去，或是把裴劍鋒打暈過去。

關鍵時刻，蘇唯說話了，上前拍拍裴劍鋒的肩膀。

「先生，在看我們的證件之前，是不是該先說明一下你的身分？」

「我是公董局警務處特派負責姜英凱一案的探員裴劍鋒。」

「證件。」

蘇唯一伸手，做出跟裴劍鋒相同的動作。

看到這裡，洛逍遙的臉更白了，裴劍鋒的臉色跟他一樣難看，不過那是因為迄今為止沒人敢用這種口氣對他說話，他盯著蘇唯看了幾秒鐘，最後還是選擇掏證件。

——等他亮出證件後，你們怎麼辦？打暈他逃跑嗎？據我所知，裴劍鋒的身手可是很厲害的，而且這裡是巡捕房啊！

眼看著事態越來越嚴重了，洛逍遙急得直朝蘇唯跟沈玉書使眼色，讓他們見好就收，找個機會偷溜。

但這兩人就像是看不到，反而是裴劍鋒從容的表情消失了，他掏著口袋，表情越來越古怪，上衣口袋找完了，又去翻褲子口袋，但翻來翻去，就是拿不出證件。

欣賞著裴劍鋒的反應，蘇唯諷刺道：「差點被你唬過去，你是忘了帶，還是根本就沒有證件啊？」

「我來時絕對帶了，我知道了，一定是被你偷了！」裴劍鋒指著蘇唯喝道：「剛才只有你碰過我，好大膽，你敢在巡捕房裡偷東西！」

「呵呵，拿不出證件，就惱羞成怒了？說我偷了，你有證據嗎？你要是在我身上搜不出證件，小心我投訴你！」

「好，我要是找不到，聽憑發落。」

沈玉書冷眼看著他們對嗆，從某種意義上說，裴劍鋒的直覺還是很準的，問題是現在證件是不是還在蘇唯身上。

為了給蘇唯提供轉移贓物的機會，等裴劍鋒上前動手抓蘇唯時，沈玉書搶先攔住，裴劍鋒瞪他一眼。

「你敢拒絕搜查？」

「是你在亂用職權，」沈玉書冷冷說：「證據都沒有，就說我們偷東西，姜大帥的案子由你這樣的人負責，結果堪憂。」

「你！」

「大家有話好好說，都是自己人。」

見事態越演越烈，洛逍遙的頭都大了，上前調解，可惜誰都不聽他的。

裴劍鋒要搜查，蘇唯掙扎，導致裴劍鋒動手，接著是沈玉書反擊，正僵持不下的時候，對面傳來腳步聲，有人說：「都是自己人，住手。」

嗓音溫純清亮，帶著磁性，糾纏的三人都不約而同地停了下來，順著聲音看過去。

一個身穿長袍的男人快步走向他們。

他很瘦，個子又高，長袍下襬隨著他的步行微微帶起來，顯得飛揚飄逸，更詮釋了他的氣質。

看年紀他跟沈玉書和蘇唯差不多，但容貌既不同於沈玉書的溫潤，又不像蘇唯那樣玩世不恭，而是冷清俊秀，乍一看，宛如濁世翩翩佳公子。

這種面相，如果放在現代社會，隨便包裝一下就是萬眾矚目的大明星了，但是在民初就比較微妙了，男人太過俊美，會讓人聯想到男伶。

看到他，蘇唯不由地咂咂嘴，小聲嘟囔：「不愧是上海灘，遍地都是大帥哥。」

沈玉書瞥了他一眼，蘇唯追加，「也有不少美女。」

所以這種穿越也值了。

看到俊美男人，裴劍鋒的臉色變了，主動打招呼，「端木先生。」

蘇唯腳下滑了一下——我靠，長得這麼帥又姓端木，簡直太裝X了。

「裝X？」

耳邊傳來沈玉書疑惑的話聲，蘇唯這才發現自己一不小心把後面的字講出來了，他慌忙笑著打馬虎眼。

「就是很好很棒的意思，呵呵，我的家鄉話。」

說話聲音很小，沒引起注意，男人向裴劍鋒回了禮，指指他們，說：「這兩位大夫是我推薦的，他們都留過洋，有很多實踐經驗，剛好這裡人手不足，我就跟總探長聊了一下，請他們過來幫幫忙。」

聽了他的解釋，洛逍遙立即看向蘇唯，蘇唯則去看沈玉書，不過根據他的直覺，沈玉書也不認識這個人。

「原來是端木先生的推薦，一場誤會。」

裴劍鋒對端木先生好像有點忌諱，聽他這麼說，便沒再多問，又下意識地上上下下摸口袋，在摸到西裝內裡口袋時，他的手一頓，再拿出來，手裡多了本證件。

沈玉書看向蘇唯，蘇唯衝他眨眨眼，意思是他已趁亂完璧歸趙了。

看到證件，裴劍鋒的表情更尷尬，端木先生又對沈玉書說：「你們也把證件給裴探員看看，這是規矩，不能搞特殊。」

「不用了、不用了，既然是端木先生推薦的人，還有什麼好懷疑的。」

裴劍鋒急忙制止了，又看看錶，說：「我還要抓緊時間去辦姜大帥的案子，等結案了，我們再好好聚會，到時端木先生一定要賞臉啊。」

「一定一定。」

寒暄過後，裴劍鋒匆匆離開了，等他走遠了，端木先生依次看向他們三人，然後做了個手勢，帶他們出了巡捕房。

出門走出一段路後，沈玉書停下腳步，摘下帽子跟口罩，問：「你是誰？為什麼要幫我們？」

「玉書，多年不見，你不會把我忘了吧？」男人衝他笑道：「我是端木衡啊，可是跟你從小一起長大的。」

「端木衡？」

沈玉書仔細打量他，端木衡的容貌還隱約留著幾分童年的影子，但已經很淺淡了，反而是端木衡父親的樣子他記得比較清楚，端木衡英氣勃勃，倒有幾分當年其父的風采。

「阿衡，是你！」

看到端木衡伸過手來，沈玉書跟他握了手，舊友久別重逢，都分外激動，兩人熱情地擁抱到一起，不斷拍打對方。

「真沒想到會在這裡遇到你！」

「我也是，當年伯父伯母帶你移居上海，後來我來了上海，還曾去找過你，不過那時候你已經去了英國，沒想到會這麼巧地在巡捕房重逢，真是有緣。」

看著他們開心的模樣，蘇唯向洛逍遙那邊歪歪頭，小聲說：「我從來不知道你表哥也會這麼熱情。」

「嗯，我也是第一次見。」

「你認識那個人嗎？」

「不認識，也沒聽我哥說過。」

沈玉書當然不會提到端木家，因為他們是童年的玩伴，自從他隨父母來了上海後，雙方就失聯了。

當年沈玉書的父親在前清宮中當個小醫官，而端木衡的父親則是太醫院院判，兩人是同鄉，又在一個地方供職，所以關係非常好，兩家的小孩也經常一起玩耍，直到沈玉書離開。

「你怎麼會來巡捕房？還認識裴劍鋒的？」

敘舊後，久別重逢的喜悅稍微平復下來，沈玉書問道。

「這件事說來話長。」

端木衡說：「當年伯父辭官後，宮中的局面更加混亂，我父親不想再攙和進去，也找了個體弱多病的藉口辭官回鄉，後來我留洋歸來，希望做一番大事業，還參加了皖軍，沒想到在幾年前江蘇跟浙江的軍閥戰役中右手受傷，無法再拿槍，幸好有父親老友的幫助，讓我在公董局的庶務處討了個文職當當。」

說到這裡，端木衡轉轉自己的右手腕，露出不符合年齡的抱憾表情。

聽起來背景很複雜啊。

蘇唯摸著下巴打量端木衡，從他的衣著上推算他的身家。

沈玉書也把自己這邊的情況簡單講了一下，又介紹了蘇唯跟洛逍遙給端木衡認識。

端木衡跟蘇唯打了招呼，目光在洛逍遙跟沈玉書之間轉了轉，說：「我聽說姜大帥的屍體是你最先發現的，沒想到你是玉書的表弟，你們不大像啊。」

「我的個頭像我爹。」洛逍遙比量了一下自己的身高，又好奇地問：「聽你們的對話，父輩以前都是在朝廷裡做事的？」

端木衡笑了，「小官小官，不值一提。」

沈玉書跟他打趣道：「如果連左院判都說是小官，那這世上就沒有人敢稱大官了。」

洛逍遙不懂什麼叫左院判，轉頭看蘇唯，蘇唯也不知道，他對古董的瞭解遠遠勝過古人。

沈玉書解釋道：「院判分左右兩職，是太醫院裡僅次於院使的職位。」

也就是說端木衡是前清太醫院左院判之子，難怪名字如此的與眾不同，原來是名副其實的官二代啊！

蘇唯忍不住拍拍沈玉書的肩膀，說：「太好了，既然你跟官二代是好基友，那今後我們做事就方便多了。」

「基友？」端木衡奇怪地問。

「就是朋友，他喜歡說一些奇奇怪怪的家鄉話，你不用在意。」

哈哈，居然這麼快就領悟到他說話的精髓了，讓蘇唯好想為沈玉書的智商按個讚。

他笑嘻嘻地退到一邊，心想要是當初掉入蟲洞時，落腳點稍微再往前一些，說不定就穿越去清宮了，那些格格、貝勒的是有多少見多少，不過還是這裡好，他比較喜歡現代化的地方。

端木衡誤會了他的反應，怕他尷尬，主動說：「你們想知道什麼，我會盡力幫忙的，這次的案子性質很嚴重，兩邊租界的上頭都在盯著呢，所以如果你們能破案，對我們來說是很大的幫助。」

「性質很嚴重？」

被問到，端木衡看看周圍，沒有馬上回答，沈玉書知道他是不方便說，道：「那你知不知道吳媚的身分背景？」

「我不大瞭解，不過我可以找人詢問，等我的消息。」

洛逍遙站在旁邊一直心驚膽顫，擔心沈玉書又讓他去查什麼情報，現在看到問題轉去了端木衡那裡，他的心踏實下來，找了個去做事的藉口告辭。

沈玉書沒留他，就在洛逍遙轉身要走的時候，沈玉書突然問：「逍遙，你怎麼沒穿剛做的新外套？」

洛逍遙身子一僵，額上的冷汗又冒了出來，勉強堆起笑臉，「最近天太熱，我就收起來了，如、如果沒事，那我回去了。」

沈玉書點點頭，等洛逍遙走後，端木衡問：「你們接下來要去哪裡調查？我有車，可以帶你們過去。」

「會不會妨礙你做事？」

「不會，我就是個閒差，所以才會被公董局的那幫老傢伙踢過來當監督，我這就去開車，你們等我。」

蘇唯脫下醫生的服裝，看著端木衡的背影，他雙手交抱在胸前，做出判斷。

「這個人不簡單吶。」

沈玉書點點頭，深有同感。

「還有啊，你的小表弟在撒謊，一個人如果在不重要的小事上撒謊，那就說明他想隱瞞的是更嚴重的問題。」

「我知道，不過眼下還有事要做，所以先放放羊，等他自己撐不住了，會說的。」

「啊哈，端木說得沒錯，你們表兄弟一點都不像，你這麼黑的人怎麼會有那麼單純的表弟？偏偏表弟還是做巡捕的。」

「他傻人有傻福，倒是你，可真夠膽大的，敢在巡捕房偷探員的證件。」

「只要有機會，我連英女王的王冠也想試一試，」蘇唯沾沾自喜地說完，又道：「剛才謝了，你的反應也夠快，挺適合做我們這行的。」

「記得你欠我一個人情。」

「你這樣說，會讓你最好的搭檔感到傷心的。」

沈玉書倒覺得這傢伙樂在其中。

端木衡把車開過來，沈玉書壓低聲音說：「等一下在端木衡面前說話注意一下，他是公董局的人，立場不明，比較敏感。」

「我忽然不傷心了。」蘇唯聳聳肩，嘟囔道：「因為你連好基友都防範。」

「公私分明，這難道不是做偵探的基本準則嗎？」

「也許是做人的基本準則。」

蘇唯的眼中蒙起一層陰霾。

假如當初他也跟沈玉書一樣謹慎的話，也許就不會發生繩索斷掉，導致他墜落到這個時空的事情了。

沈玉書捕捉到了蘇唯眼中一閃而過的悵惘，可惜端木衡的車已經開到他們面前，他只好結束這個話題。

從路線遠近來安排，沈玉書選擇先去較近的黃埔旅館。

黃埔旅館位於貝當路一隅，外觀很陳舊，在頗具特色的歐洲風格建築群之間，它顯得非常不顯眼。

到達後，沈玉書向服務臺的工作人員報了吳媚的名字，他們已經接到聯絡，所以直接把客房鑰匙給了他。

三人來到五七八號客房，開門走進去。

房間裡還沒有打掃，保持早上被槍擊過的狀態，衣物用品以及行李箱也隨意放在一邊，桌旁地上有個碎掉的花瓶，從位置來看，應該是吳媚等人在躲避子彈時撞倒的。

蘇唯走過去拉開窗簾，就看到窗簾後的玻璃窗上被擊穿一個洞，窗臺上還落了一些玻璃碎片。

「看來狙擊手是從對面的樓房裡射擊的。」

端木衡在路上聽沈玉書講述了吳媚被暗殺的事，他站在蘇唯身邊，跟他一起查看外面的情況。

旅館隔了一條街的對面是間小教堂，站在教堂頂樓，剛好可以看到這個房間的全景，他問：「吳媚有沒有說他們事後是否有追蹤到狙擊手？」

「我沒問，不過如果他們抓到了狙擊手，就不會去找我們了。」

沈玉書打開衣櫃，裡面掛了不少高檔時裝，都是剛購買的，價格標籤還沒有拿掉，看上面的價格，一件衣服夠普通人家幾個月的伙食費了。

他取了幾張衣服標籤，關上衣櫃，又去查看牆壁。

跟玻璃窗相對的牆壁上還留著彈孔，從直徑來看，跟許富描述的子彈形狀一樣。

三人分別在房間裡檢查了一遍，卻沒有重大發現，蘇唯一攤手。

「看來除了確定吳媚沒有說謊外，一無所獲。」

端木衡說：「吳媚也可能是自導自演，畢竟沒人看到當時的情況。」

三人來到樓下大堂，沈玉書把客房鑰匙還給櫃檯的服務人員，問：「這幾天有人來找過吳小姐嗎？」

「沒有……」

沈玉書轉身要走，服務人員突然又叫住他。

「不過之前有人送過禮盒給她，放在櫃檯，請我們轉交。」

「是什麼時候？」

「好像是……前天早上，後來我們在送早餐時，一起送去她的客房。」

「是什麼東西？」

「不清楚，禮盒是包裝好的，看不到裡面的東西，看大小應該是首飾之類的。」

服務人員狐疑地看沈玉書，像是在說你們不是吳小姐的手下嗎？怎麼會不知道禮物是什麼？

在對方發問之前，沈玉書道了謝，走出旅館。

端木衡說：「既然是首飾，可能只是普通的送禮，與案子沒關係。」

但是送禮的當晚，姜英凱就被殺了，這一點讓沈玉書有些在意。

「阿衡，你能再幫我一個忙嗎？」

「有什麼話儘管說，我們之間不需要客氣。」

沈玉書把吳媚寫給自己的名單取出來，遞給他。

「這些人麻煩幫我查一下，重點是他們跟姜大帥和吳媚的交友關係，還有他們的身分，越詳細越好，另外，他們最近周圍是否發生過什麼大事件或變故。」

一串長長的名單列下來，看到端木衡的表情明顯變得僵硬，蘇唯有些同情他。這個世界還沒有電腦跟網路通訊，要一個個調查的話，可想而知是個多麼艱巨的任務，他猜端木衡現在內心一定很後悔說「不需要客氣」這句話。

接著沈玉書又向門童打聽吳媚跟姜英凱的事。

在收下了一張大面額的小費後，門童很熱心地回答了他的問題，不過除了知道他們夫婦每次都同進同出，還帶一大幫隨從外，沒有太大的收穫。

三人重新坐上車，端木衡問：「接下來我們去哪裡？」

沈玉書沒有回答，而是問：「需要我來開車嗎？」

「怎麼？」

「我看你右手不大方便，為了安全起見，還是由我來開比較好。」

看到端木衡臉上浮起的尷尬，蘇唯以手扶額，對沈玉書這種完全不考慮對方心情的說話方式佩服得五體投地。

還好端木衡精於世故，馬上就重新綻開笑顏。

「老毛病了，雖然使不上力氣，不過開個車還是沒問題的，而且我對這裡的路也比較熟。」

他都這樣說了，沈玉書便沒再堅持，「那就不好意思要繼續麻煩你了，我想去霞飛路轉轉，吳媚買了那麼多東西，一定有人記得她。」

「不是在查姜大帥的案子嗎？為什麼要一直繞著吳媚打轉？」

端木衡啟動車子，開玩笑說：「難道你懷疑她在上海有情夫，她聯合情夫殺人？再為了不被懷疑，特意做戲請偵探幫忙？」

「如果是情殺，一切都會簡單得多。」

端木衡透過後視鏡看過去，見沈玉書沒有解釋的意圖，他便停止了繼續發問。

【第三章】

神祕的跟蹤者

蘇唯萬分同情跟蹤者，對沈玉書說：「你可以鬆開手了，我看他受到雙重打擊，短時間內無法振作起來了。」

「雙重打擊？」

「你說他是弱雞，這對一個男人而言可是很大的傷害。」

「那你明知這是傷害，為什麼還要再當著他的面說他弱雞？」

「我不說他是弱雞，你怎麼會理解你是在哪裡傷害到他？」

霞飛路到了，端木衡說：「這裡不好找車位，你們先去打聽情況，我開車四處轉轉，回頭跟你們會合。」

等他開車走後，沈玉書轉頭注視蘇唯，蘇唯知道他想說什麼，故意問：「你是不是覺得我很帥，跟我在一起讓你有自卑感？」

玩笑沒得到共鳴，沈玉書一板一眼地問：「你沒偷端木衡的東西吧？」

「你覺得我是那種人嗎？」

「你是。」

沈玉書說完，轉身就走，蘇唯緊跟在他身後。

「我覺得你有必要消除對我的誤解。」

「那要看你的工作能力有多強。」

為了證明自己有工作能力，蘇唯根據沈玉書提供的衣服標籤，很快找到了吳媚光顧的那幾家商店。

不過店員們的回答都很一致，就是吳媚進出帶著隨從，出手闊綽，她每天都來這條商業街購物，但老公並沒有跟隨。

兩人轉了一圈，來到最後一家店。

這家服裝店不大，客人卻很多，裡面裝飾得雅致得體，既有時下流行的時裝衣裙，也有各類古香古色的旗袍，店面招牌叫雪絨花，招牌上的字體蒼勁有力，進出的人首先就會被那三個字吸引住。

「我喜歡這個名字。」蘇唯仰頭打量招牌。

沈玉書看看手裡的價格標籤，標籤下方印了一朵金色小花，正是雪絨花的形狀。

兩人走進店裡。

店鋪櫃檯上供著財神，牆上掛了一些福祿壽喜以及四季花草的畫軸，當中是一個圓形雕畫，雕畫四角翔雲籠罩，一隻猛虎從祥雲裡走來，虎首面朝正門，凜凜生威，看來是鎮宅子用的掛飾。

看到虎圖，沈玉書的心神晃了一下，感覺像是想到了什麼，但思緒晃得太快，讓他無從想起。

裡面有幾名女店員在招呼客人，店員的歲數都很小，長相清秀，穿著相同的改良式旗袍制服，光是這打扮就很吸引顧客，難怪這裡生意興隆了。

看到他們，一位店員熱情地迎上前介紹商品。

蘇唯找藉口說是幫朋友買衣服，又形容了吳媚的身高長相，詢問店員她這兩天是不是有過來。

店員完全沒懷疑，連連點頭說有，蘇唯又問她丈夫有沒有跟隨，他們在這裡停留了多久，他問得很有技巧，詢問的同時還不忘讚美女店員。

女店員被稱讚得暈乎了，對他的問題有問必答，連自己的名字都主動報上，說她叫臘梅，又問蘇唯的名字。

兩人聊得正開心，忽然聽到有人在身後說：「這位先生，你不是來買衣服的吧？」

蘇唯回頭一看，見是位身穿淺綠色旗袍的女人。

女人大約四十偏後的年紀，不過保養得很好，略施粉黛，看上去像三十出頭。她個頭頗高，說不上非常漂亮，但有種不言自威的氣度，旗袍衣領上扣了一塊橢圓形綠玉，更增添了貴氣，站在蘇唯跟沈玉書面前，毫不怯場。

店員看到她，立刻停下嘻笑，向蘇唯介紹說這是她們老闆後，就溜掉了。

「原來老闆是位女子，失敬失敬，看外面招牌上的題字，我還以為老闆是位學富五車的老先生呢。」

蘇唯笑著恭維，可惜馬屁拍到了馬腿上，女老闆冷淡地說：「你說的沒錯，店名是家父題字的，不過店是我開的。」

「原來是這樣，一個女子可以開這麼大的店，生意還這麼好，真是不簡單啊……」

「先生如果不買東西的話，就請離開吧，不要妨礙我們招呼客人。」

「沒有，我是真要買……」

「如果你一定要說謊，那請記得找個好一點的藉口，否則你除了這張臉以外，就一無是處了。」

聽到了旁邊傳來的嗤笑聲，蘇唯很想揍人，當然，他不是想揍女老闆——他不會對女人動粗的，所以要動粗也是對笑話他的沈玉書。

商店後面忽然傳來吵嚷聲，打斷對話，女老闆聽到聲響，表情變得緊張起來，匆匆走了進去。

隨著吵鬧聲，後門簾子被撩起，一位頭髮花白的老者坐在輪椅上，被僕人推出來，他看起來年紀很大了，精神不大好，唯一引人注目的是那條搭在肩上的長辮子。

女老闆過去攔住他，低聲哄了半天，才把老人勸住，她接過輪椅，把老人又推回到後面的房間。

蘇唯湊到朧梅身旁，問：「那位是誰？」

「那是老太爺，老闆的父親，老闆是旗人，聽說以前很風光的，不過老太爺身體不好後，就是老闆一個人在撐家了，挺不容易的。」

「妳們老闆沒有結婚？」

朧梅搖搖頭，看到又有客人登門了，連忙跑去招呼客人，蘇唯還想找其他店員詢問，被沈玉書拉出服裝店。

「幹麼這麼急？我還有話沒問完呢。」

「我們是來查案的，不是跟女人打情罵俏的。」

「適當的感情溝通是必要的，你看我剛才不是問到了很多情報嗎？」

「跟我們要查的案子有關嗎？」

蘇唯語塞了，沈玉書給他擺了下頭，讓他跟自己走。

蘇唯跟在身後，歎道：「我知道我是太帥了，所以某人看到我這麼受女孩子的青睞，就免不了感到嫉妒，這也是人之常情。」

「要我嫉妒你，除非是腦袋被門板擠了。」

「你一定要把話說得這麼刻薄嗎？」

「實話實說。」

兩人順著街道往前走著，不時相互吐槽。

這種悠閒漫步的感覺很好，但沒多久蘇唯就發現有人尾隨，那人在後面探頭探腦地窺視他們，跟蹤水準極為拙劣，讓他想不注意到都難。

「有人跟蹤我們。」

「我看到了，我們從黃埔旅館出來，他就跟著了。」

「要不要放長線釣大魚？」

「嗯，暫時先別驚動他。」

任由尾隨者跟著，蘇唯開始說案子。

「看來姜大帥每次都是跟吳媚一起出旅館，再半路分道揚鑣，他的行動可能跟他的被殺有關。」

「可以去問吳媚，她應該知道。」

「為什麼你這麼肯定？」

「夫婦一起旅遊，通常情況下登記的都是丈夫的名字，但旅館登記的只有吳媚的名字，所以吳媚說姜大帥特意陪她來上海購物是撒謊，應該是姜大帥藉她購物當幌子，祕密來上海跟人會面。」

「有道理，或許他們會談得不愉快，那人就把姜大帥幹掉了，這些土匪軍閥，誰手上沒沾血，一言不合就拔槍是家常便飯吧。」

結合自己以前看的民初電視劇，蘇唯很有心得地說。

沈玉書微笑著看他，卻不說話，蘇唯說：「我哪裡說錯了，你可以指教，但請不要笑得這麼陰險。」

「你錯了，我這叫鄙夷的笑。」

「聽起來更糟糕，那究竟你在鄙夷什麼？」

「暫時還不肯定，等我確信後再跟你說。」

也就是說他在結果出來之前就被鄙視了。

蘇唯翻了個白眼，覺得自己真有夠冤枉的。

兩人一邊說著話，一邊順著商業街道往前走，但走了很久，都沒遇到端木衡。

蘇唯掏出懷錶看了下時間，忍不住歎道：「我現在切身體會到手機的發明是多麼劃時代的進步。」

「你說什麼？」

「沒，我是說我們要不要分頭找找看？」

就在這時，身後傳來喇叭聲，端木衡把車開了過來。

等兩人上了車，他說：「不好意思，我剛才兜圈子兜得有點遠了，回來時遇到塞車，你們問得怎麼樣？有什麼收穫嗎？」

「唯一的收穫是吳媚跟姜大帥是分頭行動的，我們懷疑姜大帥這次來上海有特別的目的。」

「是什麼？」

「還不知道，可能線索就在聯絡名單裡。」

「那這樣好了，我們分頭行動，我先回去調查這份名單，你們找你們的線索，車留給你們，我叫車回去。」

「還是我們另外叫車好了。」

「不用跟我客氣，我家還有好幾輛車，你們查案，有車會比較方便。」

端木衡迅速留了自己的電話號碼，約好一有情況隨時聯絡，然後把車在路邊停下，下車離開。

看著他修長的背影，蘇唯歎道：「他不僅是官二代，還是個富二代，偏偏還長得這麼帥，簡直就是人生贏家。」

「那麼，跟人生贏家當好基友的我們也算是贏家了？」

「哇塞，你的新知識吸收能力也太強了吧。」

蘇唯給沈玉書豎了個大拇指，可惜沈玉書沒看到，他去駕駛座位上，踩下油門，重新發動車子。

調查的最後一站——醒舞臺劇院。

沈玉書先去詢問凶案那晚值班的門衛，門衛再三肯定八點半前後沒有人離開過劇院，因為那時候劇院大門關著，如果要出去，一定要找他開門才行，所以他不會不知道。

不過他也說了兩種例外，那就是戲班子的人進出用的後臺偏門，不過那道門外人用不了；或是熟人走的小門，比如戲開場不久後，有個巡捕就讓他開過門。

「你說的巡捕叫洛逍遙吧？」

「對，好像就是這個名字，您也認識啊。」

「除了他，還有誰？」

「還有個夥計，好像喝醉了，是洛巡捕把他扶進去的。」

「查他們的票了嗎？」

「當然沒有，巡捕們幫我們維護治安，我哪能那麼不識相呢。」

詢問完，沈玉書又拜託門衛讓他們去那兩個小門查看。

門衛收了他的錢，爽快地答應了，把他們帶進戲院，讓他們隨便看。

兩人從小門進去，順著走廊來到戲院裡面。

還不到戲開場的時間，裡面很靜，走廊黑漆漆的，夕陽餘光透過牆壁上的小窗射進來，順著光束，他們看到了盡頭的門。

「那晚巡捕好像沒有仔細搜索劇院內部。」

「是啊，凶殺案是在外面發生的，內部沒什麼可查的，再說當時聽戲的人幾乎走了大半，也沒辦法逐一調查。」

「可是這麼明顯的地方他們居然忽略了。」

來到小門前，靠著蘇唯的技術，他們輕鬆開了鎖，走進去，就見裡面堆放著很多雜物，卻是間儲藏室。

「這鎖頭曾被人撬過。」蘇唯關上門，轉著手裡的的萬能鑰匙說。

「你確定？」

「確定，而且還是個技術不怎麼樣的傢伙，所以鎖孔周圍留下了很多小劃痕，看來我們是找對地方了。」

蘇唯打開他的微型小手電筒，兩人在儲藏室裡轉了一圈，很快就找到了地下室的小門，再順著臺階走下去，來到四壁密封的房間裡。

裡面放了一些備用糧食跟水，類似簡易的防空洞。

沈玉書藉手電筒的光亮查看了一遍，發現灰塵有蹭抹過的痕跡，有一桶水用了一半，再看地面，有一部分特別乾淨，像是前不久才清理過。

「你看這裡。」

蘇唯搬開米袋，在米袋的後面有個不顯眼的小紅點，他湊過去細看，說：「好像是血，姜大帥的被害現場會不會是這裡？可是這裡找不到被子彈射過的地方。」

「看來作案的人是個心思縝密的傢伙，所以這裡幾乎沒有留下痕跡。」

唯一的血點也早就乾了，沈玉書拿出刀片，輕輕刮動血點，讓粉末落在玻璃片上，又將兩片玻璃併在一起收好。

接著他又在地上跟物品上收集了物質纖維，出了儲藏室，往後臺走。

蘇唯說：「假設地下室是凶案第一現場，那姜大帥是不是不想被別人知道會面的事，就找了個抽菸的藉口出來，再偷偷來這裡，所以看門的人才說他沒有出戲院。」

「不想被誰知道？」

「他老婆唄。」

「那他找藉口不來聽戲就好了，何必這麼麻煩？」

蘇唯撓撓頭，沒話說了。

到了後臺，頓時變得熱鬧起來，戲班子的人都在忙著準備晚上的劇碼，有人在練功，有人在吊嗓子，還有人在上妝，他們注意到沈玉書跟蘇唯這兩個不速之客，但是看他們氣場不凡，沒人敢上前詢問。

兩人穿過臺子，就聽有人在抱怨道：「那個酒鬼阿六又不知道跑哪裡去了，每次都是緊卡著戲要上場了才冒頭，班主，找個機會換人吧。」

「是啊，跑龍套的一抓一大把，不需要特別遷就他。」

「再等等、再等等，以前阿六也是個角兒，要不是他老婆突然去世，他也不會變成這樣，大家體諒他一下。」

「我們知道班主心善，但也麻煩體諒一下我們啊。」

班主的話起到了反效果，好多人湊到他面前開始數落阿六的不是，蘇唯跟沈玉書就在這種吵鬧的狀態中找到了後門。

兩人出去，把門關上，蘇唯搖搖頭。

「看來到哪兒都有職場矛盾啊。」

「職場？」

「就是工作的地方。比如同樣的工作，有人多做有人少做，就會出現矛盾，所以像我們現在兩個人的小公司剛剛好。」

後門外面是戲院的圍牆，再從圍牆的小門出去，才是後巷，兩人繞著後巷又往前走了一會兒，找到了屍體被發現的地方。

地上還留著用白線描出的人形，人形呈靠著牆坐的狀態，地上跟牆上有些不明顯的褐色，應該是血跡，除此之外，就沒什麼值得查看的東西了。

沈玉書從道具箱裡取出容器，讓蘇唯收集了人形附近的泥土，他站起來觀察小巷。

小巷頗長，前方扭扭曲曲，無法看到出口，如果到了晚上，這裡的光線應該更差，小巷的另一邊連著馬路，偶爾有車經過，但沒人會特別留意這邊的光景。

蘇唯將泥土放進試管容器裡，看到沈玉書忽然朝小巷裡面跑去，沒多久那邊就傳來撕扯聲，跟著是男人嘰里呱啦的叫痛聲。

他收好試管，追了過去，就見一個個頭不高的男人被按在牆壁上，臉緊貼著牆，鼻梁上的墨鏡都被擠歪了，他在奮力掙扎，但可惜一隻胳膊被沈玉書壓在背後，讓他動彈不得。

蘇唯走過去，看著眼前這副滑稽的場面，他說：「我不知道你這麼暴力的。」

「我以為搞跟蹤的人實力都很強，沒想到他是弱雞。」

墨鏡男的臉脹紅了，不知道是急的還是氣的，嘴巴吧唧吧唧地開合著，一副想迫切辯解的架式，但他整張臉都貼在牆上，最多是動動下巴，說話這種事想都別想。

蘇唯萬分同情他，對沈玉書說：「你可以鬆開手了，我看他受到雙重打擊，短時間內無法振作起來了。」

「雙重打擊？」

「你說他是弱雞，這對一個男人而言可是很大的傷害。」

「那你明知這是傷害，為什麼還要再當著他的面說他弱雞？」

「我不說他是弱雞，你怎麼會理解你是在哪裡傷害到他？」

「你可以用婉轉的方式表達你的感想，比如——他太弱了、他能力不夠什麼的。」

「但弱雞這個詞太貼切了，我突然之間找不到其他代替的詞啊！」

兩人你一言我一語地說著，完全忘了眼前還有第三個人的存在。

聽著他們一口一個弱雞，那個人終於忍不下去了，奮力將沈玉書推開，轉過身，扶正墨鏡，指著他們叫道：「你們夠了！你們打擊我一次還不夠，還要一次次地打擊，我這叫謙謙君子，君子動口不動手！」

「君子還玩偷偷跟蹤的把戲？」

蘇唯雙手交抱在胸前，笑著打量他。

「別以為我們不知道，你從旅館開始就在尾隨我們了，你是誰派來的？老實交代，否則……嘿嘿……」

他比劃了一下拳頭，墨鏡男嚇得立刻捂著臉縮回到牆角，又以飛快的速度摘下了墨鏡，衝他們堆起笑臉。

「嗨，是我，雲飛揚，你們還記得我嗎？」

「是你？」

看著這張誇張的笑臉跟小虎牙，蘇唯想起來了，他是申報負責社會事件的實習記者，前不久還在圓月觀音事件裡偷拍過他們的那個傢伙。

「你跟蹤我們幹什麼？」蘇唯問。

「你怎麼知道我們在查姜大帥的案子？」沈玉書問。

雲飛揚的目光在他們兩人之間轉了轉，揉著被扭痛的手腕，小聲說：「你們同時問，我該先回哪一個？」

「一個個回答。」

「喔，是這樣的，我想做事件專訪，後來在黃埔旅館附近看到你們，就猜想是不是跟姜大帥的案子有關，所以就跟著來看看有沒有什麼發現。」

「相機呢？」

雲飛揚指指肩上的布包，突然又想到了什麼，急忙伸手護住。

「我今天只有跟蹤，沒偷拍！」

「從城東跟到城西，你倒是挺有錢的。」

「沒有，我很窮的，很窮很窮的那種！」為了證明自己沒說謊，雲飛揚指著包包跟衣服鞋子，說：「你看，這不是名牌，這也不是，還有這個……」

「你可以走了。」打斷他的話，沈玉書說。

他還要繼續找線索，有個囉嗦的人在身邊，是件很麻煩的事，他說完就往回走，蘇唯衝雲飛揚揮揮手，也跟著沈玉書離開。

雲飛揚急了，把墨鏡隨便往包裡一塞，追上去，說：「我知道你們在查吳媚，我有她的背景資料。」

這部分他們已經拜託端木衡去查了，所以兩人都沒在意，誰知雲飛揚繼續說：「我還知道道姜大帥為什麼來上海。」

沈玉書腳步一停，跟蘇唯對望一眼，兩人又一起看雲飛揚，雲飛揚用力點頭。

「是真的，不騙你們！」

「上車慢慢說。」

三人上了車，沈玉書開車，蘇唯拿出紙筆，看著雲飛揚，等候他講述。

「吳媚原名吳婉華，出身杭州絲綢富商之家，曾就讀過弘道女校，是當地有名的才女，不過她的命不大好，第一任丈夫也是軍人出身，長得儀表堂堂，兩人結婚後，本來過得很好，但吳媚有一次失足從樓梯上滾了下來，導致流產，後來就再沒懷上孩子。更慘的還在後面，後來她丈夫有一次晚上跟朋友聚會，回家的途中被人槍殺，至今凶手不明，一年後她就嫁給了姜大帥，外面都在傳是姜大帥使用手段逼她結婚的，她第一任丈夫的死是姜大帥做的，但因為沒證據，而且姜大帥在浙江一帶的勢力很大，所以沒人敢說什麼。」

「這麼曲折啊，」蘇唯在筆記本上做著重點記錄，讚道：「行啊你，把消息查得這麼詳細。」

被讚揚，雲飛揚很不好意思，撓著頭說：「沒什麼，就是花錢請人打聽而已，不過我真的沒錢的，為了查線索，我都每天吃饅頭鹹菜。」

蘇唯看了他一眼——每天吃鹹菜，臉色還這麼紅潤，真是不簡單啊！

沈玉書問：「那姜大帥來上海又是為了什麼？」

「為了鴉片。」

「鴉片？」

「對，現在鴉片的運輸販賣在上海早就是公開的祕密了，租界跟幫會還有政府相互勾結，每個月在吳淞口上岸的鴉片超過一千箱，光是收取的過路好處費就上萬元，這塊肥肉大家都盯著呢。前不久淞滬員警廳的主任因為一些事情下馬了，姜大帥就想找機會弄個位子坐坐，所以他這次來就是為了疏通這件事的。」

聽到這裡，蘇唯不解地問：「姜大帥不是浙江軍閥嗎？他怎麼來攙和淞滬這邊的事？如果一個土匪也能進員警廳，那豈不是人人都能參政了？」

「這種世道，你只要有錢有門路，就沒有辦不成的事，土匪怎麼了？他用一句英雄莫論出身低就蓋過去了，大家只看他現在的身分，誰管他過去怎樣啊。」

「不錯。」

沈玉書開著車，幫忙解釋道：「今天端木衡也提到了當年浙江跟江蘇的軍閥戰爭，那場戰爭後，浙江方面的軍閥就一蹶不振，這幾年沒有油水可撈，那些大小軍閥都想盡辦法去找門路賺錢，姜大帥會把算盤打到吳淞上，也解釋得通，不過他這次來是想走誰的門路？」

「這個我還沒打聽到，但他想在淞滬立足，沒有淞滬護軍使、鎮守使還有員警廳那些人的首肯，肯定是不行的，所以我猜姜大帥一定預先打好了通路，這次是專門送錢來的，據可靠消息，他來之前曾讓人準備了金條。」

「你確定？」

「嗯，準備金條是真的，但用在哪裡我不知道。」

難怪姜英凱要隱藏身分了。

他想花錢買官，這種事當然是越少人知道越好，但他用錢行賄，其他人一定也會這樣做，假如他的行為觸犯了某些人的利益，或是有人覬覦到他的那筆鉅款，很可能就會殺人奪錢。

可奇怪的是案發之後，沒人提到丟錢的事。

巡捕房的人沒有提，吳媚自己也沒有提。

沈玉書沉吟著，就聽蘇唯說：「也就是說如果我們找出這次跟姜大帥會面的人，就能順藤摸瓜，找到凶手了。」

「對的！」雲飛揚興奮地打了個響指，「可是我只會搜集情報，那些動武力動腦力推理的事我就不在行了，所以只能跟你們合作。」

蘇唯笑道：「假如我們順利找到凶手，就可以給你提供第一手新聞素材，達到 WIN-WIN 的目的。」

「WIN-WIN？」

「就是雙贏。」

「是啊是啊，對了，我還拍了不少照片呢，不知道對你們有沒有用？」

雲飛揚在布包裡翻了翻，掏出一個信封，他把信封裡的東西倒出來，卻是一疊照片。

蘇唯拿起來看了一遍。

照片裡有吳媚購物的或是跟朋友一起喝下午茶的，也有姜英凱跟她一同出遊的，或是姜英凱單獨的照片，各種背景都有，他看完後，發現了一個問題——姜英凱不管去哪裡，身邊都帶有隨從。

「你挺厲害的啊，居然拍了這麼多，都沒被發現？」

「我都是遠距離取景的，應該沒有被注意到。」

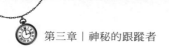

「那你有姜大帥被殺那晚的照片嗎？」

「有的，是這些。」

雲飛揚找出照片，一部分是在黃埔旅館門口拍的，可能是雲飛揚跟蹤跟得太無聊了，還拍了好多風景照，最後幾張才是姜英凱夫婦。

照片裡姜英凱剛從旅館出來，不知為什麼，他一直低著頭。後面的幾張是兩人帶著隨從走進戲院的畫面，雲飛揚說：「票賣完了，我進不去，只好在外面等，沒想到等了兩個多小時，卻等到了姜大帥的死訊。」

沈玉書問：「在你等待的那段時間裡，有沒有看到姜大帥出來？他或許做了變裝。」

「應該沒有，戲開場後，進出的人就很少了，姜大帥長得那麼大塊頭，就算變裝也會很顯眼的，我只看到麥蘭巡捕房的一個探員出來過，啊對，他是你的表親吧？」

沈玉書沒回答雲飛揚的問題，問：「這些照片可以借我們用幾天嗎？」

「都送給你們好了，反正我留著也沒什麼用，」雲飛揚爽快地答應了，又笑嘻嘻地說：「現在你們發現跟我合作不吃虧了吧？」

「謝謝，有新消息的話，歡迎隨時跟我們聯絡。」

沈玉書讓蘇唯給了雲飛揚一張名片，然後將車停到路邊。

雲飛揚下了車，蘇唯跟他要聯絡電話，他擺擺手，說：「我還是實習記者，報社根本就沒給我配電話，再說，我整天在外面跑，也聯絡不上，有什麼事，我就直接去找你們好了。」

雙方道了別，沈玉書把車重新啟動起來，蘇唯轉頭看去，就見雲飛揚還站在原地向他們揮手，看起來精神頭十足。

蘇唯把頭轉回來，翻動著手裡的照片，說：「那傢伙的話裡加了不少水分，不知道他提供的情報真不真實。」

「是不是真實的，等我們拿到阿衡的情報，比對一下就知道了，先回偵探社，分析我們目前找到的線索。」

回到偵探社，天已經完全黑了，沈玉書進了事務所，一路打開房間裡所有的燈，最後是盡頭的實驗室。

蘇唯跟著他走進實驗室。

這個房間不大，四壁漆成純白色，靠牆兩邊各擺放著一排長形桌子，桌上放著顯微鏡、各種形狀的燒杯容器，還有不少蘇唯常在偵探劇裡看到卻叫不上名字的儀器，不知道的人還以為自己走進了醫院。

另一面牆前的書架上放著各種醫學書籍跟偵探小說，沈玉書將道具箱放到桌上，蘇唯把雲飛揚的那疊照片遞給他，轉頭打量著房間，咂嘴道：「只有在這個時候，我才確信你是學醫的。」

「可惜經費不多，所以我只購置了最基本的檢測儀器。」

「等我們這次來個開門紅，你就可以放開手腳買你喜歡的儀器設備了。」

蘇唯說完，見沈玉書掏出手套，將收集來的東西依次拿出來，做出檢驗的準備，他問：「我有什麼可以幫你的嗎？」

「你可以負責買飯。」

蘇唯挑挑眉。

像是感覺到了他的不爽，沈玉書又接著說：「順便去問問長生，那晚逍遙到底去了哪裡？」

「你不會真的懷疑小表弟吧？而且你怎麼就這麼敢肯定長生會跟我說？」

「你總會有手段讓他說實話的，別忘了你可是他的蘇醬。」

「咦，這話怎麼聽起來有濃濃的醋味？你不會連小孩子的醋都吃吧？」

「你可以離開了，還有，請隨手帶門。」

沈玉書做出個「他要做事，請立刻消失」的手勢，蘇唯只好照他說的躬身告退，帶上門走了出去。

沈玉書將從死者衣服上取到的物質纖維移到顯微鏡下觀察，聽到逐漸遠去的腳步聲，他微微抬起頭。

他會那樣說當然不是在吃醋，而是有種感覺，長生跟蘇唯比較親近，有蘇唯在，長生說話也放得開，而且總是可以非常快捷地吸收蘇唯的那些稀奇古怪的方言。

難道是他說話太嚴肅了嗎？還是他為人太無趣？

想了三秒鐘，在確定自己既沒有嚴肅也沒有無趣後，沈玉書放棄了去思索這個無聊的問題，專心做事。

蘇唯先去了洛家。

謝文芳剛好把晚飯做好，聽蘇唯說他們還沒吃飯，就直接叫他坐下來一起吃，又另外盛了盒飯，讓他回去時帶給沈玉書。

蘇唯吃著飯，一直被謝文芳嘮叨說沈玉書這孩子太見外，明明家在這裡，卻很少回來，洛逍遙也是，最近也不知道怎麼回事，總是心不在焉的，昨天讓他幫忙整理一下草藥，他還把手割傷了，真是個大少爺。

謝文芳埋怨完，又叮囑蘇唯讓他有時間多勸勸這兄弟倆，不要把家當旅館，蘇唯只好點頭應下來，說他們剛接了大案子，等忙完了這陣子就回來，謝文芳這才轉怒為喜。

吃完了飯，蘇唯找藉口把長生叫出來，向他詢問戲院出人命案那晚的事，長生一臉為難，支支吾吾了半天，就是不肯鬆口。

蘇唯早就知道這小孩有點義氣，不會輕易妥協，他拿出小禮物，在長生面前亮了亮，說：「你告訴我，這東西就是你的了。」

「口琴！」看清楚蘇唯手裡的東西，長生驚喜地叫起來。

那是個兒童吹的小口琴，蘇唯在回來的路上，剛好看到路邊樂器店的櫥窗裡擺著，就順手買了下來，正宗的進口貨，在小孩子眼中，口琴不僅是樂器，更是玩具，而且是非常昂貴的玩具。

果然，看到口琴，長生的眼睛都亮了，拿過來，愛不釋手地翻來覆去地看，蘇唯趁機說：「現在可以告訴我了吧？」

「可是……我答應過逍遙不可以說的。」

長生為難了好久，最後一咬牙，把口琴推到蘇唯面前，做出歸還的樣子。

沒想到這孩子這麼講義氣，禮物策略行不通，蘇唯只好搬出第二套計劃。

「逍遙不讓你對小姨跟洛叔還有他表哥說，有說不可以對我說嗎？」

「嗯……」長生仰頭看天想了想，「好像沒有欸。」

「所以你告訴我，不算違反約定。」

「可是你如果知道了，一定會告訴沈哥哥的吧？」

「那是我的事，不在你的承諾範圍之內，你不需要為別人的行為買單啊……呃，你懂這句話的意思嗎？」

「懂的，就是個人的行為個人負責，那……口琴還會給我嗎？」

「給你，拿去玩吧。」

小孩子被蘇唯的三言兩語說迷糊了，又因為收下了口琴，太開心，所以之後不管蘇唯問什麼，他都說得很詳細。

最後蘇唯問完了，從長生的敘述中，他隱約抓到了一些真相的脈絡，跟洛家夫婦告辭，出來後叫了輛黃包車，快速趕回偵探社。

偵探社裡很靜，保持他離開時的狀態，蘇唯進去後，直接衝進實驗室裡。

房間裡充斥著一股奇怪的藥味，蘇唯剛進去，就被嗆得咳嗽起來。

他急忙屏住呼吸，就見桌子上依次擺放著他們尋找回來的證物，在另一邊的桌子上，照片就像撲克牌似的平攤開來，有幾張直接用圖釘釘在牆上，方便隨時看到。

而這間房子的主人此刻正坐在椅子上，低頭觀看顯微鏡。

蘇唯環視了一遍房間，問：「在我出去的這段時間裡，這裡發生了什麼事？」

「我只是做了些化學實驗，為了分析物質纖維構成。」

「我覺得在分析出來之前，中毒的可能性比較大，我可以開窗嗎？」

「資料結果證明這種氣體雖然酸臭，但不會影響到人的健康狀況，不過如果讓你感到不適，你可以開窗。」

下一秒，蘇唯不僅把房間裡唯一的小窗打開了，還把房門以及走廊上的窗戶也都打開了，放風通氣。

「這是小姨讓我帶的飯，先吃飯吧。」

他把飯盒放下，看著釘在牆上的照片，說：「我也從長生那裡打聽出逍遙的事了，你這邊呢？」

「也有不少收穫，你先說，順便倒杯水過來。」

他什麼時候除了搭檔外，還兼職僕人了？

蘇唯站在原地沒動，沈玉書注意到了，「你如果不想倒水的話，倒茶也可以。」

這兩件事的性質好像是一樣的。

為了早點知道檢驗結果，蘇唯沒再跟沈玉書糾結，跑去倒了茶水，等他端茶回來，沈玉書已經開始吃飯了。

蘇唯把自己問到的情況一五一十詳細地說了一遍，沈玉書沒有打岔，直到他說完，沉吟了一會兒，說：「我終於放心了。」

蘇唯點頭道：「聽了這些事，正常人的反應不該是擔心嗎？說不定逍遙在無意中被捲進了凶殺案裡。」

「因為沒有想像的那麼糟糕。」

蘇唯很想問沈玉書一開始是怎麼想的，不過最後還是忍住了，問：「你說的收穫是什麼？」

「我分析比對了死者鞋底上的泥土跟戲院地下室還有戲院後巷的泥土成分，確定我們推測得沒錯，那兩處都不是案發第一現場；還有，姜大帥抽的是哈德門，但他的衣服上跟指甲裡找到的卻是雪茄的菸灰成分，我這裡設備有限，無法檢測出更精密的資料，但至少可以肯定那不是哈德門。」

「所以他死前抽的其實是雪茄？或是跟他會面的人抽的是雪茄？」

「正是。」

「那麼他那晚到底是去哪裡抽菸的？究竟有沒有去戲院外邊？」

「這也是疑點之一，我沒有在戲院走廊以及其他地方發現血跡，雖然不排除事後有人做了清理，但凶案發生在戲院內部的可能性很低，一是因為容易被看到，二是姜大帥的身材高大健碩，如果兩人以上搬運屍體，卻一點痕跡都沒有留下，不合情理。」

沈玉書繼續推論道：「我觀察了後巷的形狀，猜測他可能是在其他地方遇害的，之後有人將屍體運到巷口，趁夜黑人靜扔在了戲院後面，再用姜大帥的槍連開兩槍，一槍打中他的心臟，用來掩蓋原有的致命傷，另一槍則是渾水摸魚，讓人以為是盜賊為了搶東西，在爭執中走火的。」

「等等，你的推論有個很大的疑點，那就是戲院地下室有血跡，而且看守也證明了姜大帥沒有離開過戲院，所以凶殺案還是發生在戲院內部。」

「不，那不是疑點，你還記得逍遙曾提到過屍體僵硬狀況嗎？從屍體僵硬程度來推算，在姜大帥跟吳媚進戲院之前，他就應該死了，可他偏偏沒有死，還被很多人看到活蹦亂跳地坐在坐席上聽戲。」

「你的意思是……」

經沈玉書提醒，蘇唯眼前一亮，急忙站起來，仔細查看釘在牆上的照片。

有兩張分別是姜英凱從黃埔旅館出來跟進戲院的偷拍，角度關係，看不到他的正面。

「難道這個人不是姜大帥？」

「不錯，你曾說女人化妝就像喬裝，其實這就是一種心理暗示，大家看到光頭、身體魁梧、身邊隨從眾多，還有吳媚跟隨，就先入為主地以為他是姜大帥，但他很可能是冒牌貨，真正的姜大帥那晚偽裝去了別的地方，或許就是為了員警廳的那個位子，去跟幫他的人會面。」

「有一點我想不通，姜大帥不管去哪裡，都會帶保鏢隨從，為什麼偏偏出事當晚沒有，難道他篤定合作夥伴不會害他嗎？」

沈玉書沒有回應，他把飯吃完，品著茶，說：「這一點我也想不通，不過他會這樣做，一定有他的理由。至於戲院地下室的血型，我已經在做血清凝集試驗了，不過需要些時間才能出來結果，到時就知道是不是跟姜大帥有關了。」

「那你之前提到心臟部位的二次傷害，有查到什麼？」

「我沒有解剖屍體，不敢做最終判斷，不過從傷口形狀來看，死者是被某個很細的硬物刺死的，彈孔是為了掩飾最初的傷口，但凶手在慌亂之下沒有對準刺傷，於是造成了第一次傷口由下而上刺入心臟，而第二次雖然在相同的地方開了槍，子彈卻是由左往右貫穿身體，導致兩次傷害的軌道微妙地錯開了。」

「知道第一次的傷口是什麼造成的嗎？」

「暫時還想不到，所以我需要更多的線索。」

「可是線索這種東西，也不是你想有就有的，所以適當的休息也是有必要的。」

沈玉書吃完飯，蘇唯把飯盒收拾了，拿去廚房。

見他這麼主動，沈玉書很意外，端著茶杯跟過去。

蘇唯洗著餐具，聽到腳步聲，他頭也沒回，問：「你是不是覺得能遇到這樣一位上得了廳堂下得了廚房的搭檔，是幾輩子修來的福分？」

「我覺得我今生可以遇到如此厚顏無恥的人，簡直就是奇跡。」

「對朋友惡語相向是很不道德的。」

「我只是就事論事——無事獻殷勤，非奸即盜。」

蘇唯轉頭看過來，一臉嚴肅，就在沈玉書以為他生氣的時候，他突然展顏一笑。

「你說對了，這世上沒有白吃的早餐、午餐還有晚餐，做事有回報，這是天經地義的事。」

「你想要什麼回報？」

「我想夜間散步，如果有個地道的上海人做嚮導的話，那一定很方便。」

沈玉書聽完後，一言不發，轉身離開了。

蘇唯聳聳肩，他對沈玉書的反應並不意外，反正他也只是隨口說說，並沒當真。

誰知腳步聲很快又轉了回來，沈玉書的聲音從走廊上傳來。

「想去哪裡？我帶路。」

半小時後，站在聖若瑟教堂頂樓外沿，俯覽下方璀璨的夜景，把玩著手裡攜帶式扁形鋼製酒壺，蘇唯心裡充溢著濃濃的滿足感。

夜風拂過，彷彿將彌撒的詠唱聲也一起帶來，仰頭可以看到滿天的星光，遠處則是滾滾流逝的黃浦江，蘇唯擰開酒壺，仰頭喝了一口。

酒香濃烈，就像他此刻的心情，平靜、空靈、震撼，無法用語言來評說。

這的確是個萎靡腐敗的時代，但不可否認，這也是一個幾近繁華的時代。

也是此刻，他深深感覺到，他並沒有後悔來這裡走一遭，甚至慶幸自己的經歷。

因為這樣的星空、這樣的夜景，是在現代都市中無法欣賞到的。

但很可惜，在這麼美的夜月下，總有幾曲不和諧的音符。

「你不覺得你現在的行為很裝X嗎？」

聽了這話，如果不是高度不允許，蘇唯很想把身邊這個不解風情的傢伙踹下去。

他有點後悔約沈玉書一起來了，這麼美麗溫馨的氣氛應該適合情侶光顧，而不是兩個大男人在這裡喝酒。

「你知道裝X是什麼意思嗎？」他斜瞥沈玉書，問道。

「根據你的用詞習慣，像你現在這種明明不喜歡喝酒，卻特意買個扁形酒壺，還在三更半夜跑到教堂頂樓一邊看風景一邊喝酒的行為就是裝X。」

好吧，他不得不承認沈玉書的學習力很強，他都說對了。

「這叫氣氛，你不懂。」

「但我懂怎麼帶你來這裡。」

「得了吧，最後開鎖還不是靠我自己？」

「所以我現在很後悔。」

沈玉書反背雙手，看著遠處的風景，不鹹不淡地說：「希望在被發現之前，你及時停止這種愚蠢的行為，否則我們就要去巡捕房看夜景了。」

「那也值了，你不知道我以前看民初的電視劇……我是說某種戲劇，就一直有個夢想，那就是學著裡面的演員那樣，站在上海灘最高的建築物上俯覽夜景，現在有這個機會了，豈能不把握？」

「你知道為什麼男人都喜歡俯覽風景嗎？」

「為什麼？」

「從生物學上講，雄性的本能是把自己所看到的地方都視為自己的領地，所以看得越多越遠，他的自信心越會隨著極端膨脹，從而達到心理上的滿足，說白了，這只是一種動物本能，另外，這裡不是上海最高的地方。」

聽著沈玉書的解釋，蘇唯首先的想法就是全世界百分之八十的男人都中槍了，而且還是中的機關槍。

他沒好氣地說：「你少吐槽一句會死啊。」

「這不是吐槽，這叫實話實說。」

在這麼溫馨的時候說煞風景的話，蘇唯忍不住懷疑將來到底是哪個女人不長眼嫁給了他。

「這時候就不要實話實說了，享受就好。」

蘇唯將酒壺遞給沈玉書，沈玉書接了，卻沒有馬上喝，而是看著酒壺嘴皺起眉。

「你有潔癖嗎？」

「沒有，至少我在撫摸屍體時沒有排斥感。」

蘇唯瞬間有種感覺，自己無形中被跟一具屍體相提並論了。

「只是酒喝得太多，我擔心一個不小心一頭栽下去。」

「大哥我拜託你，可以不要再實話實說嗎？」蘇唯直接伸手推了一下酒壺，「喝酒。」

幾口酒喝下去，兩人找了個平坦的地方坐下，看著遠方點點閃爍的燈火，沈玉書說：

「作為合作對象，我還不知道你出身哪裡。」

「喔，想探我的底？」

「只是隨口問問，你從哪裡來？來上海做什麼？」

「你問也沒用，我是從很遠很遠的地方來的，遠到你根本不知道的地方，我也不是特意要來上海，只是碰巧而已……」

夜風帶來管風琴的低吟，樂曲聲斷斷續續，虛幻而又渺茫，就像蘇唯此刻的心境。

他也不知道自己為什麼會來這裡，又要怎麼回去，這裡是繁華喧鬧的大上海，大得容得下來自世界各國的遊客，卻容不下一個他。

蘇唯仰頭又喝了一口酒，跟隨著樂聲輕輕哼起來。

沈玉書不知道他在哼什麼，只覺得很好聽，手指在膝蓋上輕輕打著拍子，覺察到蘇唯的心情不好，他沒有再問下去，也沒再拒絕蘇唯的勸酒，跟他你一口我一口地飲酌起來。

也許蘇唯說得對，在這樣的時間裡，只要享受就行了，案子的事明天再說吧。

【第四章】

線索再次斷掉了

沈玉書小聲對蘇唯說：「人太多，不方便混進去，我們先 A 計劃。」

A 計劃？等等，聽這意思，難道接下來還有 B 計劃、C 計劃甚至 DEF 計劃？可是在來的時候他們根本沒有討論過任何計劃方案吧？

——喔，他明白了，有人在自己的腦子裡做好了計劃，就以為他也知道了，問題是他既不是天才，也不是蛔蟲，他只是個搭檔而已啊！

清晨，蘇唯是被一陣刺耳的鈴聲驚醒的。

一瞬間，他還以為是在自己的別墅裡，伸手去摸討厭的鬧鐘，卻摸了半天沒摸到，還好鈴聲很快就消失了，他沒睜眼，翻了個身繼續睡。

可是靜謐沒有持續很久，鈴聲又重新響起，蘇唯的睡意成功被驅散了。

他睜開眼睛，當看到雕鏤精緻的窗櫺時，這才一個激靈，想起自己現在是在一九二七年的上海，萬能偵探社樓上的臥室裡。

陽光穿過玻璃窗射到身上，窗外晴空萬里，看來又是炎熱的一天，蘇唯的失落心情三秒鐘就消失了，他伸了個懶腰坐起來，決定好好享受在這裡的生活。

樓下的電話鈴聲還在響個不停，蘇唯掏出懷錶看了一眼，才剛七點，不知是誰這麼早打電話來。

他穿上拖鞋搖搖晃晃地往樓下走，頭兩側有點痛，讓他想起昨晚跟沈玉書在教堂頂樓對飲的事。

他們應該聊得很開心，所以喝了很多酒，酒壺的酒喝完後，他們又接著乾掉了兩大瓶酒，以至於後來他是怎麼回來的都不知道。

糟糕糟糕，忘了九十年前的酒家都太有良心，酒都不摻水的，所以一盡興就喝多了。

蘇唯揉著頭下了樓，順著鈴聲來到會客室，沈玉書也剛下來，他穿著西褲跟西裝馬甲，頭髮梳理整齊，腳步沉穩，看起來一點都不像宿醉後的模樣。

「難道我記錯了？昨晚跟我一起喝酒的不是你？」

「你沒記錯，只不過我沒像你喝得那麼多，」沈玉書快步走到辦公桌前拿話筒，「因為我擔心兩個人都醉了，踩空從教堂上掉下去怎麼辦。」

「說不定隔天報紙就會登出頭條——帥哥攜手殉情自殺什麼的……」

蘇唯開著玩笑坐去辦公桌對面，就見沈玉書接聽電話後，表情漸漸變得凝重，他也被帶動著收起了笑臉，注視沈玉書的舉動。

沈玉書沒有說什麼，只是不時地點頭，最後說：「好，我知道了，馬上就過去。」

感覺到事態的嚴重，沈玉書一放下電話，蘇唯就問：「出了什麼事？」

「孫澤學死了。」

蘇唯眼前冒出幾個大問號，就在他努力思索這個孫澤學是何許人也時，沈玉書給了他答案。

「孫澤學是公董局督辦辦公室的主任，曾參過軍，跟淞滬員警廳的一些官員交往密切，吳媚給我們的那份名單裡就有他的名字，姜大帥來上海後曾去見過他。」

「是誰打來的電話？」

「雲飛揚，他說剛得到消息，孫澤學昨晚在家中死亡，因為他的身分關係，巡捕們都趕過去了，具體情況他也不清楚，不過他拍過孫澤學跟姜大帥會面的照片，懷疑他們的死是不是有聯繫，所以來聯絡我。」

沈玉書說完，飛快跑去實驗室，蘇唯揉著額頭追過去，就見他站在貼照片的牆壁前，在照片當中瀏覽了一番後，抽出了其中一張。

照片背景是某家茶餐廳，跟姜英凱面對面坐著的是一個五十多歲，長得其貌不揚的老頭，但他的氣場很強，臉盤削瘦，鷹鉤鼻子，跟姜英凱坐在一起，完全沒被他的氣勢壓倒。

「他們看上去不像是朋友。」看著照片，蘇唯說道。

照片裡的姜英凱是側臉，孫澤學是全臉，兩人的表情都繃得很緊，桌上只有兩杯飲料，怎麼看都不像是普通的聚會聊天。

沈玉書收起照片，「先去現場。」

「你確定巡捕會把不相干的人放進去？」

「只要你在十分鐘內收拾好，我就有辦法。」

十分鐘後，蘇唯不僅收拾好行裝，還找到了兩顆蘋果當早餐。

為了行動方便，蘇唯放棄穿長袍，改為襯衣配吊帶西裝褲，再戴上禮帽，蓋住長長的怪色頭髮。

沈玉書看著禮帽在蘇唯手中以一種奇怪的方式轉了兩個花，然後戴在頭上，他不由得再次想起了裝X這個詞——戴個帽子都搞這麼多花樣出來，裝X這詞實在是太配蘇唯了。

兩人上了車，沈玉書負責開車，蘇唯在副駕駛座上坐好，將手裡的蘋果丟給他。

「一天一蘋果，醫生遠離我。」

他說完，對著蘋果咔嚓一口咬了下去，又示意沈玉書也吃。

「我有預感，今天必將又是繁忙的一天，為了補充體力，多吃水果是很有必要的。」

「補充體力最好的辦法是吃飯。」

「蘋果含有豐富的維生素C，清晨食用，可使肌膚一整天都保持潤滑柔嫩的狀態。」

喔對，他忘了，蘇唯今天還沒有做那個什麼……面膜，吃蘋果就當是美容吧。

沈玉書看看手中的蘋果，沉默著也咬了一口，將車開了出去。

孫澤學的家位於海格路，這條路上有不少獨具特色的西洋建築，一些小洋房外豎著高高的圍牆，深院四周枝繁葉茂，靜謐安閒中又帶著高不可攀的風韻。

不過現在，這份靜謐被打破了，沈玉書照雲飛揚提供的情報，把車開進海格路，往前跑了沒多久，就順著嘈雜聲來到一棟小洋房前。

洋房的庭院裡栽種了許多青藤植物，形成一堵天然屏障，將房子掩蓋在綠葉當中。

院外的街道上圍滿人群，除了巡捕跟看熱鬧的人外，還有不少記者，一個個舉著照相機不斷往前擠，恨不得衝進去拍個痛快。

沈玉書在附近找了個空位將車停下，兩人下車跑過去，就見門口站滿巡捕，別說找機會混進去，就連靠近都不可能。

「不知道小表弟在不在裡面，我們可以找他幫忙。」

蘇唯探頭往裡看，但洋房跟院門之間有一段距離，樓裡又房門緊閉，什麼都看不到，讓他忍不住再次感歎這個世界的不便利——現在如果有手機的話，就什麼問題都解決了。

「神探！神探！」

身旁傳來刻意壓低的叫聲，緊接著兩人的衣袖一緊，雲飛揚不知什麼時候擠了過來，把他們拉到偏僻的角落裡，左右看看，確定沒有人注意他們後，他小聲說：「我又打聽到新情報了，孫澤學是自殺，還留了遺書呢。」

「你的消息可真夠靈通的，」蘇唯打量他，對他打探情報的神速歎為觀止，「你是怎麼打聽到的？教教我唄。」

雲飛揚咧嘴一笑，露出他的小虎牙。

「嘿嘿，做我們這行的，道上跟巡捕房裡哪能沒幾個朋友啊。」

「既然有這麼多朋友，那怎麼你沒混進去？」

「我的朋友都是包打聽，探探情報還可以，進現場就別指望了，所以……」

「所以就找上我們了。」

被說中心事，雲飛揚吐吐舌頭，馬上又強調說：「但我的情報絕對準確，孫澤學跟姜大師有見過面，所以這條線有可查的價值，接下來就看你們的了。」

這一點倒是沒說錯。

沈玉書心裡也是這樣想的，他觀察著地形，小聲對蘇唯說：「人太多，不方便混進去，我們先A計劃。」

A計劃？

等等，聽這意思，難道接下來還有B計劃、C計劃甚至DEF計劃？可是在確定行動計劃之前，他想問一句，在來的時候他們根本沒有討論過任何計劃方案吧？

——喔，他明白了，有人在自己的腦子裡做好了計劃，就以為他也知道了，天才大概都是這種思維，但問題是他既不是天才，也不是蛔蟲，他只是個搭檔而已啊！

蘇唯雙手插進口袋，不爽地看向沈玉書。

沈玉書被瞪得莫名其妙，問：「有問題嗎？」

「沒有，那就照你說的去做，A計劃。」

蘇唯皮笑肉不笑地說，總之為了不被懷疑他的智商不夠用，打死他都不會說自己聽不懂沈玉書在說什麼。

不過雲飛揚沒有蘇唯那麼強烈的自尊心，虛心發問：「你們說的A計劃是什麼？」

「這是我們公司的內部機密，不能外洩，你只要到時看結果就好了。」

蘇唯把雲飛揚唬住，跟沈玉書回到他們停車的地方。

沈玉書從車裡取出道具箱，蘇唯配合著接過去，他現在明白了，所謂的A計劃就是跟昨天一樣，偽裝成大夫混進去。

不過今天情況特殊，凶案現場裡的人很多，到時會不會穿幫就是個未知數了。

沈玉書把口罩遞給蘇唯，注意到他的表情變化，問：「有問題嗎？」

「現在沒有，我只是在思索被發現後的逃跑路線。」

「請把你的職業習慣改一下，我們不是做賊，不需要提前設定好逃跑計劃。」

沈玉書給了蘇唯一個超奇怪的眼神，像是無法理解他為什麼會這樣想，然後轉身往回走。

蘇唯也無法理解沈玉書為什麼會理解不了他的想法，因為他們現在的行為比做賊更糟糕吧？

拿著道具箱轉回洋樓門前，蘇唯在嘴裡小聲嘀咕：「現實告訴我們，相由心生的說法絕對是錯誤的，至少這個理論在沈某人身上不成立。」

「你說什麼？」

「沒什麼，我只是想該用什麼身分，才不會被馬上戳穿。」

身後傳來車輛的喇叭聲，打斷了兩人的對話。

他們轉頭看去，就見一輛黑色轎車徐緩駛近，有記者注意到了，跑過去想找新聞，很快就被先下車的幾個人推開了，其中一個他們認識，就是昨天才見過面的那位趾高氣昂的探長裴劍鋒。

接著副駕駛座旁的門被打開，一個女人從車上走下來。

她身穿淺灰色西裝，左胸上別了一個簡單的花型配飾，大約三十出頭的年紀，是個既漂亮又非常有氣質的女人，長髮盤在腦後，用銀簪別住，看起來清爽幹練。

她環視了一下周圍的記者，冷靜地說：「目前案件內情還不明瞭，請大家稍安勿躁，如果有最新消息，警方會向大家說明的，在此之前，還請配合我們的工作，謝謝。」

她說完後，徑直向正門走去，裴劍鋒跟其他助手幫忙疏散人群，看他們恭恭敬敬的模樣，就知道女人的官銜在他們之上。

微風拂來，帶過清淡的玫瑰香氣，看著女人的背影，蘇唯不由得伸手摸著下巴，搖頭嘆服。

「果然是時勢造英雄，這個時代的女人個個都這麼有韻味。」

沈玉書也凝視著她不說話，蘇唯回過神，用手肘拐拐他，問：「看入迷了？」

「嗯，她跟吳媚，你覺得哪個更出色？」

沒想到沈玉書還真入迷了，蘇唯伸手在他眼前晃了晃，故意阻擾他的注視。

「我覺得各有千秋吧，吳媚是雅致，像蘭花，她是颯爽，像寒梅。」

「你們的眼光很好。」

雲飛揚湊了過來，小聲說：「她叫溫雅筠，出身書香門第，留過洋，是赫赫有名的華人女警探，現在在公董局警務處任職，好像還是督察，一個女人可以坐到這個位子，很厲害吧？」

沈玉書聽完，馬上問：「她結婚了嗎？」

「啊？」

雲飛揚一時間腦筋沒轉過來，驚訝地看沈玉書，蘇唯也不爽地瞪他，真沒想到沈玉書是這種人，他們是來查案的，怎麼一見到美女，就把正事忘記了。

「結過一次婚，聽說她的前夫在員警廳供職，不過因為個性不合沒多久就離了，後來她就專心工作，不再理會感情方面的事。」

雲飛揚解釋完，忍不住問沈玉書：「神探，你不會是想追她吧？那可能會比較辛苦，因為追她的人可以從這裡一路排到黃浦江了。」

「謝謝。」

沈玉書道了謝，給蘇唯使了個眼色，兩人戴上口罩，藉著剛疏散開的通道走進去，雲飛揚站在原地，他摸摸頭，實在想不通沈玉書為什麼問一些跟案子無關的問題。

正如蘇唯所料，在走到門口時，他們被巡捕攔住了。

不等巡捕提出警告，沈玉書先從口袋裡掏出了證明，堂堂正正地說：「我們是宏恩醫院的法醫，受公董局警務處端木警長的委託，來這裡協助調查。」

等等，如果他的記憶沒出問題，端木衡好像是庶務處的，而不是警務處，還端木警長……蘇唯打量著沈玉書，再次為他一本正經胡說的能力佩服得五體投地。

「法醫……」幾個巡捕莫名其妙地對望一眼，「可是法醫一早就進去了。」

「我剛才說了，我們是被特別邀請來協助的，你們可以去跟上司確認，就是剛進去的那些人。」

沈玉書說完，又看看手錶，「還請儘快一些，我們還有其他案子要處理，不能一直在這裡逗留。」

巡捕們都露出為難的表情，顯然他們的級別太低，不敢貿然去打擾上司，但是又怕耽誤了事情他們擔待不起，相互對望，不知該如何是好。

蘇唯對這幾名巡捕深表同情，為了拯救大家於水火，他挺身而出，說：「要不跟你們探長說也可以，其中有個叫洛逍遙的，警務處的人應該跟他打過招呼了。」

「那你們等著，我馬上去問。」

其中一名巡捕跑了進去，沒多久他們就看到洛逍遙急匆匆地跟隨巡捕走出來，並且一臉的氣憤加無奈。

蘇唯只好仰頭看天，表示他跟這件事一點關係都沒有，一切都是沈玉書搞出來的。

看到他們，洛逍遙的表情由悲憤轉為果然如此，他對巡捕低聲耳語了幾句，然後打手勢讓他們進去。

沈玉書率先進去，他剛走近，洛逍遙就攥緊了拳頭，小聲說：「如果你不是我哥，我一定會揍你，你知不知道這一片不歸我們巡捕房管的，我只是臨時被調來幫忙，你這麼做會害我丟飯碗的！」

那也要揍得過他才行啊。

蘇唯看看兩人的身高，很想衷心建議小表弟不要做出大腦短路的事來。

沈玉書快步往洋房裡走，又給洛逍遙打了個手勢，示意他跟上。

「放心，不會連累到你的，我提的是端木衡的名字。」

「那會不會拖累他啊？」

「不會，他昨天都說了有事可以隨時找他幫忙，現在我們只是借他的名字一用。」

「我想……」蘇唯嘆道：「端木那樣說只是客套話。」

「是嗎？」

沈玉書腳步一頓，看向蘇唯跟洛逍遙。

兩人一起用力點頭，沈玉書歪歪頭，又繼續向前走去。

「那下次見到他，我會建議他改掉這個壞習慣。」

——在建議別人改掉壞習慣之前，難道不該先改掉自己這種明知故犯的毛病嗎？

槽點太多，以至於蘇唯都無從吐起了，他跟著沈玉書走進洋房，開始問自己在意的問題。

「你們是什麼時候接到報案的？」

「六點半前後，是死者的傭人打的電話。」

通過洛逍遙的簡單講解，他們知道了孫澤學在幾年前妻子病逝後，就一人獨居在這棟房子裡，子女只有週末才回來，平時這裡只有孫澤學跟一個女傭。

孫澤學的生活很有規律，每天除了上下班，就是跟同僚去夜總會打發時間，或是邀請朋友來家裡打牌，有時候打牌會到很晚，所以招呼客人的事都由他自己來，女傭對他的朋友並不大瞭解。

據女傭說，昨晚孫澤學很早就回到家了，她也沒聽到門鈴聲，所以應該沒有外人來拜訪，早上她做好飯，卻一直沒看到孫澤學起床，她覺得奇怪，就去了臥室，沒想到臥室裡沒有人，被褥也沒有展開。

之後她又去了書房，就看到孫澤學坐在沙發上，開槍自殺了。血從他的頭上噴出來，濺得到處都是，女傭嚇得腿都軟了，連滾帶爬地跑出去叫人，又在鄰居的幫助下打電話報案。

「後來我們來到現場，發現手槍就握在孫澤學的手中，那手槍被證實是他自己的，而且我們還在現場找到孫澤學的遺書，已經拿去做筆跡鑑定了，不過據見過孫澤學筆跡的人說，遺書應該是他寫的沒錯，喏，那就是女傭，我幫你們望風，趁著現在沒人，你們有什麼話趕緊問。」

三人來到二樓，走廊拐角站了個身材矮小的女人，她看似嚇到了，臉色蒼白，拿了塊手帕不斷地抹汗，手指還打著顫。

她身旁還有一名巡捕，洛逍遙走過去，找藉口把他調開了，又給沈玉書遞了個眼色，讓他抓緊時間速戰速決。

沈玉書走到女傭面前，先說了聲妳好。

女傭猜不透他的身分，畏畏縮縮地點了下頭，沈玉書問：「妳發現屍體的時候，書房燈開著嗎？」

「是開著的。」

「那書房門呢？」

「門關著，不過沒有上鎖。」

「那外面的房門有沒有上鎖？」

「是鎖著的，我當時嚇傻了，折騰了半天才把門打開。」

「聽妳的意思，昨晚不是妳上的鎖？」

「是的，一般都是孫先生自己鎖門，因為他常有朋友晚上來做客。」

「那其他門窗呢？」

「我沒特別留意，不過應該都是上鎖的，治安不好，不會晚上還開著窗。」

「孫先生的交友很廣嗎？」

「廣，三教九流的，什麼人都認識。」

「這個人你見過嗎？」

沈玉書取出姜英凱的照片遞過去，女傭看了一會兒，搖搖頭。

「沒有，他沒來過。」

「孫先生的朋友裡有沒有女人？」

說到女人，女傭表情有些不屑。

「有的是，不過都是些交際花舞小姐，太太過世後，先生自由了，有時候還會帶人回來呢。」

在沈玉書詢問的時候，蘇唯把房子內部的構造跟擺設看了一遍。

小洋房採取開放式的建築結構，從一樓可以直接觀望到頂樓天花板，當中是螺旋形樓梯，樓下客廳跟樓梯拐彎的地方擺放著古董玉器，目測都是唐宋珍品，價值不菲。

牆壁上懸掛著孫澤學的一些照片，有長袍馬褂的，也有穿西裝的，照片裡的人很瘦，顴骨突出，嘴唇微抿，看面相是個很嚴苛的人。

除了照片，牆上還有不少草書掛軸，書法蒼勁有力，看落款蓋章，居然是孫澤學的親筆。

難怪認識孫澤學的人會說遺書是他的筆跡了，這樣的書法很難模仿吧。

「你們是什麼人？在這裡幹什麼？」

身後傳來嚴厲的話聲，兩人轉過頭，就見溫雅筠從書房裡走出來。

裴劍鋒跟隨在溫雅筠身邊，他認出了沈玉書跟蘇唯，附耳說了幾句，溫雅筠皺起眉，輕聲說：「端木衡推薦的？」

「溫督察妳好。」

沈玉書走過去，主動向溫雅筠問好。

「我叫沈玉書，是宏恩醫院的實習醫生，剛回國不久，為了積累一些臨床實際經驗，所以請端木先生幫我們提供了這次機會，如果妨礙了你們辦案，還請見諒。」

「這裡是法租界，為什麼端木衡要介紹公共租界那邊的醫生？」

——大概是因為冒充法租界醫院的醫生，會容易穿幫吧？

蘇唯猜沈玉書一定是這樣想的，雖然被質疑，只見沈玉書毫不慌張，微笑道：「就因為不合規矩，才特意請他走後門的啊！」

溫雅筠上下打量沈玉書，目光鋒利，這讓她的美貌打了折扣，問：「你跟端木衡很熟嗎？」

「少年時代的朋友，所以才厚著臉皮去拜託他的。」

沈玉書環視周圍，問：「是不是你們不歡迎外部人士插手？其實我們就是來看一看，不會過多干預的，你也知道履歷書上如果多一些實際經驗資歷的話，比較有利於今後的求職。」

溫雅筠無視他的笑容，冷淡地說：「既然是端木先生的推薦，那你們就去看看吧，不過不要過多接觸現場，妨礙辦案。」

「謝謝。」

沈玉書道謝走了過去，看著他的背影，溫雅筠低聲問裴劍鋒。

「你說他們昨天還去看過姜英凱的屍體？」

「是的，其實當時我就覺得奇怪，端木衡是庶務處的，他為什麼要插手警務處的事？不過他的身分背景很特殊，我也不方便多問。」

「那就不要問了，高官公子都想做出點成績來，以奠定自己的地位，那是個很有野心的人，不會一直甘心在庶務處做的。」

「那為什麼還放他們進去？如果端木衡藉此空降到警務處，會不會妨礙到妳……」

「堅持不讓他們進去，反而惹人懷疑，你盯緊點就好。」

溫雅筠交代完，徑直往前走去，裴劍鋒慌忙應下來，讓其他巡捕跟隨溫雅筠進行調查，他自己則去書房，監視沈玉書跟蘇唯的行動。

這時沈玉書已經走到了書房門口，轉頭看去，剛好看到溫雅筠順樓梯上樓。

蘇唯湊到他耳邊，小聲說：「她好像對這裡挺熟的。」

「你去問一下女傭孫澤學跟溫雅筠的關係。」

「好。」

蘇唯把道具箱給了沈玉書，跑出去，正好在門口跟裴劍鋒撞了個滿懷，他立刻彎下腰，捂著肚子說：「我想去洗手間，你幫忙帶個路。」

「我也不知道在哪裡啊。」

「幫我找一下總行吧，快點快點，我忍不住了！」

蘇唯不由分說，抓住裴劍鋒的衣襟就往外拖，裴劍鋒被他一路拽去了走廊上，根本沒機會去盯沈玉書。

沈玉書戴上手套，拿著道具箱走到書房當中。

房間裡有幾位探員，還有一名驗屍官在檢查屍體，大家不認識沈玉書，不過見他氣場不凡，又暢通無阻地進來，都以為他是溫雅筠帶來的法醫，也沒有多問，任他自行勘查現場。

沈玉書先觀察了房間的布置。

書房格局很簡單，擺放著書桌椅跟書架，另外還有一對供客人用的沙發以及茶几，窗前垂著厚重的窗簾，光線透不進來，所以房間裡仍然保持開燈的狀態。

書桌上文房四寶擺放整齊，硯臺裡的墨跡半乾，一枝沾了墨的狼毫筆搭在硯臺上，那應該是孫澤學寫遺書時用的筆，或許探員們認為毛筆不重要，所以還沒有收走。

沈玉書拿出隨身帶的筆，在手上寫了幾個字，接著又去檢查窗戶。

窗戶是從裡面鎖上的，排除撬窗而入的可能性。

沈玉書再轉去看死者，死者坐在沙發上，身體歪斜靠著椅背，右手持槍，從噴血狀態來看，子彈是從他的右邊太陽穴射入，沈玉書順著射擊方向看過去，找到了對面牆上的槍眼。

「有什麼發現嗎？」他蹲下來，觸摸死者的身體，詢問驗屍官。

驗屍官是個帶著書卷氣的中年男人，他沒詢問沈玉書的身分，直接回答：「從屍僵程度來看，他是昨晚八點至十點死亡的，死者右側頭部中槍的地方有灼傷，手指上遺留了部分火藥灰燼，證明是死者自己開槍自殺的，那柄手槍也被證實是他自己的。」

沈玉書仔細觀察了驗屍官解說的幾個地方，他發現死者面容平靜，身上穿的睡衣也很整齊，腳上的拖鞋沒有脫落，房裡也沒有搏鬥的痕跡，所有狀態都證明這是自殺。

「他為什麼要自殺？」

驗屍官看看周圍，小聲說：「據說是感情糾葛，死者生前追求大世界的一位叫明月的舞小姐，但人家看不上他，他就一時想不開。」

「遺書裡都寫了什麼？」

洛逍遙走過來，幫忙回答了這個問題。

「寫的是『我本將心向明月，奈何明月照溝渠，今生無緣，來生再聚』，不愧是舞文弄墨的，連遺書都寫得這麼煽情，最後還落了孫澤學自己的名字，我們已經派人去跟那位舞小姐確認了。」

「就是這樣？」

「不然呢？難道你要一個臨死的人長篇大論地寫散文嗎？」

洛逍遙說完，又追加，「對了，我們問過女傭，她說孫澤學最近犯了偏頭痛，一直在吃藥，心情不好，經常為了一點小事就發脾氣，這大概也是刺激他自殺的原因之一。」

沈玉書還要再問，身後傳來咳嗽聲。

裴劍鋒趕了回來，打斷他們的對話，對沈玉書說：「都查完了吧？接下來我們還有許多後續工作要做，如果你們沒事，就請先離開。」

他下了明顯的逐客令，沈玉書卻當沒聽懂，很認真地說：「那我去牆角，不妨礙你們做事。」

牆角有什麼好看的，還不如直接離開。

如果沈玉書不是端木衡的朋友，裴劍鋒一定會這樣說，看著他去了牆角，那裡既沒有人，也沒有擺放物品，越發不明白他的意圖。

沈玉書垂著眼簾站在牆角，像是在閉目養神。

見他沒有再插手調查工作，裴劍鋒也不方便緊逼，轉去跟其他探員問話，瞭解案子的情況。

蘇唯趕了回來，看到沈玉書一個人站在角落裡，像是老僧入定一樣眼觀鼻鼻觀心，他挑挑眉，跑了過去。

「你是在死亡現場睡覺嗎？」

聽到蘇唯的聲音，沈玉書睜開眼睛，他沒說話，向蘇唯伸開手掌。

看到他手上的字，蘇唯點點頭，又瞄瞄站在一旁的裴劍鋒。

沈玉書走到裴劍鋒面前，問：「我想知道一件事，你們有檢查這裡所有的門窗嗎？」

裴劍鋒正忙著，不耐煩地說：「你不是法醫嗎？你不問屍體，問窗戶幹什麼？」

「正因為我是法醫，才要注意現場的每一個細節，因為線索可能就藏在一些大家不注意的地方。」

「明明就是普通的自殺案，偏要搞得這麼麻煩。」

裴劍鋒很不耐煩地說完，用眼神瞟洛逍遙，「是你負責現場調查的吧？你跟他說。」

「喔，我們一開始也以為是凶殺案，所以來到現場後，首先就檢查了所有的門窗，我確定門窗都是從裡面鎖上的，也沒有被撬過的痕跡，我還問過女傭，她證實房子的備用鑰匙沒有丟失，換言之，這整間房子就是個密室，不存在外人作案的可能。」

「這怎麼能算是密室呢？」

蘇唯走過來，聽了洛逍遙的話，反駁道：「孫澤學交友廣泛，又常出入風月場所，如果有人趁他不注意，偷偷配製他的鑰匙，也不是不可能的。」

「驗屍官剛才都已經說了，這是一起自殺案，遺書都有了，總之，這裡的事情完結了，你們不要再妨礙我們工作。」

裴劍鋒說完，給洛逍遙打了個手勢，讓他帶人離開，蘇唯還要再堅持，被洛逍遙拉住，不由分說就往外走。

他們走到門口時，裴劍鋒又把洛逍遙叫住。

「你順便再去跟遺書裡提到的那位舞小姐問問情況，對了，還有死者的筆跡鑑定結果，爭取儘快結案。」

「是！」

洛逍遙答應了，心裡萬分慶幸裴劍鋒給了他藉口，讓他可以把這兩個喜歡搞事的人帶走。

三人出了洋樓，外面圍觀的人群已經散了，只有幾個巡捕在門口守衛，沈玉書對洛逍遙說：「阿衡把他的車借給我了，我送你去。」

「算了，我怕上了賊船下不來。」

洛逍遙恨恨地瞪沈玉書一眼，掉頭就想走，被蘇唯用手勾住脖子拽了回來，笑嘻嘻地對他說：「小表弟，你已經在賊船上了，還是想想怎麼同舟共濟吧。」

「上車，我有話要問你。」

洛逍遙很想拒絕，但是看看沈玉書的臉色，他沒敢再堅持，乖乖由蘇唯把自己拉去了停車的地方。

雲飛揚正靠在車門前翻筆記，看到他們回來，興沖沖地迎上前，問：「有什麼發現沒有？孫澤學是自殺還是他殺？」

「上車再說。」

這附近可能有溫雅筠的人，沈玉書不想多談，等大家都上了車，他把車開出去。一塊手帕從旁邊遞過來，蘇唯展開手帕，露出裡面的毛筆，笑咪咪地看他。

「拿到手了？」

「我出手，那還不是手到擒來？不過下次有請求，拜託早點說，要知道在一堆員警面前偷梁換柱，我的壓力也是很大的。」

「別忘了你是神偷，是無所不能的蘇十六。」

難得的被沈玉書稱讚，蘇唯心情頗好，情不自禁地哼起歌來。

洛逍遙在後座聽到了他們的對話，嚇得撲到椅背上，盯著那管毛筆，追問：「這是現場的東西？你們也太大膽了，我拜託你們，給我留條活路好不好？如果傳出去，我會死的……」

「別擔心，最多是被撤職，死不了人的。」

「如果做不成巡捕，那我寧可死了算了。」

「你當什麼都不知道就好了，」沈玉書說：「這裡就我們四個人，如果消息走漏出去，叛徒肯定就在我們當中。」

洛逍遙立刻轉頭盯住雲飛揚。

雲飛揚嚇得連連搖手，「我一定不會說的，絕對不會說，請相信我。」

「那你寫保證書！」

「我寫我寫。」

就在後面兩個人忙著交涉信譽保證問題的時候，沈玉書問蘇唯：「你找到機會問女傭了嗎？」

「問了，不過女傭說她不認識溫雅筠，溫雅筠也從來沒拜訪過孫澤學。」

「可是她看起來卻對孫家很熟悉。」

「洋樓構造都大同小異嘛，這也是說得過去的，我覺得最神奇的是孫澤學不過是公董局的一個主任而已，可是他的死卻驚動了警務處，說不定真跟姜大帥之死有關係。」

洛逍遙在後面越聽越迷糊，問：「這是怎麼回事？怎麼又扯上姜大帥了？」

蘇唯把孫澤學跟姜英凱的合照拿給他看，洛逍遙看完，往椅背上一靠，呻吟道：「不會這麼巧吧？難道孫澤學不是自殺？」

沈玉書開著車，說：「我看了孫澤學的照片，他是個很講究的人，可是自殺前卻只穿著睡衣跟拖鞋，這不符合自殺者的審美。」

蘇唯聳肩，「我沒想過要自殺，所以我無法理解自殺者的審美心理。」

雲飛揚舉手說：「我看過一些心理書籍，對想自殺的人來說，心理上還是有種作為生者的尊嚴，除非是極度窮困潦倒的人，否則自殺者都會用體面的方式告別人生，如果孫澤學是個很講究的人，那他就更不會只穿著睡衣自殺了，對了，孫澤學為什麼要自殺？」

蘇唯說：「他留了遺書，說是因為追求不到某位舞小姐，為情自殺。」

「哈哈，我沒聽錯吧？我剛剛打聽了一下，孫澤學有不少女伴的，而且他還挺有野心，為了往上爬，踩掉了不少同僚，這種人要說被殺還說得過去，怎麼會為情自殺？」

沈玉書透過後視鏡看了雲飛揚一眼。

「你的消息很靈通啊。」

「呃……呵呵，我這不就是認識很多包打聽嘛，認識的人多，自然消息就來得快了。」

他說得支支吾吾，明顯有問題，不過他帶來的情報應該沒問題。

蘇唯說：「假如不是自殺，那就是有人來拜訪他，找機會幹掉他，孫澤學會穿著睡衣會客，可見他們的關係非同一般。」

「那會是誰啊？」

「這是你們巡捕要去查的事吧？跟孫澤學關係密切的，可以配到他家的鑰匙的，並在他沒有防範之下幹掉他的，這範圍已經縮小很多了。」

雲飛揚再次舉手，「那我再去打聽打聽孫澤學的交友情況，等我的好消息。」

「我送你回報社，你的報社是在……」

雲飛揚立刻搖手，「不用了、不用了，我就在這裡下車好了，反正我進報社也沒事做，不如去追追線索。」

雲飛揚指指道邊，等沈玉書停好車，他跟大家擺擺手，跳下車，頭也不回地跑掉了，速度快得像是擔心被追問似的。

「那我也下車好了，大世界就在這附近。」

洛逍遙也想下車，被蘇唯伸手拉住，緊接著轎車重新駛動，他急得大叫：「你們很忙吧？我就不耽誤你們做事了。」

「大世界回頭再去，有件事我要問你。」

「什麼事啊？」

沈玉書找了個空地把車停下，轉過身，對他說：「很重要的事，所以你要想清楚了再回答，我不想把時間花在聽謊言上。」

「沈先生你不要把臉繃得這麼緊，把氣氛搞得這麼嚴肅，你看你都嚇到小表弟了。」

蘇唯坐去後排座上，他做出一個非常良善的笑，扳住洛逍遙的肩膀，安慰道：「沒事沒事，我們就是問幾個小問題，比如你為什麼跟上司借那麼多錢？比如你為什麼最近總是神不守舍？再比如姜大帥在戲院後面被殺的時間裡，你在幹什麼？」

他問一個問題，洛逍遙就抖一下，到最後臉色越來越白，想張嘴辯解，蘇唯放在他肩上的手加重了力道，溫柔地提醒道：「想好了再說，在你要撒謊之前，請不要忘記，現在在你面前的兩個人智商都遠遠超過你。」

「不是……我就是……最近手頭緊……同事推薦流行時裝，我買太多，沒錢了，也不敢跟爹娘說，所以跟上司借錢……」

「是不是還有借高利貸？」

「怎麼可能？」

「沒借高利貸你慌什麼？」

被沈玉書厲聲喝問，洛逍遙嚇得一抖，蘇唯急忙打圓場。

「你不要這麼弟控……弟控的意思是關愛弟弟超過了正常的界限。逍遙是巡捕，而且還是個很有正義感的巡捕，怎麼可能為了買衣服去借高利貸？如果讓小姨知道，還不打斷他的腿！」

「會的！一定會打斷我的腿的！」

「那還不說實話？」

「我都說了，你還讓我說什麼？」

被兩下夾攻，洛逍遙更慌了，下意識地去摸脖子上的護身符，摸了個空，才想起他的護身符小藥瓶被面具男帶走了，又慌慌張張地趕緊把手放下。

可惜沈玉書注意到了，問：「你的護身符呢？」

「那個……忘在家裡了……」

「還撒謊！」沈玉書喝道：「你身為巡捕，應該最明白知情不報的嚴重性，現在已經死了兩個人了，你是不是還想看到更多人死？」

「當然不是！我的事跟姜大帥被殺一點關係都沒有！現在社會都講隱私權了，哥，我也有權維護我的隱私，選擇說還是不說！」

「是啊，你有權保持沉默，但你所說的每句話都將成為呈堂證供，」蘇唯拍拍他的肩膀，「所以小表弟，等到了法庭上，一切就由不得你了。」

洛逍遙被他搞暈了，瞪大眼睛看著他不說話。

沈玉書說：「不錯，地下室的事我們已經知道了，也知道那晚你一直沒回去聽戲，不是跟朋友聚會，而是在地下室裡，跟你見面的人是誰？是不是他殺了姜大帥？」

「不是！」

洛逍遙說完才發現自己中計了，他氣憤憤地說：「長生那臭小子，居然出賣我。」

「他沒說什麼，都是我們猜到的，所以小表弟你是選擇馬上坦白，還是繼續在這裡浪費時間？」

「我不能說的，會死人的。」

「你不說，照樣會死人，」蘇唯說：「反正伸頭縮頭都是一刀，說了，我們還可以幫你，如果你再隱瞞下去，等小姨跟洛叔都知道了，那就太遲了。」

洛逍遙這幾天被面具男的事弄得心煩意亂，現在再被他們輪番轟炸，終於撐不住了，舉手投降。

「我可以告訴你們，但你們不能說出去，否則會連累到我爹娘的。」

兩人對望一眼，沈玉書問：「什麼事這麼嚴重？」

其實洛逍遙內心也很希望有人能幫自己解決這個大麻煩，沈玉書在他心中又像是神一樣的存在，所以他將那晚的經歷原原本本地說完後，心中一塊大石頭放下，反而覺得安心很多，說：「經過就是這樣，你們千萬不能告訴我爹娘，我怕他們擔心。」

「這麼驚險的事你居然藏了這麼久，真是太不夠意思了，戴了人皮面具的男人，聽起來很有傳奇性啊！」

蘇唯摸著下巴頗為感歎地說：「早知道那晚我也去聽戲了，要知道傳奇人物可不是那麼容易見到的。」

在他陷入妄想世界的時候，沈玉書分析道：「把面具男受傷出現的時間跟姜大帥死亡的時間做比對，他槍殺姜大帥的可能性很大。」

「不可能的，後來我去洗手間，還跟姜大帥撞個正著。」

「你並不確定那是姜大師不是嗎？」

「嗯……應該說是很像姜大師的人……可是如果面具男真是殺害姜大師的凶手，他得手後又是被誰追殺的？追殺他的人說他們是四馬路西口黃家商行的，我事後特意去問過，那條街根本就沒有姓黃的商人。」

「會不會是姜大師帶的隨從偽裝的？既然姜大師要隱藏身分跟人會面，那行動肯定是很機密的，他的隨從、副官甚至老婆都不敢說出真相。」

「可我覺得……面具男不像是窮凶極惡之徒，你們看他都沒殺我。」

——那是因為你太笨了。

兩人同時在心裡吐槽，不過為了照顧洛逍遙的自尊心，沒有說出口。

蘇唯說：「沒想到那晚還有這麼一齣戲，看來吳媚有很多事情沒告訴我們啊！」

沈玉書問洛逍遙，「你後來有沒有去追蹤面具男人的下落？」

「當然有，他傷得很重，一定需要就醫的，可神奇的是，我私下找遍了上海大大小小所有的醫院跟地下診所，都完全打聽不到他的消息，你們說奇不奇怪？」

「當然不奇怪，因為有一種人不需要特意去醫院。」

「是什麼人？」

小表弟真夠傻的，蘇唯忍不住提醒道：「就是你這種人啊。」

「啊？」

「你哥的意思是，如果面具男的身分跟你一樣是開藥鋪的，甚至是出身醫學世家的話，當然就不需要特意去醫院了。」

「是啊，這麼簡單的問題，我怎麼沒想到？」

經蘇唯提醒，洛逍遙懊悔地連連跺腳，又問沈玉書。

「那會不會真的是他殺了姜大帥，而我無意中救了殺人凶手？」

「我只說他有可能是凶手，但還不確定，所以我們需要更多的線索，你先跟我去偵探社。」

【第五章】

大盜勾魂玉

「你說這個大盜每次作案之前都會先送上信物，提醒被盜的人？」
「傳言是這樣的，應該是事實吧？」
「沒想到這個時代居然有楚留香這類的人物啊！」
蘇唯自言自語道：「可是沒理由啊，盜帥夜留香那只是傳說，不會有盜賊沒事幹，給自己找麻煩的。」
至少身為俠盜的他就不會這麼做，他相信他的同行裡也沒有這麼蠢的人。

回到偵探事務所，沈玉書把洛逍遙帶去實驗室，讓他查看雲飛揚提供的照片，看能不能根據身形找到面具男人。

血型比對結果也出來了，根據洛逍遙提供的情報，姜英凱的血型是B型，而在地下室留下的血漬是AB型。

沈玉書沒有在姜英凱衣服上發現AB型血漬，戲院後面的現場也沒有。

蘇唯說：「好可惜，剛才裴劍鋒看得緊，我們沒辦法收集到孫澤學家裡的指紋跟纖維採樣，否則就可以跟戲院地下室的指紋做對照了。」

「用處不大，指紋核對是非常繁瑣的工作，而且殺害孫澤學的凶手很有可能戴了手套，所以我們只有找到真正的凶案現場，才會知道姜大帥的死亡真相。」

「問題是找不到。」

「我也找不到。」

洛逍遙把照片仔仔細細看了一遍，垂頭喪氣地說：「裡面沒有面具男，他個頭挺高的，長得也很瘦，這裡面只有這個人比較像，可是你們看他的手腕，端個盤子都吃力了，怎麼可能打我……不，打人。」

他說的是照片裡的餐廳服務生，服務生只有十八、九歲大，看他削瘦的樣子跟端盤子的架式，的確沒有開槍殺人的氣場，洛逍遙問沈玉書：「怎麼辦？要不我去問問？」

「看他的身板根本不是你的對手，就不要白費工夫了，你去查舞小姐跟字跡鑑定結果，查到後，先彙報給我。」

「那我馬上去，還有面具男的事，你們千萬千萬不能告訴其他人，不然我就死定了。」

「放心吧，你會長命百歲的，小表弟。」

蘇唯推推洛逍遙，示意他趕緊去做事，洛逍遙擺擺手，跑了出去，沒多久，砰的一聲響從走廊那頭傳了過來。

沈玉書跟蘇唯跑出去，就見一個人被洛逍遙撞倒在地，捂著胸口一副痛苦的表情。

洛逍遙闖了禍，嚇得蹲下來查看，連聲問：「你沒事吧？對不起，我不是故意的。」

在他的攙扶下，男人終於站了起來，卻是端木衡，他擺擺手說沒事，不過看他蒼白的臉色，不像沒事的樣子。

沈玉書先詢問端木衡的情況，又責怪洛逍遙道：「冒冒失失的，撞傷人怎麼辦？」

端木衡緩了過來，說：「不關他的事，是我最近低血糖，本來身體就不大好，所以才會頭暈。」

洛逍遙去把撞飛的禮帽撿回來，遞給他，「我沒想到會有人來，真是對不起，是不是撞傷你哪裡了？我送你去醫院吧？」

「別擔心，沒那麼嚴重的。」

端木衡拍拍洛逍遙，讓他不要在意，又問：「這麼急，是不是因為孫澤學的事？」

「啊你都知道了？」

「你表哥用我的名義去勘查現場，警務處的人一轉身就去跟上頭打槍了，還好我父親跟總董是好朋友，所以不會影響到我什麼。」

端木衡說完，又笑著看向沈玉書，「你可真厲害啊，一出面就惹到了警務處最難惹的女督察。」

「不好意思，事出緊急，就借用了一下你的名字，我想以端木家的神通廣大，應該不會影響到你，不過還是要跟你說聲抱歉。」

蘇唯在旁邊忍笑忍得肚子疼。

一頂高帽子戴過去了，他想端木衡就算不高興也無法再說什麼，不愧是沈傲的曾祖父，這傢伙比沈傲腹黑多了。

端木衡精於世故，聽了沈玉書的話，他也順水推舟說：「等事情解決了，記得請我吃飯，就當是賠禮。」

見端木衡沒事，洛逍遙打了聲招呼，跑走了。

沈玉書請端木衡去實驗室，跟蘇唯低聲歎道：「逍遙勇氣有餘，智慧不足，就因為面具男遵守承諾沒殺他，他就說那人不是窮凶極惡之徒，他做巡捕，還真讓人擔心。」

「放心吧，小表弟傻人有傻福，他只是去問問情報，不會有事的。」

「你們在說什麼？什麼面具男？」

「我們剛從逍遙那裡聽說的一些小事情，沒什麼，」沈玉書一語帶過去，問：「你特意過來，是不是有什麼線索了？」

「有，不過有沒有價值就不知道了。」

三人進了實驗室，端木衡首先看到的就是堆滿桌子的照片，接著是書架跟擺放著各種檢測儀器的書桌，他不由得讚歎連聲。

「玉書，你這裡的東西真齊全，都快比上醫院的設施了，有查到什麼沒有？」

「查到一些，不過都不大重要，你呢？」

「我為了幫你們查這份名單上的人，一直忙到今天上午，想說總算有點眉目了，誰知就接到了警務處的電話，說孫澤學自殺了，你說巧不巧？」

「天底下沒那麼巧合的事。」

蘇唯把孫澤學跟姜英凱見面的照片拿給端木衡看，端木衡很驚訝。

「沒想到你們調查的速度也很快啊！」

「馬馬虎虎、馬馬虎虎。」

其實這些都是雲飛揚的功勞。

端木衡拿出他查到的資料，首先是關於吳媚的，內容跟雲飛揚提供的一樣，沈玉書跟蘇唯看完後對望一眼，確定了雲飛揚這個人雖然古裡古怪，但至少他的情報是準確的。

接著是端木衡根據吳媚提供的名單做的交友關係表。

圖表用不同的顏色做了標注，名單下方還注明了每個人的職業跟身分，孫澤學也在其中，他跟姜英凱之間的連線上寫著初次會面的字眼。

「看來他們並沒有交往，只是有共通認識的人而已。」沈玉書觀察著關係表說。

圖裡表明姜英凱來到上海後，曾去見過一些官紳要員，這些人跟孫澤學又都認識，官場中大家抬頭不見低頭見，彼此有聯絡並不奇怪。

吳媚那邊接觸的人較少，都是一些名媛，看來沒有追查的價值。

「人沒有多少，沒想到關係還挺複雜的。」

蘇唯雙手交抱在胸前，看著關係表，嘆道：「本來以為會很難查，但孫澤學的死亡反而給我們提供了線索。」

「不錯，孫澤學在這個時候死亡，時間上太巧合了，阿衡，你跟孫澤學在一個地方上班，你對他瞭解多少？」

「雖說是在同一個地方上班，但部門不同，我們最多算是點頭之交，不過我聽過一些有關他的傳言，他以前在警察局工作，因做事不擇手段，多次打壓排擠同僚，跟人結了梁子，後來就有幫派的人警告他，導致他在那邊混不下去，才逃進法租界，找關係在公董局落腳，經過那次的事件，他老實很多，再加上歲數大了，沒再像以往那麼張揚。」

這部分跟雲飛揚提供的線索也吻合。

蘇唯說：「江山易改本性難移，孫澤學最多是收斂一些，凶殘的個性是不會變的，看這張照片，他跟姜大帥肯定有矛盾，所以很有可能是一言不合，就動手殺了人。」

「如果說是他殺了人，凶器在哪裡？」

蘇唯挑挑眉，回答不上來了。

沈玉書又問端木衡，「孫澤學跟淞滬員警廳那邊的人有交往嗎？」

「我不大清楚，不過他本來就在警察局做過，跟那幫人熟稔不奇怪，怎麼了？」

「我聽到一些消息，說姜大帥為了在鴉片運輸這條路上斂財，想進淞滬員警廳做事，這次到上海來就是專門為了疏通關係的，我本來以為姜大帥想做鴉片生意是為了錢，現在看來，並沒有那麼簡單，孫澤學有殺他的動機。」

「原來如此，」端木衡一拍手，「現在動機有了，那只要找到凶器，就能證明是孫澤學殺了姜英凱！」

蘇唯舉起手。

「等等，我聽不大懂，我剛才只說他們一言不合動手，沒提到動機啊！」

「雲飛揚之前有提過，鴉片走私在官方上是淞滬員警廳跟淞滬護軍使以及鎮守使控制的。」

「我記得，那又怎樣？」

「淞滬護軍使是浙江督軍的人，而淞滬員警廳卻是江蘇督軍的人，他們兩幫的勢力本來是相互利用又掣肘的，但姜大帥是浙江軍閥，假如他進了員警廳，掌握了重要的一環，那就等於說浙江的軍閥勢力將蓋過江蘇的，之前浙江跟江蘇之間會爆發軍閥戰爭也是這個道理。」

蘇唯接口道：「簡單地說，就是一個大公司裡的董事們為了爭權奪利，不斷在重要部門加插自己的人手，發現對方的人手多了，就炒掉一兩個……我說的炒掉就是踢他出公司的意思。」

「對，就是這樣。」沈玉書說：「不過現實中的軍閥之爭更殘忍，姜大帥的行動可能是由其他人授意的，所以他才會在這件事上躲躲藏藏，孫澤學曾在警察局做過的話，他上頭就應該是江蘇督軍的人，如果江蘇軍閥這邊發現了浙江軍閥的行動，很有可能命令孫澤學殺了姜大帥，並為了事情不敗露，再殺掉孫澤學滅口。」

這次蘇唯聽懂了，問：「聽起來牽扯的人好像很多，而且個個都是我們惹不起的，那我們該怎麼辦？」

「吳媚肯定也知道其他偵探社惹不起這些人，才會來找我們，不過這些都是我的推測，想知道真相，還要去找吳媚。」

「那我們要快去，免得她也被人滅口了。」

「幕後人向她開槍只是警告她離開，不是真要殺她，因為殺的人太多，反而會引起外界的注意，導致不必要的麻煩，不過要讓她說實話，還需要點手段，阿衡，你能幫我個忙嗎？」

「可以，你說。」

「醒舞臺戲院最近來了一個很受歡迎的徽班，你去那裡找這個人，帶他去吳媚下榻的金門酒店，我跟蘇唯先過去，我們在那裡會合。」

沈玉書將釘在牆上的一張照片取下來，遞給端木衡，蘇唯探頭一看，卻是雲飛揚在黃埔旅館附近搞跟蹤時，因為無聊拍的風景照。

照片的背景是貝當路兩旁的法國梧桐，有個高個子男人剛好從對面走過來，所以跟梧桐樹一起入鏡。

蘇唯之前看的時候沒注意，現在瞭解了案情，再看這張照片，他眼前突然靈光一閃。

「難道他就是逍遙在戲院裡看到的那個人……」

「不錯，就是他，在無意中製造了姜大帥死亡的時間差。」

沈玉書跟蘇唯來到金門大酒店，吳媚沒有出門，聽說他們來了，急忙請他們進去，又讓隨從端上香茶，等他們落座後，立即問：「兩位特意來訪，是不是有什麼線索了？」

吳媚今天化了淡妝，一身素白的旗袍，頭髮用簪子盤起來，髮鬢上別了朵小白花，看臉色應該沒有休息好，帶了淡淡的倦容，詢問中的迫切之情也顯而易見。

沈玉書沒有馬上回答，他先看了一下客房。

房間很大，除了必要的物品外，還擺著收音機、留聲機等物品，不過沒有使用，四面窗簾緊閉，所以雖然還是白天，房間裡仍然亮著燈。

「我擔心有人再傷害夫人，所以特意拉了窗簾。」

客房裡除了許富外，其他隨從都退了出去，看到沈玉書的舉動，許富解釋道。

「如果真擔心吳小姐的生命安全，最好的辦法就是送她回去。」

「你這是什麼意思？」

聽出沈玉書話裡有話，許富往前踏了一步，被吳媚攔住，對沈玉書說：「是我堅持不回去的，我家老爺死得不明不白，現在屍骨都還沒有歸還，我又被冤枉，怎麼可以就這樣離開？」

「吳小姐，剛才妳問我是不是有線索了，我們的確是掌握到一些線索，但還需要妳的協助，妳花錢請我們查案，也是想知道真相，所以我希望有些事情妳可以坦誠地告訴我們。」

「沈先生何出此言？該說的在我委託你們的時候都已經說了，我甚至把跟我們有交往的人員名單都給了你們。」

「那只是冰山一角，但更多的真相比如姜大帥來上海的目的，還有他在被殺那晚去會見了什麼人，妳都沒說。」

見吳媚想開口辯解，蘇唯伸手打斷。

「吳小姐，姜大帥根本不是陪妳來上海購物的，事實恰恰相反，為了不被發現他來上海的目的，是他特意讓妳陪同的對吧？」

吳媚的眼眸微微瞇起。

蘇唯又接著說：「我們還知道了姜大帥盯上了吳淞口鴉片通道這片，他那晚並沒有跟妳一起去聽戲，而是去會見客人，也是為了搞定管轄鴉片要道這件事對不對？」

吳媚眼神不定，她沉默著不說話，接著拿出手帕做出擦拭臉頰的動作，蘇唯見狀，給沈玉書使眼色讓他配合，就在這時，外面傳來敲門聲，隨從稟報說有客人來訪。

吳媚下意識地看看站在一邊的許富，許富低聲說：「我沒有把夫人下榻的地址告訴外人。」

沈玉書說：「是我說的，我請我的朋友帶了一個人過來，相信見到這個人，吳小姐就不會再隱瞞下去了。」

吳媚面露驚訝，但是等她看到進來的人後，臉上的驚訝就轉為震驚，注視著沈玉書，像是不明白他是怎麼找到這個人的。

進來的兩個人中，一個是端木衡，另一個是個長得人高馬大的男人，他剃著光頭，兩邊臉頰紅紅的，隨著他出現，房間瀰漫酒氣，可見他喝了很多酒。

男人不清楚是怎麼回事，一進來就衝吳媚點頭哈腰，表情充滿了諂媚。

沈玉書指著他說：「他叫阿六，是戲班子裡跑龍套的，那晚跟妳一起去戲院的不是姜大帥，而是化妝成姜大帥的阿六。」

他把阿六在黃埔旅館附近被拍到的照片拿出來，放到吳媚面前。

照片裡的男人穿著西裝，打扮得很氣派，他的身高再加上光頭，乍看去還真有幾分姜英凱的樣子。

端木衡對比著阿六跟照片，笑道：「我剛才去戲班子裡找人，剛看到他時，還不敢相信他就是照片裡的人，形象也差得太大了。」

「女人可以通過化妝改變形象跟氣質，男人也一樣，這還是蘇唯說的『喬裝』一詞提醒了我。」

沈玉書看向蘇唯，蘇唯向他挑了下眉，一副「就說跟我合作沒虧吃吧」的表情。

無視了他的自詡，沈玉書說：「阿六跟姜大帥的身板很像，又是光頭，只要稍微化妝一下，夜色下很容易渾水摸魚，誰也不可能想到跟吳小姐還有副官在一起的男人不是姜大帥。所以吳小姐，不能怪巡捕房的人懷疑妳，因為妳的確是說謊，那晚妳跟冒牌的姜大帥帶著隨從先離開了旅館，前去戲院聽戲，等你們走後，真正的姜大帥才離開旅館，去約定的地方。」

沈玉書繼續分析道：「本來照原定計劃，姜大帥談完事情後，會去戲院跟阿六調換回來，阿六的戲在後半場，有足夠的時間對調而不會被人發現，但誰都沒想到事情中途出了狀況，姜大帥遲遲不歸，阿六又到了快上場的時間，他只能半路離開，去洗手間匆忙洗掉油彩，跑去後臺上妝，我說的對嗎？」

沈玉書一邊說著，一邊把雲飛揚那晚拍到的照片按照順序擺在了桌上，說到最後一句話時，他看向阿六。

阿六不敢回應，偷眼去瞟吳媚，吳媚擺擺手，示意許富帶他離開。

等兩人出去後，吳媚看了一眼桌上的照片，目光又轉向沈玉書。

「你不需要把人證物證都提供得這麼詳細，其實在你說中了我家老爺此行的目的時，我就沒想再隱瞞下去了。」

——最好是這樣。

蘇唯忍不住在心裡吐槽。

吳媚站起來，向他們做出低頭賠罪的姿勢。

「首先，我為自己的隱瞞向你們道歉，也希望你們理解我的立場跟苦衷，不要往心裡去。」

——不會的，只要結案時妳多加酬金就好了。

蘇唯繼續在心裡吐槽。

「不會的，只要結案時你多加酬金就好了。」沈玉書一板一眼地說。

沒想到搭檔竟然把心裡話直接說了出來，蘇唯剛喝進口中的茶沒順利嚥下去，大聲咳了起來。

吳媚臉上的微笑僵住，原本楚楚可憐的氣質也定格了，似乎沒想到這位看上去儒雅溫厚的公子說話會如此「坦誠」。

「這是自然的、自然的。」她僵笑了兩聲，重新坐下。

許富從外面進來，走到吳媚身旁，低聲說了幾句。

吳媚對他們說：「我讓許副官給了那個酒鬼一點錢，禁止他把替身的事說出去，這樣做可以嗎？」

「妳是雇主，妳覺得沒問題就好。」

「老實說，我昨天去委託你們查案時，心裡還是有些忐忑的，沒想到你們這麼快就查到了阿六這條線索，讓我安心了許多，覺得自己沒有看錯人，你們一定會找出真相的。」

一頂大高帽子戴過來，換了普通人，可能會附和著說幾句客套話，但偏偏沈玉書不是普通人，所以他說的是：「只是碰巧而已，剛好我們運氣好。」

蘇唯在一旁點點頭。

這話倒是沒說錯，如果不是那晚洛逍遙也遇到了麻煩，剛好碰到化妝成姜大帥的阿六，他們也不會這麼快就找到替身，要知道那個時間段裡會去後臺的只有戲班子的人啊！

當然，沈玉書對小細節敏銳的捕捉力也功不可沒。

「如果吳小姐昨天可以坦誠地把實情都說出來的話，說不定我們現在已經找出凶手，結案了。」

蘇唯很慶幸自己現在沒喝茶，否則他一定又會嗆到的。

真不知道沈玉書的自信都是從哪裡來的，他怎麼就這麼肯定自己能迅速找到凶手？

「真是對不起，因為事情牽扯太多，在不瞭解你們之前，我一個弱女子，不敢把底牌全部亮出來。」

「那麼現在妳是否可以亮底牌了？」

「當然可以，經過了這件事，我怎麼會還不信任你們？不過這位是……」

吳媚的目光轉向端木衡。

沈玉書說：「他在公董局做事，是我的朋友，一個非常可靠的人，所以有什麼話妳可以儘管說。」

「可靠」這個字眼經由沈玉書的嘴一說，就變得完全不可靠了，至少以蘇唯的經驗來看，是這樣的。

吳媚卻沒有懷疑，直接切入正題。

「我們這次來上海的目的，就像你們所說的，我家老爺的確是想在吳淞口的鴉片運輸上賺一筆，當然，這其中也牽扯到軍閥之間的利益跟利害關係，不過那些東西我不懂，也沒有多問，只是照他的安排去做。」

吳媚繼續說道：「來到上海後，我們雖然是同進同出，但中途都會分開，他讓我隨便購物，自己去另外辦事，我問過他去見誰，他也不說，只說事情很複雜，我不知道更好，我給你們的名單還是許副官提供的。」

說到這裡，吳媚看向許富。

許富說：「但我也只是知道一部分，有時候大帥就算帶了隨從，在會客時也不讓他們靠近，所以我們也不知道他究竟都見過什麼人。」

吳媚接著說：「那晚我家老爺說要會見一位重要的客人，如果談判順利，他就可以在員警廳站住腳了，但是會面要絕對保密，以免被其他人捷足先登，所以我們才臨時想到用替身的辦法，他堅持不帶隨從，說沒必要，我跟許副官勸他他也不聽，一個人拿著一小皮箱的金條就走了。」

「金條？」

「是的，那是我們來上海之前特別準備用於疏通的錢，但那晚我家老爺遇害後，金條就消失無蹤，我也不敢說，生怕惹出更大的麻煩。」

「這就是妳遲遲不肯離開上海的真正原因嗎？」

「說起來不怕你們笑話，我家老爺雖然外表風光，但其實經過前幾年那幾場戰爭後，家底已經很虛了，那箱金條誇張一點說，算是傾家蕩產孤注一擲，找不回來的話，我以後的生活也沒有著落，我雖然怕死，但也不想窮困潦倒地活著。」

「嗯，沒錢跟沒命，不管是哪一種，都不會讓人感覺愉快。」

「蘇先生你能理解我的心情，我很高興。」

端木衡問：「所以比起姜大帥的死，妳更在意那箱金條的去向對嗎？」

「也不能這麼說，畢竟一夜夫妻百日恩，我當然不會眼睜睜看著自己的丈夫不明不白地死去，反正只要查出他的死因，就可以知道金條的去向了，殺他的人肯定是為了謀財害命。」

「一箱金條的確不是個小數目，」沈玉書問：「所以那麼重要的會面，為什麼姜大帥不帶隨從？」

「不知道，那晚他真的很奇怪。」

「那麼姜大帥只有在什麼情況下不帶隨從？」

「都會帶的，我想大概他那晚要見的是他非常信任的人。」

——一個地方土匪軍閥，也有信任的人？

要不是對方是客戶，蘇唯一定會把心中的吐槽說出來。

沈玉書問許富：「既然你跟隨姜大帥多年，那你知道在上海有這樣一位值得他信任的人嗎？」

「我不知道，所以我們也很犯難，想通過一些舊友的關係尋找線索，但大帥遇害後，大家就像一早就通過氣似的，都推諉不睬。」

「其實……」吳媚猶豫著說：「也不能說一點線索都沒有，但我跟許副官討論後，都覺得那是不可能的事，我家老爺不可能跟那個人有交往的。」

「是誰？」

「是……勾魂玉。」

「勾魂玉！」

這邊的三個人異口同聲地叫了出來，因為誰也沒想到勾魂玉的名字會在這個時候被突然提起。

蘇唯立刻問：「這又關勾魂玉什麼事？」

「實不相瞞，在我家老爺去進行會談的那天早上，我收到一份禮物，禮盒包裝得很精緻，我本來以為是我之前訂購的首飾，但打開來一看，卻發現是一枚綠色玉鉤，就像這樣。」

許富拿過報紙，吳媚把報紙展開，翻到其中一張版面上，這則新聞蘇唯跟沈玉書之前也有看過，就是有關勾魂玉大盜偷竊商界巨頭的報導。

吳媚說：「勾魂玉在全國流竄作案，每次盜竊之前都會送上他的信物警示受害人，是個非常倡狂凶殘的盜賊，偏偏這個盜賊很聰明，犯案這麼多年，都一直沒被抓獲，我收到玉鉤時沒有留意，直到後來我家老爺出事，我無意中看到了勾魂玉的新聞，才驚覺原來那是他送來的信物玉鉤，一定是他盯上了我們的金條，才巧立名目跟老爺會面，然後劫財殺人。」

蘇唯摸摸鼻子，沒想到當初他隨口把此案定名為勾魂玉，居然一語成讖了。

「妳說這個大盜每次作案之前都會先送上信物，提醒被盜的人？」

吳媚點點頭道：「傳言是這樣的，報紙上也都是這麼講的，現在我自己也收到了，所以應該是事實吧？」

「沒想到這個時代居然有楚留香這類的人物啊！」

蘇唯仰頭，回想他少年時代看過的武俠小說，自言自語道：「可是沒理由啊，盜帥楚留香那只是傳說，不會有盜賊沒事幹，給自己找麻煩的。」

至少身為俠盜的他就不會這麼做，他相信他的同行裡也沒有這麼蠢的人。

因為現代社會科技太發達了，光是要從各種高度保安系統裡盜取寶物就已經很令人頭痛，誰還會再畫蛇添足給自己找麻煩，除非是另有目的。

沈玉書問：「楚留香是誰？」

「喔，」蘇唯回過神，發現房間裡的人都在看自己，他急忙擺手，「我的話可以無視，請繼續。」

「這就是我那天收到的玉鉤，可惜昨天在躲避狙擊時打碎了。」

吳媚從小皮包裡掏出一塊手帕，展開放到桌上，手帕裡包了幾塊碎玉，她將碎玉拼到一起，便成了一只還算完整的玉鉤。

蘇唯好奇地湊過去，用手比劃了一下。

玉鉤長約十公分，跟報紙照片上的物體相似，頭部類似龍形，中間彎曲，尾部再往裡鉤，不過做工很粗糙，不用細看就可以確定這是玻璃製品。

「這是地攤貨吧。」

實在忍受不了同行這種自大無聊又貽笑大方的行為，蘇唯吐槽說：「地攤貨也好意思拿來當警示物，看來這位勾魂玉先生的品味也不怎麼樣。」

端木衡拿起其中一塊玻璃仔細查看，點頭說：「這東西很低廉，去城隍廟，那裡到處都有賣的，妳有留包裝盒嗎？」

「沒有，我收禮物時沒想太多，拆了盒子後就隨手扔掉了，如果我當時想到勾魂玉，就一定不會讓我家老爺獨自去赴約了。」

端木衡嘆了口氣。

「那真是太可惜了，城隍廟裡賣這種小玩意兒的不少，但都不會配禮盒，如果盒子在的話，可能會查到什麼線索。」

蘇唯說：「我們可以去調查城隍廟裡賣禮盒的店家。」

「你會這樣說，一定是沒去過城隍廟，那裡光是賣禮盒的店就有幾十家，而且我們也不確定勾魂玉就一定是在城隍廟買的盒子。」

吳媚眼圈發紅，點點頭。

「是的，都怪我，假如我一早留意到，我家老爺就不會出事了，都是我的錯，害得他……」她話語哽咽，最後說不下去了，拿起手帕抹眼淚。

沈玉書沒有打斷她哭泣，等她的情緒稍微平復後，才問：「所以姜大帥被殺後，妳認為跟姜大帥會面的是勾魂玉，勾魂玉冒名騙了他，並為了奪取金條殺人？」

「是的，所以我如果跟巡捕房說出勾魂玉的名字，就勢必牽扯到我家老爺來上海的真正目的，一些內幕交易也會曝光，假如勾魂玉真是員警廳或護軍使那邊的人，那就更糟糕了，所以我不敢亂說話，索性一概不提。」

「等等！」

蘇唯舉手說：「據我所知，盜跟賊完全是兩個不同的範疇，以竊物為主的人通常都不會殺人，而且這位勾魂玉先生還被稱為俠盜，更不該殺人吧？」

「沒想到蘇先生對偷盜這行這麼瞭解。」

面對端木衡驚訝的目光，蘇唯這才反應過來自己說了什麼，他在嘴裡咕噥道：「呵呵，那是當然……」經驗之談嘛。

「那是當然。」

沈玉書大聲幫他說了出來，看到吳媚跟許富臉露驚異，蘇唯氣得偷偷踢了沈玉書一腳，沈玉書受了他的暴力提示，改為問：「那以前勾魂玉殺過人嗎？」

端木衡說：「好像沒有，據說他很擅長神不知鬼不覺地盜物，並引以為豪，如果為了偷東西而殺人，對一位俠盜來說，是很有損面子的事。」

許富道：「我也沒聽說勾魂玉殺過人，但這次非同以往，那箱金條足夠普通人用一輩子的了，難保他不會見財起意，或是大帥發現他有問題，搶先動手，他為了自保，不得不殺人，這也是有可能的。」

「可是我覺得一個人的做事準則不會輕易改變，尤其是成名已久的那類人。」蘇唯繼續在口中咕噥道。

出於同行惺惺相惜的心態，蘇唯不喜歡外人在毫無證據的情況下就擅自做出結論。外人也許不懂，但對他們偷門一行來說，搶劫殺人是暴力血腥的行為，完全沒有美感，這種低等犯罪他們根本不屑於做。

他是這樣想的，所以勾魂玉一定也是這樣認為的。

沈玉書制止了他們的爭辯，「我們現在首先要弄清楚一件事——姜大帥是去跟勾魂玉會面的？還是他在會面途中被勾魂玉設計偷走了金條？」

「我們都不知道那晚跟我家老爺會面的人是誰，不敢確定，但我想他不會跟江湖大盜有來往，所以很可能是勾魂玉半路偷樑換柱拿走了金條，導致我家老爺跟客人的會談出了問題，對方或許認為他沒有誠意，雙方在爭執中開了槍……」

吳媚說完，觀察著沈玉書的表情，輕聲問：「沈先生覺得我說得有道理嗎？」

「吳小姐很聰明，這大概是最接近真相的推測了。」

既然沈玉書都這樣說了，身為搭檔，蘇唯也不能當眾跟他唱反調，而且吳媚說得很有道理，就算勾魂玉沒有親手殺人，但也不可否認姜英凱的死亡跟他有直接關係。

「所以，我在這裡懇請沈先生跟蘇先生查明真相，找回那箱金條，將勾魂玉繩之於法，以慰我家老爺的在天之靈。」

吳娟從皮包裡掏出一個信封，雙手放到了面前的桌子上。

「這是我的一點心意，還請兩位收下，昨日我諸多隱瞞，也請兩位不要放在心上。」

「不會不會，吳小姐妳也有苦衷，理解萬歲、理解萬歲，至於錢嘛……」

當然也是要收的，畢竟任何事通過錢來溝通最方便。

蘇唯探身要取信封，沈玉書已經先他一步拿到手，蘇唯挑挑眉，他就知道沈玉書不會拒絕的，以他的作風，看到金錢，他會一臉正氣地收下，然後說——

「讓吳小姐破費了，請放心，我們一定找出真相，讓真凶伏法。」

果然會這樣說啊！他居然都猜對了。

蘇唯以手撫額，免得讓大家發現自己忍笑的表情。

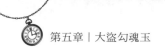

【第六章】

夜探死亡現場

「這些信都沒有信封嗎？」

「沒有，孫老闆喜歡寫完後就直接送過來，有時候還包著錢給我，不需要信封。」

──用情書包錢，真虧孫澤學想得出來。

蘇唯正在心裡吐槽著，就聽沈玉書在旁說道：「用情書包錢，真虧他想得出來。」

這傢伙又跟他想到一起了，而且還直接說出來。

三人告辭出來，下樓時，蘇唯問沈玉書：「這件事你怎麼看？」

「我覺得吳媚沒必要說謊。」

「可是勾魂玉這麼重要的線索她昨天卻隱瞞了。」

「很正常，昨天她委託我們的時候，對我們的能力還抱著觀望的態度，你看她另外準備了錢，應該就是在等我們找到線索後支付的，如果我們什麼都找不到，她就會直接放棄我們了。」

端木衡點頭道：「不錯，這麼重要的事，她不可能把所有期待都放在你們身上，她一定還做了其他的部署。」

「依我看，比起找出殺人凶手，她對那箱消失的金條更在意。」

蘇唯打量著酒店裡的裝潢，這家酒店很新，內部裝修得金碧輝煌，看得出是上海數一數二的大酒店，他說：「否則正常情況下，都被追殺了，不是該找個不起眼的地方隱藏身分嗎？誰會這麼張揚地住高級酒店？」

「金門大酒店是去年開業的，吳媚也許是看中了它的保安措施做得好，但我總覺得內情並不像她說得那麼簡單，她一定還有事情隱瞞沒說。」

沈玉書看向端木衡，「比如？」

「不知道，只是一種直覺，說不定姜大帥的死也在她的預料當中。」

蘇唯拍拍端木衡的肩膀。

「直覺還告訴我，我們可以很快就找到金條發大財的，但實際上我們現在一點線索也沒有。」

右肩被拍到，端木衡不由自主地皺了下眉，其他兩人沒有注意到，沈玉書說：「也不是一點線索都沒有，我猜姜大帥跟神祕人會面的地方就在四馬路，不會更遠。」

「為什麼？」

「因為姜大帥要在《狸貓換太子》的戲結束之前返回戲院，會談的時間再加上回去的時間，兩個小時已經很緊張了，而且勾魂玉也是在戲院附近受的傷。」

「等一下……」蘇唯攔住他，「你的意思不會是說逍遙遇到的那個面具男人就是勾魂玉吧？」

「除此之外，你還有其他的解釋嗎？」

蘇唯聳聳肩，沒話說了。

端木衡問：「你們之前也有提到過面具男人，這又是怎麼回事？」

「車上慢慢說。」

三人上了車，沈玉書開車去大世界，路上他把洛逍遙的經歷說了一遍。

端木衡聽完，點頭說：「結合吳媚的說法，面具男人是勾魂玉的可能性的確很大，所以我們現在知道更多有關這個江洋大盜的線索了——家裡是行醫的、AB血型、年齡在三十到四十之間，不過這好像沒什麼價值，全國這種人沒有一千也有八百。」

「假設面具男跟勾魂玉畫等號的話，那麼問題來了——吳媚堅持說姜大帥那晚沒有帶隨從，如果他是勾魂玉殺的，那勾魂玉又是怎麼受傷？如果勾魂玉只是調換了金條，姜大帥什麼都不知道，就更不可能傷他。」

「你們本末倒置了，這種事等抓到了大盜，讓他自己坦白就行了，阿衡，你能幫忙打聽一下孫澤學在四馬路附近有沒有私宅嗎？」

「沒問題，」端木衡答應下來，又問：「你懷疑那晚跟姜大帥會面的是孫澤學？」

「至少他是其中一個，如果孫澤學沒有私宅在那邊，你再想辦法問問看四馬路有沒有空置的房屋或別墅，或是租屋，範圍以戲院為中心往外查，我等急用，所以資料能越快給我越好。」

「……好，我盡力。」

看著端木衡僵硬的表情，蘇唯有點同情他——在資訊不發達的這個時代，要求人家立即收集這麼多資料，沈玉書這傢伙簡直就是鬼畜上司啊！

到了大世界，沈玉書跟蘇唯負責去舞廳找那位叫明月的舞女，端木衡去借電話打給他的朋友，拜託他們幫忙搜集情報。

那位舞小姐很好找，她從巡捕那裡聽說孫澤學為她自殺的事，正興奮地跟大家炫耀，沈玉書給她幾張大鈔，她就把兩人帶去自己的房間裡，將自己跟孫澤學的交往原原本本地說了一遍。

她二十出頭，長得很漂亮，明月是她的藝名，剛好對照了孫澤學遺書裡的那句古詩，所以她對孫澤學迷戀自己的說法深信不疑。

她告訴沈玉書跟蘇唯，她跟孫澤學認識了半年多，孫澤學在她身上花的錢不少，他又很有才學，常常寫一些情詩相贈，還幾次跟她求婚。

所以明月也很為難，一方面覺得孫澤學的條件不錯，另一方面又覺得他歲數太大，家裡又有兒女，怕真要嫁給他，將來會受罪，沒想到就在她猶豫不決時，孫澤學竟然自殺了。

「早知道當初就嫁他了，說不定他一死，我還能分點遺產什麼的。」

明月吐著菸圈發出感歎，神情中完全沒有對孫澤學抱有一點留戀。

蘇唯忍不住提醒她：「他是因為被妳拒絕才自殺的，如果妳嫁了他，他就不會死了，更不可能留遺產。」

明月咯咯笑起來，衝蘇唯吐了個大大的菸圈。

「先生，那些為我自殺的話是對外說的，這樣才能提高我的身價啊，孫老闆是迷戀我沒錯，但他還不至於為我死吧，他那種人，肯定不會因為一點感情問題就想不開的。」

「那妳說他是因為什麼自殺的？」

「這我就不知道了，不過最近他看起來很煩躁，上星期還在舞廳跟人吵起來，我問是怎麼回事，他也不說，只說等那件事情解決了，就考慮我們的婚事。」

「『那件事情』是指什麼事？」

「不知道，不過看起來對他很重要，後來他就再也沒來過。」

從時間上來算，孫澤學的不安應該是跟姜英凱來上海有關，看來他們都卯足了勁去爭員警廳的那個位子。

「他寫給妳的情書能借給我們看嗎？」

「送給你們好了，人都死了，這些東西我留著也沒用。」

明月拉開抽屜，抽屜裡很亂，口紅脂粉堆在一起，上面有一疊紙張，明月隨手拿出幾張紙，塞給沈玉書。

那都是上等的宣紙，紙上是清一色的毛筆字，字跡風骨挺拔，很難相信是出於一個奸詐好色的人之手。

由於跟化妝品放在一起，紙上沾了斑斑點點的脂粉油彩，可見明月完全沒把這些情書放在心上。

沈玉書翻看著書信，發現大部分都是引用唐宋詩詞，但其中也有一些是孫澤學自己做的情詩。

不過這些與其說是情書，倒不如說是信手拈來的隨筆，每張紙下方還有孫澤學的簽字蓋章，由此不難看出比起贈情書，他更像是在炫耀自己的書法。

「這些信都沒有信封嗎？」

「沒有，孫老闆喜歡寫完後就直接送過來，有時候還包著錢給我，不需要信封。」

——用情書包錢，真虧孫澤學想得出來。

蘇唯正在心裡吐槽著，就聽沈玉書在旁說道：「用情書包錢，真虧他想得出來。」

這傢伙又跟他想到一起了，而且還直接說出來。

蘇唯不爽地看過去，很想問沈玉書——你的大腦思維可以不要跟我在同一條線上嗎？

事情問完，沈玉書跟蘇唯告辭出來，剛好端木衡也打完電話，迎上來對他們說：「我朋友說幫忙調查，先從孫澤學那邊查起，希望有所收穫，我報了你們偵探社的電話號碼，如果有消息，讓他直接打電話過去，你們這邊有問出什麼嗎？」

「那位舞女應該什麼都不知道，她只提到孫澤學最近情緒不大好。」

「那接下來我們該怎麼辦？」

「我說兩位……」蘇唯拍拍手，提醒他們，「接下來我們最應該做的難道不是吃飯嗎？折騰了一天，你們不餓嗎？」

「這樣說的話，我也餓了，你們想吃什麼？我請。」

「蘋果。」蘇唯舉起手。

「蘋果。」沈玉書附和。

端木衡的目光在他們兩人之間來回轉了好幾圈，最後終於理解了蘋果的意思。

「你們……真是……好搭檔。」

半小時後，坐在萬能偵探社事務所的椅子上，喝著沈玉書泡的檸檬紅茶，再加端木衡買來的蘋果派，蘇唯覺得很心滿意足。

以下午茶的標準來說的話，餐點很豐盛，前提是忘記他們沒吃午餐。

飯後，沈玉書去了實驗室，說要做事，不希望被打擾，蘇唯便從廚房裡找出兩根黃瓜，切成薄片貼在臉上，躺到椅子上打盹。

端木衡沒事做，他坐在書桌前抱著電話，做出隨時可以接聽來電的準備，看到蘇唯的樣子，他奇怪地問：「你這是在做什麼？」

「做天然面膜，在我們家鄉，這種美容方式很流行的，廚房裡還有黃瓜，你要不要也來做做？」

「不必了，謝謝。」

「我跟你說，皮膚也是有保鮮期的，二十多歲時不注意保養的話，過了三十就會很明顯了，所以要常做面膜，防止紫外線，這樣才能避免老化。」

「我覺得一個男人不應該整天在意長相，又不是靠臉吃飯的。」

「我只是愛護自己的皮膚而已，唉，這種事跟你們這些老古董說了，你們也不懂，在我那個年代……我是說我的家鄉，有專門的男士美容院、美髮院，愛美是一種時尚，跟性別無關。」

「你是哪裡人？」

唉，怎麼一聊就聊到這個敏感的話題上了。

蘇唯只好打馬虎眼，「我的家鄉很遠很遠的，比永遠還要遠……」

「什麼？」

回應端木衡的是輕微的鼾聲，蘇唯竟然聊著聊著就睡著了。

端木衡不知道蘇唯是不是在裝睡，但蘇唯不想多聊是顯而易見的，他把目光轉回電話座機上，開始考慮接下來要解決的問題。

時間就這樣在不知不覺中到了傍晚，蘇唯在睡覺，沈玉書把自己關在實驗室裡不知在做什麼，端木衡等電話等得太無聊，站起身去看書架上的書，眼神掠過窗外，忽然看到有個人影正在外面探頭探腦，不時地張望附近的住家。

「怎麼了？」

身後傳來詢問，端木衡轉頭一看，就見蘇唯站了起來，他取下臉上的黃瓜片，雙目炯炯有神，完全不像是剛睡醒的樣子。

這個人雖然吊兒郎當又愛美，還常說一些奇怪的話，但絕對不簡單。

端木衡本能地對他提起了戒心，指指外面，不留痕跡地把目光轉開了。

「那個人行蹤很詭異，不知道他在找什麼。」

順著端木衡指的方向看去，蘇唯看到一個戴鴨舌帽的男人正在給附近的房屋拍照，正如端木衡形容的，鬼鬼祟祟的非常可疑，不過卻是個熟人。

「喔，他叫雲飛揚，是申報新聞事件專欄的實習記者，偶爾會為我們提供情報。」

「那他不進來，在外面偷窺什麼？」

「不要問我，偷窺狂的心理我不懂。」

不過他得去看看，免得雲飛揚被當神經病抓起來，連累到他們。

蘇唯跑出去，雲飛揚正舉著照相機拍一棵法國梧桐，他踮腳走到雲飛揚的身後，學著沈玉書放緩語速，問：「你……在……這……裡……做……什……麼……」

「哇！」

雲飛揚沒防備，大叫一聲，照相機甩到了天上，還好蘇唯眼疾手快，躍身一把抓住，讓照相機避開了跟地面親密接觸的命運。

發現是蘇唯，雲飛揚拍著心臟呼呼喘氣。

「有話好好說，快被你嚇死了。」

蘇唯有點體會到沈玉書嚇唬他時的爽快感，他保持相同的語速，問：「你……在……偷……窺……什……麼……」

「沒有，我只是隨便拍拍照，我聽說這附近有棟房子鬧鬼，正好過來找你們，想說順便找找素材，你知道鬧鬼的傳聞嗎？」

「知道，你說的鬼屋就是我們偵探事務所。」

「啊？」

「不過很遺憾地告訴你，我們事務所裡只有兩名帥哥，沒有鬼。」

「真的啊？」

「我也希望是假的，但很可惜，到目前為止，我連鬼影都沒見到，所以不要再在這裡亂拍了，免得有人報警。」

蘇唯把照相機還給了雲飛揚，轉身回事務所。

雲飛揚不死心，跟在他身後，「也不能說可惜啊，至少我發現你很厲害，你是不是練過？」

「嗯，所以今後千萬不要做讓我想打你的事。」

「看不出你是個這麼暴力的人啊！」

「我以為你在觀音事件裡已經領教過了。」

蘇唯忽然停下腳步，雲飛揚沒防備，差點撞到他身上。

蘇唯按住他的肩膀將他攔住，又指指他手裡的照相機，微笑說：「記住，今後不要在我們的地盤上亂拍。」

他說完，往回走，雲飛揚突然反應過來，追著他叫道：「啊，我在圓月觀音事件裡拍了好多照片，可詭異的是事後膠捲全都消失了，難道是你拿走了？不過無所謂了，我們現在是朋友了，這次的事件如果你們順利解決的話，記得提供消息給我啊！」

「這話留著真的把事情解決了再說吧。」

端木衡站在窗前，雲飛揚跟蘇唯的互動他看得清清楚楚，聽到身後傳來腳步聲，他說：「他的身手不錯，你是從哪裡挖來的搭檔？」

沈玉書將髒掉的手套丟進垃圾桶裡，淡淡地反問：「我有說過他是我的搭檔嗎？」

「難道不是？」

「我們只是同住而已。」──至少，到目前為止是這樣。

「你把自己關在實驗室這麼久，有查到什麼嗎？」

「沒有，因為我在睡覺。」

「哈？」端木衡的目光落到沈玉書剛丟掉的手套上，「戴著手套睡覺？」

「你不知道膠皮手套除了是工作用具外，還可以保護雙手肌膚嗎？」

沈玉書打量著自己的手掌。

他的手指頎長白皙，一看就知道沒做過重活，再加上保養得好，比女性的手還要耐看，簡直可以去做護膚用品廣告了。

端木衡卻哭笑不得，揉揉額頭，再次確定了——偵探社的這兩個人腦子都有問題。

就這樣，他想詢問的事情被打斷，等沈玉書欣賞完自己的手，蘇唯也回來了，雲飛揚跟在他後面，臉上堆著滿滿的笑，一進來就向大家點頭問好，又看看端木衡，「這位先生是……」

「端木衡，我是玉書的好朋友。」

「你好你好，我叫雲飛揚，在申報當實習記者，其實就是個跑腿的，我也是沈先生的好朋友，所以我們也是朋友。」

雲飛揚走過來，握住端木衡的手，用力晃了晃，端木衡的眉頭不顯眼地皺起，卻礙於他的熱情，無法甩開。

沈玉書問他：「你突然過來，是查到什麼線索了嗎？」

「沒有，我還想來問問你們查到了什麼沒有？」

「我們也沒有，所以你沒事就不要在這裡妨礙我們了。」

「不會妨礙的，我可以留下來幫你們做事。」

蘇唯問道：「可是我們沒什麼需要你幫的，而且你不是實習記者嗎？實習記者不是都很忙的嗎？」

「正常情況下都很忙，但我碰巧就是報社裡最不受歡迎部門裡的最不受歡迎的那個新人，所以我一點都不忙，大概實習完就被踢掉了，所以我希望可以在實習期間抓到大新聞，爭取留下。」

「可是我們現在真的不需要人手啊！」

辦公室裡的電話鈴響起，打斷了蘇唯跟雲飛揚的交談，端木衡第一時間撲過去，拿起話筒，說：「萬能偵探社。」

大家的注意力同時被吸引了過去。

就見端木衡聽著電話，不時地點頭，表情非常嚴肅。

不知道發生了什麼事，連雲飛揚也不敢亂說話，屏住呼吸注視著他。

端木衡這通電話聽了很久，其間他幾乎沒說話，直到最後才道了聲謝，掛斷電話。

「誰打來的？」蘇唯第一個發問。

「是我一位在公共租界警務處工作的朋友。」

端木衡有些激動，說：「我拜託他調查四馬路附近的空屋情況，還有孫澤學在那邊有沒有住宅，他剛剛查到了一條非常重要的線索，他在派人調查空屋狀況時，有一棟樓房的居民反映說最近治安不好，幾天前還發生了入室搶劫的事，具體情況不明，但有人聽到槍聲，地點離戲院只隔了三條街。」

沈玉書立即問：「那裡是孫澤學的私宅嗎？」

「暫時還不清楚，我朋友說有後續消息，會再跟我聯絡的，他把那棟樓的地址報給我了，要先去查看一下嗎？」

沈玉書還沒說話，電話鈴聲又突然響起，端木衡急忙拿起來，說：「萬能偵探社。」

對面先是沉默了一下，接著有個聲音遲疑地說：「我是洛逍遙，你是……」

發現不是剛才打電話過來的朋友，端木衡收起了嚴肅的表情，笑道：「是逍遙啊，我是端木衡，我現在正跟你表哥他們在一起。」

「是端木大哥啊，呵呵，隔著電話，聽不大出來……」

洛逍遙乾笑了兩聲。

其實他不是沒聽出來，而是電話剛接通時的聲音有些耳熟，像是在哪裡聽過，但又不屬於端木衡的聲音。

好奇怪的感覺，洛逍遙想了半天想不起聲音的出處，只好作罷，問：「我哥在嗎？我有事找他。」

端木衡把電話轉給沈玉書。

聽到沈玉書的聲音，洛逍遙說：「我們去找了舞小姐，她完全不知道孫澤學自殺的事，看她的反應，應該與孫澤學的死亡沒關係。」

「我們下午經過大世界，也順便去問了一下，拿了一些孫澤學生前寫的情書回來，你那邊有筆跡鑑定的消息嗎？」

洛逍遙回道：「有，我正要跟你說這件事，鑑定結果出來了，遺書的確是孫澤學親筆寫的，只是……」

「只是什麼？」

「雖說是親筆寫的，但只是一張紙而已，上面並沒有寫遺書二字，所以是不是他臨終寫的，還有待商榷，我偷偷要了照片，回頭拿給你看。」

「你這次怎麼變機靈了？」

「我也想你早點把案子破了，抓住凶手，這樣我心裡的大石才會落地，不然我會一直想是不是我把凶手放走了。」

「那倒不用擔心，事件真相沒你想得那麼簡單。」

「欸？你們是不是有新發現了？」

「對，今晚你忙嗎？」

「忙啊，我接下來還要寫戲院凶案的報告書，裴劍鋒跟公共租界那邊都等著要呢。」

「那就先放放，我有事讓你幫忙，馬上過來。」

「啊……我都說了我很忙……」

「我這邊更忙，記得過來的時候把照片帶來，順便帶晚餐，」沈玉書的目光掃過房間裡的幾個人，說：「加上你一共五人份。」

洛逍遙在對面說了什麼蘇唯不知道，但是聽沈玉書的回應，他也能猜到個大概，等沈玉書放下話筒，他忍不住吐槽說：「你都準備讓逍遙幫忙了，還問他忙不忙幹什麼？」

「我只是隨便問問的，那不重要。」

——對你來說也許不重要，可是對逍遙來說完全不是那麼回事好吧。

蘇唯在胸前畫了個十字，為可憐的小表弟默哀了一下。

端木衡猜到了沈玉書的打算，笑道：「看來你是準備連夜調查了。」

「事不宜遲，拖得太久，恐怕有人會銷毀現場。」沈玉書說完，又問雲飛揚，「你會開車嗎？」

「會的，而且還開得很熟練，我可是老上海，你們想去哪裡？我閉著眼都能開過去。」

「很好，我想到讓你做什麼了。」

「真的嗎？謝謝神探的信任，我一定可以做好的！」

雲飛揚雀躍跳起，以表達開心之情，蘇唯看在眼裡，很想說——先生，請不要這麼high，這份工作說不定會很危險的。

洛逍遙很快就趕過來了，還順便買了晚餐。

吃飯的時候，他把沈玉書拉到一邊，小聲問：「這麼多人湊一起，又這麼急地把我叫過來，到底有什麼事啊？」

「我們準備夜探四馬路的某棟房子，萬一遇到意外，有你這個巡捕在，可以幫上忙。」

「拜託，那邊是公共租界的地盤，我是法租界的巡捕，說不上話的。」

「可孫澤學是在法租界死亡的，他在四馬路有私宅，要追查他的死因，越界查案也是沒辦法的事。」

「可是上頭已經判定孫澤學是自殺了。」

「你信嗎？」

洛逍遙聳聳肩，不說話了。

「所以就要查下去，阿衡也一起去，放心吧，沒問題的。」

端木衡的人緣很廣，聽說他也去，洛逍遙放下心，把拿到的遺書照片交給沈玉書，轉回去坐下吃飯。

蘇唯湊過去，跟沈玉書一起看照片。

照片一共三張，分別是遺書被發現時的對折狀態跟展開後的狀態，最後一張才是遺書的內容。

紙張上下兩邊有些翹起，由右到左寫著幾排龍飛鳳舞的毛筆字，對照孫澤學寫給明月的情書，筆跡很相似，內容也跟洛逍遙說的一樣，並且下方有落款跟蓋章。

蘇唯雙手在胸前交叉抱住，說：「上面根本沒有遺書二字，如果不是放在死者的書房裡，這根本就是情書吧？」

沈玉書的目光落在最後那句話上。

「可以把『今生無緣，來生再聚』看成是遺言。」

「就當這是遺言好了，但你告訴我，一個人在臨死時還會特意落款蓋章嗎？」

「別問我，我沒有自殺的經驗，我只是根據線索做出判斷。」沈玉書把照片收了起來，「先吃飯吧，也許我們今晚就可以找到線索了。」

「你確定？」

面對蘇唯的詢問，沈玉書衝他一笑。

「確定。」

飯後，大家各自準備了夜探時必要的道具，等到夜深他們出門，照端木衡提供的線索去四馬路的住宅。

雲飛揚負責開車，正如他所說的，他對這裡的街道很熟，輕鬆就找到端木衡說的地方，卻是一棟帶著濃郁西洋風格的五層小樓房。

樓下一層是商鋪，掛著不同形狀跟顏色的招牌，上面是租屋，樓房兩側也是格局類似的建築，一排排房子沿街矗立著，雖然已是深夜，但是在霓虹燈光的映照下，完全不冷清。

雲飛揚聽從沈玉書的吩咐，把車停在樓房斜後方的路口，一個燈光照不到的地方，看到大家下車，他也要跟上，被沈玉書攔住了。

「你在車裡等就好了。」

「啊？我也想跟你們一起去探案啊，只是當個車夫太無聊了。」

「不，你的任務很艱巨，就是在這裡觀察情況，在我們遇到危險時，及時配合開車逃命。」

雲飛揚扁起嘴，一副不信的表情。

蘇唯推開沈玉書，對他說：「你搶過銀行嗎？你知不知道搶銀行的行動裡最重要的角色不是搶匪，而是負責開車的人，因為如果他開不好車的話，大家會全軍覆沒，所以兄弟，你一定要堅守崗位，在發現意外時，把車開到樓下，記住了嗎？」

蘇唯一口氣說完，又用力拍了拍雲飛揚的肩膀。

雲飛揚被繞暈乎了，只顧著點頭，等他想通這番話後，其他人早已進了樓房裡。

雲飛揚急忙雙手握住方向盤，雙眼緊盯斜對面的樓房，以便可以隨時開車過去接應。

「聽起來你好像對搶銀行很有經驗。」

往樓上走的時候，端木衡打量著蘇唯背後那個形狀奇怪的背包，問道。

「沒搶過，只是看過。」

「在哪裡看過？」

——在電視上。

蘇唯很想知道如果他這樣說的話，端木衡會是什麼樣的反應，但為了不讓事情變得更複雜化，他把接力棒丟給沈玉書。

「上次我們是在哪裡見過的？我忘記了。」

「我也忘了，那只是個小事件，不值一提。」

沈玉書很配合地回應了他，讓端木衡沒辦法再問下去。

頂樓到了，端木衡率先來到右邊房間的門前，說：「我沒有鑰匙，可能開門要花點時間，還好這一層沒有其他住戶，可以慢慢來。」

蘇唯拿出他的袖珍小手電筒，打亮照到鎖頭上，不過今晚他不想顯示自己的開鎖神技，把目光投向洛逍遙。

其他兩人也在看洛逍遙，洛逍遙反應過來，問：「怎麼是我？」

「小表弟你不是經常開鎖嗎？應該很有經驗吧。」

蘇唯從背包裡掏出鉗子、銼刀等工具，遞過去。

洛逍遙沒接，在口袋裡翻了翻，找到一截細鐵絲，戳進鎖眼裡，嘟囔道：「什麼經常開鎖，我不就是在戲院開過一次而已嘛。」

雖然不是經常開鎖，但洛逍遙的技術還算不錯，沒多久就把鎖打開了，隨著吱呀響聲，門推開了，露出裡面黑漆漆的房間。

洛逍遙拔出手槍，率先走進去，端木衡殿後，也掏出了他的槍，後面剩下兩個沒有槍的人，蘇唯看看手裡的銼刀，遞給沈玉書。

沈玉書沒接，眼神看向他的小手電筒，說：「我要那個。」

「這是用來照明的，不是打人的。」

「打人的事交給你們，我是來看現場的。」

好吧，算他說得有理。

蘇唯把手電筒遞給沈玉書，自己握住銼刀，跟在大家後面走進去。

房子應該是空屋，氣味有些奇怪，裡面兩室一廳，外加一個陽臺，擺設簡約而豪華，雖然沒有多餘的裝飾物，不過可以看出物品都價值不菲。

牆上掛著花鳥魚蟲的畫軸，牆角桌上放著留聲機跟唱片，房間當中是紫檀木茶几跟歐式沙發，沙發靠背跟扶手上蓋著純白的蕾絲沙發巾，鋪得很整齊，沒有一點褶皺。

四個人分開檢查房間裡有沒有奇怪的地方，沈玉書首先注意到的就是桌椅跟窗臺上沒有一點灰塵，地板也打掃得很乾淨，這跟空間裡充溢的氣味格格不入。

那不單純是霉味，而是一種混雜了香菸氣味的味道，沈玉書蹲下來檢查茶几跟沙發下面，很快就注意到在靠近窗臺的地板上有個不顯眼的凹處。

凹處上的劃痕還很新，應該是不久前被什麼東西撞擊導致的，沈玉書用手電筒在凹處附近照了照，忽然停住了，他看到沙發最裡面有個東西。

蘇唯跟他配合默契，從背包裡掏出打造精緻的不銹鋼收縮棒，拉長後，在沙發裡撥了幾下，把那東西撥出來，卻是個快抽完的雪茄菸頭。

「難道這是姜大帥死前抽的雪茄菸？」

想起姜英凱指甲裡留有雪茄灰燼的事，蘇唯說道。

沈玉書用小鑷子夾住菸頭，小心翼翼地將它放進袋子裡，「也有可能是凶手的。」

「難怪房子打掃得這麼乾淨了卻還有味道，一定是凶手在事後清理過現場，卻百密一疏，漏掉了最關鍵的線索。」

「不是漏掉了，而是他們當時的注意力都放在捉拿勾魂玉身上，勾魂玉看到他們殺人，他們又以為勾魂玉是暗中保護姜大帥的隨從，所以一定要殺掉他才安心。」

「這裡真的是孫澤學的家。」

對面傳來洛逍遙壓低的聲音。

他把書桌抽屜都打開了，翻動裡面的東西，端木衡在旁邊翻櫃子，找到了幾封書信，看筆跡正是孫澤學的。

這些東西應該沒用，案子過去了好幾天，凶手一定把重要文件都轉走了。

蘇唯想著，對沈玉書說：「看來是有人擔心孫澤學說出真相，所以殺他滅口，如果這裡能找到指紋什麼的就好了。」

「這裡擦得這麼乾淨，很難找到凶手的指紋，而且既然這裡是孫澤學的房子，就算我們查到什麼，也只能指證孫澤學。」

洛逍遙說道：「一定不是孫澤學，姜大帥跟孫澤學水火不容，他怎麼可能一個隨從都不帶就來赴約？我去隔壁找找，看看會不會有線索。」

洛逍遙去了隔壁臥室，端木衡陪他一起。

沈玉書繼續趴在地板上查看，蘇唯在旁邊無所事事，摸著下巴問：「喂，你覺不覺得這裡少了點什麼？」

「你在問我？」

「不然呢？這裡除了我們還有第三個人嗎？」

「那你說少了什麼？」

蘇唯分析道：「菸灰缸啊，既然大家都抽菸，總要有菸灰缸吧？可是我找了一圈都沒找到，這個時代總不可能人人都用攜帶型菸灰袋……喂，我在跟你說話，你不要當我是隱形人好吧？」

半天沒得到回應，蘇唯看過去，就見沈玉書盯住茶几邊緣，目光炯炯有神，根據他對沈玉書的瞭解，這種表情就代表他找到線索了。

蘇唯急忙湊過去，沈玉書用嘴咬住手電筒，飛快地掏出玻璃試管跟小刀片，在茶几邊角上輕輕刮起來。

隨著他的刮動，一些黑褐色粉末慢慢落到試管裡，他的嘴角微微翹起，無法掩飾內心的喜悅。

蘇唯取過他口中的手電筒，一邊幫他照明，一邊說道：「看來凶手百密一疏，忽略了濺在這裡的血跡。」

「要感謝茶几的顏色，小偷，謝謝你提醒了我，再仔細找找，說不定可以找到更多線索。」

——喂，在道謝之前可不可以把前面那兩個字擦掉？

蘇唯晃了晃手電筒想揍人，但是在光芒晃動時，他突然看到映在陽臺玻璃上的黑影，對危險的第六感湧了上來，他的身手速度比大腦反應要快，抓住沈玉書就地滾開。

「小心！」

幾乎與此同時，子彈穿過窗戶，射在他們原本待的地方，沈玉書也因為猝不及防，試管脫手而出，滾到了牆角。

沈玉書急忙去拿試管，子彈再次射進來，蘇唯慌忙一躍身，躲到沙發扶手後面，隨即揚手把銼刀甩了出去，就聽砰的一聲，銼刀不知砸到了哪裡，陽臺上傳來慘叫聲。

蘇唯趁機從背包裡掏出蝴蝶刀，雖然刀對槍，武力值差了些，但也聊勝於無。

玻璃窗被撞開了，幾道身影衝了進來，沈玉書剛好撿起試管，看到有人持槍對準沈玉書，蘇唯急忙把手電筒指過去，那人的眼睛被光芒閃動，失去了準頭，子彈射去了書架上，架子上的物品被打碎了，發出嘩啦響聲。

沈玉書趁機閃身躲去書架後面。蘇唯藏好手電筒，端量自己的兩隻手。

一隻手裡拿著伸縮棒，另一隻手裡是蝴蝶刀，他一順手，便把蝴蝶刀丟給了沈玉書。

刀甩出去後，蘇唯才反應過來，想跑過去搶回來，卻被子彈逼回到扶手後，沈玉書那邊接了刀，匆忙中不忘說：「謝。」

「不用謝……」

其實蘇唯現在更想說——我為什麼要把刀給他？不，應該說剛才為什麼要救他？我該什麼都不做、什麼都不管的，他死了，我就可以穿越回去了不是嗎？

所以全部都怪他這該死的光速般的反射神經！

蘇唯一邊自責，一邊還要忙著躲避對方的攻擊，趁著射擊稍微停止，他隨手抓起沙發的扶手巾甩了過去。

黑暗中大家隱約看到有個東西飄起來，最前面的人立即抬槍射擊。

隔壁也傳來槍聲跟腳步聲，看來洛逍遙跟端木衡也受到攻擊，敵眾我寡，對方又火力強大，蘇唯不想跟他們硬拚，找機會想往外跑，誰知沈玉書居然站起來，迎著那些人衝了過去。

——喂，跟手槍硬碰硬，你是神經病嗎？

如果不是現狀不允許，蘇唯一定會罵出聲的。

還好沈玉書沒有他想的那麼蠢，至少他衝過去的時候，手裡拿著一個大抽屜，所以抽屜裡的東西一股腦兒地甩到那些人身上，趁他們忙於閃躲之際，沈玉書這才握住蝴蝶刀上前攻擊。

最前面那個人的手腕被割傷，手槍落到地上，他的同夥立即朝沈玉書開槍，沈玉書攥住敵人的手臂，把他當成盾牌用，那人中槍倒地，也讓沈玉書暴露在其他人的槍口下。

千鈞一髮之際，沈玉書就地滾開，同時甩出蝴蝶刀，其中一人被刺中，向後傾倒，但他的同伴卻將火力一起對準沈玉書。

蘇唯已經跑出門口，看到這一幕，他翻了個白眼，又轉了回來。

——好吧，沈玉書是死是活跟他沒關係，但我不允許搭檔死掉，傳出去的話，我蘇十六就太沒面子了。

蘇唯一甩手，將手電筒甩到了其中一人的臉上，然後飛身跳過沙發，雙手撐住茶几，一個剪刀腿，夾住眼前的敵人，凌空翻了一圈，等落地時，那人已經躺在地上不動了。

蘇唯爬起來去撿手電筒，誰知他剛拿到，迎面就有人一腳踹過來。他被踹倒在地，緊接著就看到對方將槍口對準自己。

生死關頭，蘇唯忍著胸口上的疼痛，甩動伸縮棒，狠狠地抽在對方的手腕上。怪叫聲中，那人的手槍落到地上，隨即槍聲響起，他中槍跌倒，另外一個要向蘇唯開槍的人也被子彈擊中，仰頭向後跌去。

敵人暫時都被擊倒了，蘇唯驚魂未定，轉頭看去，就見沈玉書舉著槍走近，警惕地看著陽臺那邊，然後蹲下身，將插在偷襲者身上的蝴蝶刀拔出，就著那人的衣服正反擦了擦，問：「你怎麼樣？」

「還好，不過這傢伙下腳真夠狠的。」

蘇唯嘶著氣站起來，看看踢他的那個人，那人腳上穿著厚底皮鞋，幸好他的反應夠快，否則肋骨會被踢斷的。

沈玉書把擦乾淨的蝴蝶刀丟給他。

「你這是什麼刀？用不順手。」

——不是不順手，是你土包子。

蘇唯沒好氣地說：「那真是對不起了，我只有這種不順手的武器。」

「我不是說不好，而是它造型比較奇怪，你好像總有很多稀奇古怪的工具。」

「事實證明，再好的工具也比不過一把槍。」

蘇唯從地上撿起槍，聽到隔壁不斷傳來槍聲，他收好小手電筒，向外衝去。

沈玉書緊跟其後，誰知他們兩個剛跑到客廳門口，迎面突然一個黑漆漆的槍管指過來，槍口剛好頂在蘇唯的眉間。

那人站在黑暗中，半邊臉被蓋在禮帽下面，蘇唯看不清他的長相，但是對方的煞氣很重，通過冰冷的槍管傳達給他。

無緣無故穿越到九十年前就已經很倒楣了，如果再被莫名其妙地幹掉，那他一定會死不瞑目的。

所以蘇唯立刻把手槍扔掉了，在對方發話之前，他就很順從地舉起了雙手。

「我投降。」

不知道對方有沒有聽到他的話，因為與此同時，隔壁房間響起密集的槍聲，蘇唯的耳膜都被震痛了，皺起眉，很想說——你晚幾秒鐘開槍會死啊，可是我晚說幾秒的話，一定會死的！

【第七章】

貓戲老鼠的遊戲

端木衡做出跟洛逍遙很親密的樣子，對長生說：「我叫端木衡，是逍遙的朋友，你叫長生，跟家人離散了，所以暫住在逍遙家對吧？還有你的小寵物花生醬。」

長生狐疑，「你真是逍遙的朋友嗎？為什麼我以前都沒見過你？」

「因為我跟逍遙才認識不久，不過今後我們會是很好很好的朋友。」

端木衡一邊說著，一邊拍打洛逍遙的肩膀。

其實不能怪端木衡，因為他們現在的狀況同樣也是驚險萬分。

就在蘇唯跟沈玉書遭到攻擊的同時，也有人從臥室窗外向端木衡跟洛逍遙開槍，幸好端木衡機警，在第一時間就拉著洛逍遙閃到屏風後面，避開了子彈。

屏風是檀木所製，上方雕鏤著四季花草，端木衡躲去屏風後，就直接用右手捂住了洛逍遙的嘴巴，左手握槍，透過花草的空隙觀察外面。

身高差的關係，洛逍遙剛好被抱在懷裡，要不是屏風後面空間太小，再加上狀況危急，他一定一個手肘把端木撞開，罵他——我是巡捕好吧，我知道該怎麼躲避攻擊，你不要在這裡多事。

但端木衡根本不給洛逍遙抱怨的機會，附耳低聲說：「過會兒等我的示意，你就朝天花板開槍。」

熱氣吞吐在耳邊，癢癢的很難受，洛逍遙很想問為什麼，無奈嘴巴被捂得死緊，根本說不出話，他正氣惱著，忽然腦中靈光一閃，想到了什麼。

戲院出命案的那晚……

面具男從後面扣住他的動作……

嘶啞狠戾的嗓音……

一瞬間，眼前的場景跟那晚的遭遇在無形中重疊了，尤其是剛才端木衡附耳說話時的聲音……

洛逍遙不由自主地一抖，他突然想到為什麼跟端木衡通電話時會感覺怪怪的了，原來是因為這個聲音！

仔細想想，端木衡出身醫學世家，並且在姜大帥被殺後第一時間出現在他們面前，這麼巧合又重要的線索為什麼他一早沒想到？

玻璃被撞碎的響聲傳來，打斷了洛逍遙的思緒，偷襲者陸續跳進臥室，他們沒看到屏風後的人，摸索著往房間裡走。

看著他們慢慢走近，洛逍遙緊張得心都快跳出來了，他不懂端木衡為什麼要選擇在這裡藏身，空間太窄，萬一被覺察到的話，他們連躲避的地方都沒有。

偷襲者走到臥室當中，洛逍遙忽然感覺端木衡放在他嘴巴上的手捏了一下，他慌忙用雙手握住槍柄，將槍口對準天花板連扣幾下……

空間裡沒有響起槍聲，洛逍遙愣了愣，才後知後覺地發現，他在緊張之下忘了拉下保險栓！

響聲驚動了不速之客，將槍口一齊指向屏風這邊。

洛逍遙急得手都冒汗了，慌慌張張地落下保險，正要開槍，忽然手中一空，手槍已被端木衡奪去，緊跟著又被推了一把，他站立不穩，跌到地上。

端木衡抬腿將屏風踹開，雙手持槍連扣扳機，竟然彈無虛發，洛逍遙只聽著耳旁不斷傳來子彈飛射的響聲，等他爬起來時，槍戰已經過去，端木衡保持持槍的姿勢，面容冷峻，注視著周圍動也不動。

屏風歪在一邊，月光穿過雕鏤的空隙，落在端木衡的臉上，剛好照亮了他的眼眸。

洛逍遙看得一個激靈，他認得這雙眼睛，在端木衡的臉龐隱在黑暗中時，這雙眼眸就越發顯得搶眼，凌厲暴烈，充滿殺氣，跟面具男的一模一樣！

端木衡把敵人都打倒後，轉頭看過來，洛逍遙已經爬起來，對視到他的目光，本來已經站穩的腿又有些發軟。

端木衡問：「怎麼了？受傷了嗎？」

「呃，沒有沒有。」

為了掩飾自己的緊張，洛逍遙用力搖頭，眼前一晃，端木衡把他的手槍拋給他，說：「下次記得開保險。」

「是、是，對不起……」

想到剛才因為自己的失誤差點害得他們沒命，洛逍遙忙不迭地道歉，但馬上又想到他為什麼要道歉？這傢伙是殺人犯啊……呃不，是有很大嫌疑的罪犯……

洛逍遙雙手握著槍，槍口卻游離不定，不確定是要對準端木衡，還是要對付敵人，在他看來，這個看似冷靜儒雅但實際上非常冷血的男人比未知的敵人更可怕。

臥室裡有短暫的寂靜，但槍聲很快又再次響起，這次射擊是從房門的方向傳來的，原來敵人分兩頭攻擊，想讓他們腹背受敵。

端木衡抓住洛逍遙，向前撲倒在地，然後一推他，喝道：「去窗口！」

洛逍遙只是個小巡捕，說好聽點叫探員，說難聽的就是個跑腿的，他哪裡見過這陣仗？本能地聽從了端木衡的指令，彎著腰走去窗邊，端木衡則對著門口不斷扣扳機，迫使對方無法攻進來。

端木衡的槍法很準，最先衝在前面的人中槍倒地，他手裡握的橢圓形物體也骨碌碌滾到了一邊，竟是一顆已被拉開引信的炸彈。

端木衡看得真切，他來不及細想，倒退著奔向窗邊，同時又衝著門口連開數槍，趁著敵人躲避的時候，掏出繩索掛在窗臺上，對洛逍遙喝道：「抱住我！」

「啊……」

「快抱緊我！」

端木衡跳上窗臺，洛逍遙慌張之下急忙竄過去抱住，他才剛抱緊，端木衡就攥住繩索往下滑去。

端木衡動作很快，背負著一個人完全沒有影響到他的速度，洛逍遙只覺得眼前一晃，五層高的樓房便瞬間就到達中段。

洛逍遙有些懼高，更大力地抱緊端木衡，導致端木衡失去平衡，身體在空中晃了晃，咬緊牙關，忍住來自腰間的痛楚。

轟隆震響就在這時候傳了過來，手榴彈炸開了，強烈的爆破聲中，火光猛地衝破窗戶，向外噴出，還在往下滑的兩個人也被牽連到，隨著震盪在樓外猛烈晃蕩。

端木衡的右肩撞到樓房外壁，頓時失去力氣，只得借助左臂的力量，加快下滑的速度，還好在到達一樓時，洛逍遙就提前跳了下去，減輕他的負擔。

不過這也只是解了一時的危機，繩索很快就斷掉了，端木衡只好躍起來跳到地上，肩膀再次被震到，他微微皺起眉，沒能馬上爬起來。

對面傳來輕微響聲，憑經驗，端木衡馬上斷定那是手槍擊錘落下的聲音，急忙就地一個翻身，探身去取滑落的手槍。

槍聲就在這時候響了起來，端木衡拿起槍指向對面，發現偷襲他的人已經中槍倒地了，洛逍遙雙手握住槍柄站在旁邊，如果忽略他害怕的表情，他的表現還是挺好的。

「幹得不錯。」端木衡站起來，讚道。

「我好歹也是個巡捕。」

看到敵人被撂倒了，洛逍遙鬆了口氣，上前扶住端木衡，問：「你怎麼樣？」

肩膀的傷被碰到，端木衡本能地向後退開。

洛逍遙怕他發現自己覺察到他的身分，慌忙瞟開眼神，就在這時，頭頂上方又是接連兩聲巨響，爆炸聲中玻璃被震得粉碎，從上面紛紛落下，接著是呼嘯而出的火舌。

洛逍遙嚇到了，忘了端木衡的身分，一把抓住他的手臂，急切地叫道：「快想辦法救救我哥，他還在上面，還有蘇唯……」

話音剛落，對面便傳來腳步聲，幾個黑衣大漢持槍衝過來，向他們開槍射擊。

端木衡急忙拉著洛逍遙避到樓房之間的小胡同裡。

對方火力密集，他正頭痛該怎麼解決麻煩時，道路的另一邊突然亮起光芒，一輛黑色轎車以飛快的速度開過來，衝向那些人，卻是雲飛揚看到他們下來，及時開車來救援了。

那幾個人被車頭撞到了兩邊，轎車又快速倒回到他們站的小巷裡，端木衡拉開車後門，讓洛逍遙上車，洛逍遙不肯，叫道：「我哥還在上面，我要去救他！」

「救人的事讓我來！」

端木衡不由分說，一把將洛逍遙推上車，他轉過身，正想著怎麼去救蘇唯跟沈玉書，頭頂上空再次傳來震響，他仰頭看去，剛好看到兩道黑影穿過翻騰的火焰，從上空滑下來。

黑影的速度異常地快，轉眼就到地上，正是沈玉書跟蘇唯。

同樣是一起跳樓，這兩人配合得默契多了，沈玉書先落地，其次是蘇唯，他在快到地面時凌空一躍，輕鬆站到了轎車旁邊，然後一抖手腕，懸在空中的純黑繩索便自動收回，縮入他手腕上的鋼環裡。

端木衡第一次看到這麼神奇的裝置，不免有些心動。

蘇唯手上還戴著黑皮手套，手套只到手指關節部分，既不影響到手指的靈活性，又達到了保護虎口的作用，而且做工相當精緻，讓他連連稱奇。

蘇唯覺察到了，衝他一笑，道：「下次教你怎麼用，現在我們還是逃命為先。」

沈玉書臉上蹭了好多灰，聽了這話，忍不住問：「你怎麼總想著逃跑？」

「這不能怪我啊。」

因為從他入偷門的第一天起，最先學的就是逃命的本事，打不過當然是要逃啊對不對？

蘇唯沒機會反駁，他話音剛落，對面便傳來槍響，雲飛揚大叫道：「快上車！」

幾個人慌忙躲進了車裡，他們剛上去，還沒關緊門，雲飛揚就換成了後退檔，轎車以極快的速度向後退去。

偷襲他們的那些人緊追著開槍，但畢竟無法追得上急駛的轎車，很快就被甩開了。

雲飛揚踩著油門踏板，一直將車倒退到岔路口，才換成前進檔，往左打方向盤，把車拐進了一條小路上。

他仗著對地形熟悉，在街道上不斷地拐來拐去，一直兜了很久的圈子，確定沒人追上來後，才逐漸放慢車速，朝著偵探社的方向開去。

已經是淩晨了，周圍異常的寂靜，車裡充斥著血腥的氣味，誰都不說話，但是在確定甩掉敵人後，都不約而同地鬆了口氣。

「你的駕車技術真好，」蘇唯率先打破了寂靜，對雲飛揚說：「今晚沒有你，我們大概要全軍覆沒了。」

「小意思、小意思，我也就會開開車。」雲飛揚謙虛地說，可是略微上翹的嘴角證明他很享受這樣的稱讚。

沈玉書坐在副駕駛座上，轉頭問大家：「你們有沒有受傷？」

蘇唯說：「還好，都是小擦傷。」

洛逍遙跟端木衡相鄰坐在後車座上，聽了這話，他下意識地瞅瞅端木衡，小聲說：「我也沒有。」

「阿衡你呢？」

「我也沒事，身上都是敵人的血。」端木衡鎮定地回答。

聽了他的話，洛逍遙再次偷眼看向他。

後車座上坐了三個人，他們幾乎靠在一起，這一路上他感覺得出端木衡的身體繃得很緊，在激烈的槍戰跟逃跑中，他的傷口肯定裂開了，那些血說不定是他自己的，而他卻可以坦然自若地撒謊。

洛逍遙很猶豫，不知道是不是該當眾說出真相。

端木衡就是面具男，就是江洋大盜，這樣一個人現在就在他們中間，簡直就是顆炸彈，那些偷襲者說不定也是衝著他來的，把這樣一個人留在身邊，實在是太危險了。

可是揭破他的身分就不危險了嗎？

就算沒見過什麼世面，洛逍遙也知道端木衡的家世有多厲害，假如捅破了窗戶紙，這個大盜會不會一不做二不休，把他們全家還有沈玉書都幹掉呢？

更重要的是不管怎麼說，剛才都是端木衡救了他，現在說出真相，算不算恩將仇報？

所以這一路上，洛逍遙的心都在利害關係跟倫理道德之間拔河，但一直到最後他也沒做出選擇。

路上他曾不止一次地偷看端木衡，想知道他有沒有注意到自己發現了他的祕密，但一旦跟端木衡的目光對上，他就立刻把頭轉開，裝作沒事人的樣子。

最後還是端木衡先開了口。

「小表弟你的臉色很難看啊，是不是在搏鬥時受傷了？」

他哪有搏鬥啊？從頭至尾跟敵人對峙的都是端木衡。

「沒、沒有……呵呵，第一次遇到這種場面，有點不知道該怎麼辦。」

「沒事的，這種事一回生二回熟，習慣就好了。」

端木衡安慰著他，還很自然地拍拍他的肩膀，一副鄰家大哥哥的溫和形象，氣得洛逍遙很想罵他，又萬分期盼沈玉書跟蘇唯看出他有問題，直接質問他。

可惜現實讓洛逍遙失望了，直到回到偵探社，也沒人懷疑端木衡有問題。

難怪勾魂玉流竄作案十幾年都沒被捉住呢，他可真會演戲啊，大概大家作夢也想不到，身為豪門貴公子的他竟然是江洋大盜吧？

在兜了幾個大圈子後，雲飛揚把車開回偵探社。

他們進了辦公室，打開燈，燈光下除了雲飛揚以外，其他人的臉上跟衣服上都沾滿灰塵跟血跡，身上也有一些劃傷，還好不是太嚴重。

蘇唯拿來藥箱，大家做了簡單的清洗後，自行上藥。

「真是糟糕的一夜。」

蘇唯坐在椅子上，一條腿支起，拿了顆蘋果開始啃，又掏出懷錶看了看，指針指在三點上，沒多久就要天亮了。

「阿衡，對不起，你借給我的那輛車可能要拿去大修了。」

沈玉書對端木衡抱歉地說，端木衡擺擺手，不以為意地道：「那我拿去修，明天換輛新車給你。」

「咳……」蘇唯彎起腰，咳了起來。

他有點體會到白雪公主被蘋果噎到的感覺了。

富二代果然就是富二代，這種情況下，正常人說的不應該是讓對方賠錢嗎？再免費贈車這種思維是怎麼形成的？

沈玉書瞅了蘇唯一眼，然後堆起真誠的笑對端木衡說：「又要麻煩你幫忙了，這怎麼好意思？」

「我們是至交，一點小事情，何必客氣？」

這怎麼叫小事？那是一臺進口轎車，不是模型車啊！

蘇唯在旁邊咳嗽著心想——是不是至交他不知道，但他願意多交幾位這樣的至交。

洛逍遙也很震驚，張大嘴巴盯著端木衡直看。

端木衡微笑問：「有什麼問題嗎，小表弟？」

「沒、沒事。」洛逍遙不敢跟他對視，慌慌張張地移開眼神。

端木衡的目光轉向雲飛揚，雲飛揚正在檢查自己的照相機。

看著他的舉動，端木衡說：「有好的車，沒有好司機也沒用，雲先生你很厲害啊，駕車技術這麼好，對街道也這麼熟悉，是以前當過司機嗎？」

「不用叫我先生這麼見外了，叫我名字就好，」雲飛揚連連擺手，「我就是在上海住久了，又整天跑新聞，很自然就記住了。」

「那真是太厲害了，要知道很多人就算『很自然』也記不住的。」

端木衡一語雙關，雲飛揚被他說得心虛，低下頭繼續賣力地擺弄照相機。

還好蘇唯及時把話題扯開了，咬著蘋果說：「那些人火力十足啊，看來不是普通的黑幫。」

「是軍人。」

沈玉書把繳獲的手槍丟在桌上。

「口徑九釐米的毛瑟手槍，是地方軍閥愛用的手槍之一，我還檢查過那些人的手掌，他們掌上有長年摸槍的老繭，還有他們的攻擊速度跟配合度，都具有典型的軍人特徵。」

「哇塞，難怪在我跟敵人拚命時，不見你幫忙，原來你在忙著驗屍。」蘇唯不滿地瞪他。

要知道當時他可是被人用槍指著腦袋的，還好隔壁的炸彈及時爆炸，讓他有機會反擊，否則現在他可能要在天堂吃蘋果了。

雲飛揚問：「那他們是誰派來的？為什麼要殺我們？」

「不是殺我們，是他們想毀掉留在房間裡的證據。」

「那他們毀掉了嗎？」

沈玉書掏出他搜集的物品——菸蒂完好無損，但盛放血漬成分的玻璃管碎掉了，只有碎片上沾了一些紅色粉末。

端木衡問：「這個還能化驗出結果嗎？」

「要試試才知道，不過現在最重要的是確保大家的安全，我們已經暴露了，對手可能隨時會找到這裡，你們三個儘快離開，短時間內不要再來。」

「哥，我可以幫……」

洛逍遙站起來，想請求留下，被端木衡擋住了。

「小表弟是巡捕，身分特殊，還是小心一點比較好，我送你回家，還有雲飛揚。」

「不用不用，我戴了帽子，他們不知道我是誰，所以我步行回報社就好了。」

「我也不用，我家離這裡很近，那我先走了，有什麼事，哥要隨時找我啊！」

生怕端木衡真要送自己回家，洛逍遙不敢再囉嗦，說完掉頭就跑了出去，看著他的背影，端木衡笑了笑，對沈玉書說：「那我也走了。」

等雲飛揚也離開後，蘇唯吃完蘋果，起身往門口走。

沈玉書問：「去哪裡？」

「去睡覺，凌晨不睡，很容易爆肝的，爆肝的意思是熬夜對肝臟不好，當然，對皮膚也不好，是美容大忌。」

「我們的行動這麼快就被人知道了，你不覺得奇怪嗎？」

「你的意思是……」蘇唯轉過頭來，「有人把消息傳出去了？不過參加今晚行動的只有我們五個人。」

「排除法——我不會說，逍遙也不會說，你暫時可能不會出賣我們，最後只剩下兩個人。」

「謝謝你把對我的信任放在你的竹馬前面，那麼問題來了，」蘇唯舉起兩隻手，「我們把這兩個人分別設定為A跟B，這個是A，這一個是B，最有嫌疑的你選哪個？」

沈玉書毫無猶豫地指向他的左手。

「這個。」

蘇唯吹了聲口哨。

「我突然想到需要你做一件事。」

「我現在最需要做的事是睡覺。」

「你可以先睡兩個小時。」

兩個人四道目光對視了數秒後，蘇唯認真地問：「你覺得一個成人一天只睡兩個小時夠嗎？」

「那就三個。」

「可以四個嗎？」

為什麼連睡個覺都跟他討價還價？

沈玉書有點搞不懂蘇唯的思維了，至少在他迄今為止的人生中，他沒有遇到過一個男人像蘇唯這樣在意自己的長相。

「可以睡四個小時，」他說：「假如你不介意這次生意失敗的話。」

「好了，三個就三個，」結論做出後，蘇唯問：「你是希望我去保護你的小表弟嗎？」

「他們的目標是我，不會動他的，而且他身邊還有端木衡。」

「哇唔。」

蘇唯聳聳肩，很想說就是因為有端木衡在，逍遙才更危險吧？各種意義上的。

如果洛逍遙知道蘇唯也是這樣想的，他一定會為找到了知音而感到開心，因為他從偵探社出來後，一直處於戰戰兢兢的狀態。

回到家裡，為了不驚動父母，他連澡都不敢洗，隨便擦了把臉，就踮著腳尖爬上二樓，又躡手躡腳地去自己的房間。

洛逍遙原本的房間讓長生住了，謝文芳就把放雜物的房間收拾一下，給他當臥室，他進去後，發現房間裡有個黑影，聽到他進來，那影子一動，把床頭放的書碰到地上。

洛逍遙嚇得額上的冷汗都冒出來了，本能地伸手去拔槍，等拔出槍後他才看清那是隻小動物，長生養的小松鼠花生。

「花生醬不要在這裡鬧，快去睡覺。」

洛逍遙把花生趕下床，自己脫了衣服躺到床上，想到剛才的遭遇，頭又開始痛起來，把手搭在額頭上，看著天花板嘆了口氣。

接下來該怎麼辦呢？

是偷偷告訴表哥真相？還是假裝不知道？

看端木衡用槍的姿勢，又順手又凶殘，他一定殺過不少人，一個搞不好，他也像姜大帥那樣被幹掉了怎麼辦？

想來想去都沒想到合適的解決辦法，睏意上來，洛逍遙開始昏昏欲睡，小松鼠跳到被子上，他也懶得理，任由牠把自己當床，就這樣進入了夢鄉。

不知睡了多久，洛逍遙感覺胸口越來越重，松鼠的重量忽然間像是增多了十幾倍，他睡得迷迷糊糊，閉著眼伸手去拂。

「花生醬快下去，別壓著我。」

手沒有碰到花生柔軟的毛毛，而是碰到了衣服，接著他的臉頰上傳來冰冷的感覺，某個東西在一下下地拍打他，偶爾還會壓住他的脖頸。

這不是花生在調皮，洛逍遙感覺不舒服，他睜開眼睛，正想說是不是自己睡迷糊了，下一秒就跟一雙眼眸對個正著。

天已經亮了，陽光斜照在床頭，讓洛逍遙清楚地看到那雙眼眸，冷靜深邃，還帶著屬於野獸的狠毒，這眼神他再熟悉不過了，一個激靈，睡意瞬間跑遠了。

此刻，端木衡正坐在他的床上，一隻手壓在他的胸前，另一隻手裡拿了把匕首，拍打他臉頰的正是匕首。

看到他醒了，端木衡將匕首柄往他頸下一頂，微笑說：「你還真是一點防範都沒有啊，雖說不能要求一個笨蛋有什麼警覺心，但你這個樣子，讓人很難相信你是當巡捕的。」

「你、你是怎麼進來的？」

在確定眼前這個人正是在他心裡等同惡魔的端木衡時，洛逍遙立刻叫出聲，並且想爬起來，被端木衡一把按了回去，伸手在嘴上做了個噓的手勢。

「你爹娘可都起來了，你這麼大的聲音，是想把他們都叫過來嗎？」

這句話提醒了洛逍遙，也提醒了他面對惡魔的匕首，不能輕舉妄動，他堆起笑臉，壓低聲音再問：「端木……大哥，你怎麼會來我家的……還有，可不可以先把你的刀放下啊？」

「收起你的笑，簡直比哭還難看，至於你家……那晚你在戲院救我之後，我就知道了，只是最近太忙，沒時間來拜訪令尊令堂。」

「你、你在說什麼啊？我聽不懂……」

「別裝了，昨晚你已經知道我是誰了吧？」

被野獸般的眼眸盯著，洛逍遙的心跳失去了正常的頻率，張張嘴，還想再辯駁，被端木衡直接伸手捂住了。

「別把時間花在謊言上，而且還是這麼蹩腳的謊言，你現在只管聽，由我來說。」

瞅瞅近在咫尺的匕首，洛逍遙不敢亂說話了，順著他的意思點點頭。

端木衡注視著他，把手從他的嘴巴上移開，慢慢滑到他的頸部，突然一把掐住。

洛逍遙沒防備，隨著他的動作一挺身，反應過來這是要殺自己，他拚命掙扎起來，雙手抓住端木衡的手用力晃動。

端木衡不為所動，好半天才鬆開了手，看著洛逍遙蜷起身子大口呼吸，他冷冷道：「我說過，我欠你一命，我會還，但如果你敢把那晚的事告訴其他人，我也會殺了你，看來你不僅蠢，記性也很差。」

「咳咳……我沒有……咳……」

「你沒有說，那沈玉書跟蘇唯又是怎麼知道的？難道他們是神仙？」

「咳……我沒有說出面具男就是你……」

「那是因為你那時還不知道。」

洛逍遙啞口無言，見反正也瞞不過去了，他索性豁出去，把端木衡推開，坐起來，道：「是啊，是我說的又怎樣？如果不是你偷了姜大帥的金條，導致他被殺，我會對我哥說出那晚的遭遇嗎？虧我還說你不像是窮凶極惡之徒，我根本就是瞎了眼，早知如此，那晚絕對不會救你！」

他一邊說著，一邊考慮怎麼趁機拿槍，不過見識過端木衡的槍法，他對自己能不能打得過這個人沒有一點把握。

不料他發了火，端木衡反而噗嗤笑了，收起匕首，漫不經心地說：「要不是看在你還幫我說好話的份上，昨晚我就不會救你了。」

陽光照在這張笑顏上，端得是俊朗雋秀。

端木衡已經換下昨天那套衣服，他穿著黑色襯衫跟西褲，頭髮梳理整齊，再加上天然自成的貴氣，怎麼看都是翩翩富家公子哥兒，哪能跟江洋大盜聯想到一起？

洛逍遙看傻了眼，搞不懂這人怎麼這麼喜怒無常，他發起怒來固然可怕，但笑起來卻令人如沐春風，很容易讓人對其產生好感，洛逍遙有點糊塗了，不過至少端木衡現在的樣子讓他不那麼恐懼，壯著膽子說：「昨晚我也救你了！」

端木衡又笑了，「這麼說我還是欠你一命。」

「欠命就算了，你先把護身符還我。」

「什麼護身符？」

洛逍遙怒道：「就是那個藥瓶，我幫你敷藥用的藥瓶，啊對，還有我的衣服，我那件衣服很貴的，你賠！」

端木衡不說話了，眼眸微微瞇起，洛逍遙這才反應過來兩人實力的差距，正想說不賠就算了，端木衡不屑地嗤了一聲。

「那種衣服也叫貴，小表弟你是沒見過世面吧？」

不賠衣服就算了，還嘲笑他。

洛逍遙的臉脹紅了。

「貴不貴我自己心裡清楚，你不想還就直說，還有，我跟你一點關係都沒有，別叫我小表弟……喂，你幹什麼？」

話沒說完，洛逍遙的衣領被揪起，他還以為端木衡要動武，但端木衡只是把他推去一邊，自己躺到了床上，隨口說：「衣服我會還的，不過藥瓶我丟了。」

「什麼？那是我的護身符！」

「一個破藥瓶而已，我怎麼知道那麼重要？」

洛逍遙被氣到了，冷笑道：「是啊，對前清太醫院院判的大公子來說，那真是不值錢的玩意兒。」

但對他來說，那是父母送他的護身符，是無價之寶啊，早知道這是個強盜，他當初絕對不救的！越想越氣惱，洛逍遙的拳頭攥緊了，正要給這個混蛋來一拳，端木衡忽然說：「我的傷口裂開了，去找點傷藥來。」

譏諷他一頓，還想讓他幫忙？

氣憤壓住了恐懼，洛逍遙動都沒動，大白天的，他就不信端木衡敢明目張膽地殺人。

「您是什麼家世背景啊，也需要我們這種小人物幫忙嗎？」

端木衡閉著眼睛躺在床上，似乎感覺到了他的憤慨，漫聲道：「你幫我一把，我回頭找找，說不定能把藥瓶找回來。」

都丟掉的東西，怎麼還可能找回來，盜賊的話鬼才信！

洛逍遙跳下床，隨手拿起外衣套到身上，猶豫了一下，又看看端木衡，心裡泛起了嘀咕——說不定真能找回來呢？父母給的護身符，哪怕只有一絲希望，也要想辦法爭取才行啊！

想到這裡，洛逍遙做了妥協。

「好，我去找藥，你不要亂走，不要被我爹娘看到。」

「知道，我一夜沒睡，借你的床睡一會兒，不會驚動別人的。」

一夜沒睡關他屁事啊！按捺不住好奇心，洛逍遙故意問：「忙著做壞事嗎？」

「去處理被子彈射得像馬蜂窩的那輛車，免得再被人盯上，還有，我也想知道是誰想殺我們。」

「難道不是你通風報信的？」

「當然不是，我有必要害你們嗎？」

當然有，比如為了不暴露自己的身分而殺人滅口；或是為了不讓他們繼續查金條失竊案；或是……

洛逍遙瞬間就在心裡想到了好幾個可能性，但為了不刺激到端木衡，免得他喜怒無常的個性馬上轉去暴戾那一邊，他忍住了，穿好衣服出門。

走到門口時，端木衡突然說：「姜英凱不是我殺的，他的死跟我拿走金條沒關係，這件事的內情很複雜，有時間我慢慢跟你說。」

居然主動跟他提起這件事，洛逍遙很驚訝，想了想，說：「姜大帥的案子是別人負責的，你是要投案自首，還是照顧我哥的買賣，都隨你。」

端木衡沒再回應，洛逍遙出門下樓。

家裡人都已經起來了，長生在鋪子裡幫洛正揀藥材，謝文芳在廚房做早飯，看到洛逍遙，罵道：「小赤佬，你這幾天跑哪裡去了，還知道回家啊，這兒不是旅店，隨時來隨時走，就算是旅店，也是要交錢的，你交了嗎？」

他的薪水都拿來買衣服了，而且悲傷的是衣服還被某個混蛋毀掉了。

這些話洛逍遙不敢對母親說，陪笑說了不少好話，又趁大家吃飯的時候，偷偷從父親的藥櫃裡取了傷藥，跑回自己的房間。

端木衡還在睡覺，他睡得很香，發出輕微的鼾聲，匕首跟手槍就放在枕畔。

洛逍遙看看那把槍，把手伸了過去，一瞬間，他心裡浮出了一個可怕的念頭，不過念頭馬上就消散了，他最後只是把傷藥放下，收回了手。

「你剛才是不是想，如果拿到槍，就能幹掉我了？」

洛逍遙被突如其來的話聲嚇得一抖。

端木衡睜開眼睛，看到他的模樣，噗嗤笑了。

「看來我說對了。」

「沒有！沒那回事！」

「不必否認，如果我是你，我也會那樣想，但也只是想想而已，畢竟這裡是你的家，你殺了人後怎麼藏屍是個問題，藏屍不被發現又是個問題，危險性太大，不值得做。」

端木衡全說中了，洛逍遙再次認定了這個人就是惡魔，只有惡魔才可以這麼清楚地看透別人心裡的想法。

端木衡坐起來，看到洛逍遙拿來的傷藥，他脫了襯衫，露出包紮紗布的肩膀。

經過一夜的摸爬滾打，紗布外層滲出了血色，洛逍遙這才明白為什麼他要穿黑外衣，看他一隻手處理傷口不方便，忍不住說：「我來幫你吧。」

端木衡驚訝地看過來，隨後放下了手，任他幫忙。

洛逍遙用剪刀剪開紗布，見傷口縫了線，處理得很好，不愧是出身醫學世家，雖然有出血，不過沒有大礙。

他用乾淨的紗布沾了清水，擦去傷口上的血漬，又重新敷了傷藥，再用紗布將傷口包好。

端木衡看著他包紮，說：「你家的傷藥很有效，上次多虧遇到了你。」

「哼，那又怎樣？你還不是想殺我滅口？」

「剛才你也想殺我了，但實際上你做的還是救人的工作。許多時候，想與做的距離很大，做與做到的距離也很大，做到與做好的距離更大，所以你想什麼一點都不重要，關鍵是你做了什麼。」

「吧啦吧啦說這麼多，想證明自己很有學問啊？可惜我沒讀過多少書，聽不懂你在說什麼。」

「沒讀多少書，還看唐詩啊。」眼眸掃過桌上的一本《唐詩全集》，端木衡笑道。

洛逍遙臉紅了，拿起書丟進抽屜裡。

「少看我的書。」

傷口包紮完畢，洛逍遙看看端木衡的手腕，好奇地問：「你說你右手受傷，才脫離軍團，是在找藉口掩飾槍傷吧？」

「不，我的右手臂以前的確受過傷，不過我並不是因為這個原因才棄武從文。」

「那是為什麼？」

端木衡不說話了，忽然站起來，逼近洛逍遙。

危險訊號傳達給洛逍遙，他本能地向後退，卻被端木衡揪住衣領拉到自己面前，狹長的眼眸瞇了起來，緊盯著他不放。

洛逍遙有點體會到青蛙被毒蛇盯住時的感受。

一方面很怕，一方面又因為太怕而不敢動，情不自禁地屏住呼吸，生怕一個不小心，對方就會竄起來給自己致命的一擊。

於是端木衡就這樣越靠越近，近到洛逍遙幾乎可以感覺到他呼吸的熱氣，他僵在那裡，腦子裡迷迷糊糊地想手槍放在哪裡來著，現在嘣了這傢伙還來不來得及？

他的反應逗樂了端木衡，嘗到了久違的貓戲弄老鼠的愉悅感，他笑道：「想套我的話可沒那麼容易喔，小表弟。」

這句話就像是鑰匙，讓洛逍遙頓時從被禁錮的恐怖魔咒裡解救了出來，他突然想到自己為什麼要怕端木衡，端木衡現在又沒有槍又沒有刀，還是個傷患，怎樣都不可能威脅到他吧？

於是他反射性地揮起掌刀，劈向端木衡的脖頸，誰知端木衡的反應更快，及時握住了他的手腕，再向外一擰，就成功地化解了他的攻擊。

洛逍遙又慌忙揮起左手，但是還沒等他出掌，外面突然傳來噔噔噔的腳步聲，緊接著房門被撞開，長生帶著他的小寵物跑了進來。

看到洛逍遙的房間裡出現了一個陌生人，長生愣住了，呼哧呼哧喘著，卻不說話。

小松鼠先是竄到洛逍遙腳下，仰頭看看他們，像是感覺到了危險，又掉頭飛速地跑回去，竄上長生的肩膀，定在那裡不動了。

洛逍遙沒想到長生會突然跑進來，他同樣處於呆愣的狀態中。

倒是端木衡這個外人毫不慌張，就勢扳住洛逍遙的肩膀，做出很親密的樣子，對長生說：「我叫端木衡，是逍遙的朋友，你叫長生，跟家人離散了，所以暫住在逍遙家對吧？還有你的小寵物花生醬。」

聽說他們是朋友，長生不像一開始那麼緊張，說：「牠叫花生，花生醬是牠的昵稱，你真是逍遙的朋友嗎？為什麼我以前都沒有見過你？」

「因為我跟逍遙才認識不久，不過今後我們會是很好很好的朋友。」

端木衡一邊說著，一邊拍打洛逍遙的肩膀。

洛逍遙只得配合著做出笑臉，後背上卻冷汗直冒——這傢伙的心機太深了，不僅查到我家，就連長生的底細也都打聽得清清楚楚，這分明是在暗示我要老實聽話，別想在他面前耍花樣。

可惜看清端木衡真面目的只有他，在外人面前，端木衡表現得非常和善可親，蹲下來，溫和地對長生說：「你突然跑過來，是有什麼急事嗎？」

「喔喔。」

經提醒，長生想起了重要的事，急忙對洛逍遙說：「是總探長打電話來找你，讓你馬上過去。」

洛逍遙一聽，就要往外跑，長生叫住他。

「電話已經掛斷了，洛叔讓你趕緊收拾一下，過去就好了。」

「沒說是什麼事？」

「嗯……好像說找到戲院案子的凶手了……」

【第八章】

羅生門

「看來你說戴手套睡覺是為了保護手的話也是假的，你其實是在實驗室查線索。」

「當然是找線索，我又沒有蘇唯那麼愛美。」

蘇唯不滿地說：「你只是在嫉妒。」

「我為什麼要嫉妒你？」

「因為我比你帥、比你聰明、比你懂得更多的技能……」

「又沒我高。」

沈玉書是上午得知姜英凱被殺一案找到了真凶。

電話是洛逍遙打來的，蘇唯湊在聽筒旁，跟沈玉書一起聽完，立即問：「你確定沒搞錯？殺姜大帥的是孫澤學？」

「有沒有搞錯我不知道，但調查的結果就是這樣的，驗屍官在孫澤學家裡的鑿冰器上驗出姜大帥的血液，你們之前也有提到姜大帥在被槍殺之前，胸口曾被銳器刺過對吧？驗屍官檢驗了鑿冰器的長度跟直徑，確定當時凶手就是利用它刺死姜大帥的。」

「等等，鑿冰器是從哪裡搜出來的？」

「孫家的廚房。最後的結論是孫澤學邀請姜大帥到自己家裡，找機會用鑿冰器殺了他，事後他擦拭了鑿冰器，但沒有擦乾淨，留下了部分血跡，他殺人後，又開車把屍體運到戲院後面丟棄，偽造了搶劫殺人的現場。」

且不說這個結論是否正確，單從身高跟體重來推量，就可以知道孫澤學根本無法一個人搬運屍體。

蘇唯雙手一攤，對這裡員警的智商之低佩服得五體投地。

「後來我們總探長說是孫澤學本來就精神狀態有問題，再加上殺了人，所以就出現悲觀情緒，才會畏罪自殺。」

「昨天還說他是為情自殺，怎麼今天就變成畏罪自殺了？」

「因為裴劍鋒查到了最新的情報，原來姜大帥也去捧過明月的場，而孫澤學正在瘋狂追求明月，所以就鬧出人命了，這就是殺人的理由，為爭風吃醋而引起的殺機。」

蘇唯聽不下去了，「你們總探長腦子裡裝的是漿糊嗎？這種動機你們也信？這連最基本的邏輯都不過關啊。」

洛逍遙辯護道：「其實不關我們探長的事，這件案子牽扯到公共租界跟法租界，所以這是兩邊共同調查得出的結論，工部局[3]跟公董局的警務處也都同意結案了，總探長這樣說也是沒辦法的事。」

所以與邏輯無關，上頭只是要一個結案的理由而已。

沈玉書問：「那昨晚四馬路發生的槍殺跟爆炸事件怎麼處理？」

「照黑幫鬧事辦理，這部分會由公共租界工部局直接出面跟黑幫協調，所以底下的人樂得輕鬆。」

雖然黑幫不清白，但這次的事件還真不關他們的事。

蘇唯覺得被栽贓，黑幫有點冤枉，他看向沈玉書，沈玉書問：「上頭有沒有提那棟房子的屋主是誰？」

注釋——

3｜工部局：原名 Municipal Council，意指市政委員會，為舊上海公共租界內的最高行政管理機構，該機構由董事會領導，下設總辦處、警務處、工務處、財務處等執行機構，進行市政建設、治安管理、徵收賦稅等行政管理，其後的租界區都仿照上海租界的制度，工部局在實質上擔任了租界市政府的角色。

「啊對，你不提我都忘了，原來那棟房子跟孫澤學一點關係都沒有，而是一位叫程九千的富商的房產，這位富商舉家去了國外，只在上海留了幾棟房子，傭人會定期去打掃，平時都是空閒的，你們說奇不奇怪，既然那不是孫澤學的房子，為什麼抽屜裡會有他的書信？」

一點都不奇怪，那些東西是有人特意放在那裡，嫁禍孫澤學用的，以防萬一有人查到那條線上。

沈玉書問：「阿衡還在你那裡嗎？」

被問了個冷不防，洛逍遙啊了一聲，慌慌張張地說：「我怎麼知道他的事？我跟他不熟的。」

「看來他已經離開家了，他有沒有說去哪裡？」

端木衡是跟洛逍遙一起離開的，他沒說去哪裡，就算說了，洛逍遙也不敢告訴沈玉書，支支吾吾地想掛電話，被沈玉書叫住了。

「不用慌，他的事我都知道了。」

「都知道了？『都』是指多少？哥你可不要誆我，你怎麼可能知道……」

「你去幫我做一件事，放心吧，他不會對你怎樣的。」

「可是他拿全家人的命來要脅我……」

「這件事我來解決，你不放心的話，跟我一起來。」

「我去我去，哥我愛死你了！」

一聽可以解決心頭大患，洛逍遙的聲音頓時提高了好幾個分貝。

等他掛了電話，蘇唯搖頭嘆息。

「小表弟還是不要當巡捕了，回家開藥鋪多好。」

「不能這樣說，」沈玉書一臉嚴肅地提醒他，「要知道有這樣的巡捕，我們偵探社才能賺到錢啊！」

端木衡辦完事，乘黃包車回到家。

車在霞飛路的某棟住宅前停下，他下了車，正要往裡走，路被擋住了，戴著禮帽，穿著吊帶西裝褲的蘇唯站在他面前，笑著衝他搖手。

「嗨。」

沒想到他會出現在自己家門前，端木衡一愣，再回過頭，就見沈玉書從另一頭向他走過來，身後還跟著洛逍遙。

端木衡馬上恢復平靜，微笑打招呼。

「這麼巧。」

「這世上當然沒有這麼巧合的事，我們是在這裡守株待兔……啊不，是特意在這裡等你的。」

蘇唯打量著眼前這棟帶院子的奶黃色二層小洋房，嘖嘖嘴，說：「不愧是前清太醫院的院判，聽說端木家光是在上海就有數棟豪宅，還特意把這棟建在最繁華地段的房子給你。」

端木衡的目光在他跟沈玉書之間轉了轉，不溫不火地問：「你們調查我？」

洛逍遙立刻躲去沈玉書身後，沈玉書說：「應該說我們查到了很多消息，進去慢慢說吧。」

端木衡挑挑眉，打開院門，穿過小花園，帶他們進了房子裡。

客廳的擺設比想像的普通，只有書架上的幾件古玩讓房間多了份雅致，另外，靠牆的桌案上平放了一柄古劍，這大概是這間屋子裡最搶眼的擺設了。

房間裡很靜，蘇唯環顧四周，「這麼大的房子，沒請傭人？」

「我不喜歡東西被亂動，所以都是自己打掃，想喝什麼？我去準備。」

「不用了，我們不是來喝下午茶的，時間寶貴，就長話短說吧。」

聽了沈玉書的話，端木衡的目光再次落到他們三人身上，洛逍遙不敢跟他對視，把眼神瞟到旁邊。

端木衡請他們落座，自己也在茶几對面坐下來，微笑說：「到底是什麼事這麼急？

特地跑到我家來找我？」

沈玉書開門見山道：「你應該也知道警務處已經把殺害姜大帥的罪名推到了孫澤學身上，而這是不可能的。」

「按理來說的確不可能，不過物證都有了，要結案也不是說不過去的。」

「所以為了不讓本案結案，我們就必須找到新的證據，證明他們是錯誤的，這樣我才能對我的雇主有所交代。」

「你是指吳媚提到的那箱金條？也許是她亂說的，因為從頭至尾都沒人見過，也沒人提到。」

「但我們昨晚才去了姜大帥的被害現場，今早警務處就說要結案了，明顯是有人做賊心虛，不想我們查下去，也間接證明我們調查的方向沒有錯。」

「那又怎麼樣？你能憑昨晚收集到的證據找出罪犯嗎？」

「暫時還不行，但至少我知道勾魂玉是誰了，也知道在這起暗殺事件中他扮演了什麼樣的角色，正因為我知道了，所以我確定在金條這件事上，吳媚沒有撒謊。」

端木衡換了個坐姿，目光不經意地掠過洛逍遙，微笑說：「喔？是誰？」

「既然彼此都心知肚明，那我也不兜圈子，勾魂玉不是別人，就是姜大帥被殺那晚逍遙救的那個面具男，也就是你端木衡。」

沈玉書說完後，客廳有短暫的寂靜，隨即端木衡仰頭大笑起來，他笑得抹起眼淚，說：「玉書，我真沒想到你這麼喜歡說笑話，都這個時候了，你還有閒情在這裡開玩笑。」

「你認為我特意來找你，只為了說個無聊的笑話嗎？」

「難不成你真的認為我就是江洋大盜？」

端木衡滿含笑意地說：「我出身世家，就算沒有富可敵國，這輩子也是錦衣玉食，我放著好好的富家公子不做，去做大盜？這話說出去，你看看有誰會信？」

「因為每個男人心中都有一個俠客夢。」

端木衡的目光被蘇唯的話吸引過去，蘇唯急忙搖手。

「這話不是我說的，是我們那兒一位名人說的。」

端木衡又轉去看沈玉書。

「好，你說我是勾魂玉，你有證據嗎？」

「首先吳媚沒有撒謊，當晚姜大帥的確拿了一箱金條去跟人會面，卻被你中途盜走了，但你得手後，出於好奇心，沒有馬上離開，而是尾隨姜大帥去了四馬路的那棟住宅裡。可惜你晚到了一步，等你到達時，姜大帥已經被殺了，對方的手下發現你的行蹤，向你開槍，你寡不敵眾，中了兩槍，在逃跑中碰巧被逍遙所救，而殺害姜大帥的那些人也做賊心虛，他們沒追到你，只好匆忙轉移屍體，卻因為心慌，在殺人現場留下了罪證。」

沈玉書看端木衡一眼繼續說道：「第二天你聽說戲院命案的事，主動找機會跟我相遇，又屢次幫我們，當然不是想破案，而是你想知道是誰害你的。你還特意讓人打電話來偵探社，說找到了孫澤學在四馬路的住宅，其實都是做給我們看的，事實上你根本不需要請人調查，你只是找個藉口帶我們去那晚你去過的地方而已，否則四馬路的範圍那麼廣，你怎麼一找就找到目標了？」

端木衡立即反駁：「那只是碰巧而已，難道幫你也錯了嗎？」

蘇唯提醒道：「而且那棟住宅不是孫澤學的喔！」

「我在轉述時也沒說那就是孫澤學的住宅啊！」

面對這個坦然自若的回覆，蘇唯聳聳肩——這傢伙果然有心機，難怪逍遙鬥不過他。

沈玉書說：「還有，我們前腳剛到那處住宅，後腳就有人來狙殺我們，而知道我們行動的就我們五人，除了你還會有誰？」

端木衡繼續反駁：「如果說懷疑，還有雲飛揚啊，別忘了他一直在外面等候，有的是時間通知他的同黨。」

「雲飛揚的確值得懷疑，但至少他不可能是勾魂玉，因為他肩膀沒有受傷。」

蘇唯拍拍自己的肩膀，「我可是拍過他好幾次肩膀的，如果你要證明自己的清白，不妨讓我們看看你的肩膀啊！」

端木衡不說話了，其他的事他都可以狡辯，但肩膀上的傷卻是不爭的事實。

他的目光冷冷落到洛逍遙身上。

沈玉書說：「這件事跟逍遙沒關係，有關你的身分，他一個字都沒提，我只是讓他查了一下端木家在上海所有的住處而已。」

「小看你了啊！」

端木衡哼了一聲，突然站起身，掏槍對準沈玉書的頭部。

誰知蘇唯更快，在端木衡舉槍的同時，也拔槍指在他的太陽穴上。

狀況發展得太突然，看到眼前的僵局，洛逍遙也急忙去摸槍，卻發現自己的槍不知什麼時候消失了，再仔細看看，消失的手槍正握在蘇唯的手中。

「大家冷靜冷靜，有話好好說，都是自己……」

「自己人」說到一半，洛逍遙把話嚥了回去，因為端木衡怎麼看也不像是自己人。

端木衡無視洛逍遙的話，陰沉著臉盯住沈玉書。

沈玉書面不改色，因為蘇唯的手槍指著端木衡，他料定端木衡不敢輕舉妄動。

「你剛才說錯了一句話，」沈玉書微笑說：「你不是小看我，而是小看了我們。」

「不錯，」蘇唯接著說道：「我沒當過兵，不過怎麼開槍還是知道的，要賭一把嗎端木公子？」

十幾秒的僵持在洛逍遙看來就像是永遠，他急得腦門都冒汗了，還好最後端木衡率先放下手槍，重新坐下來，展顏笑道：「玉書，小時候跟你一起玩時，我就覺得你將來是個人物，現在看來，我果然沒看走眼。」

「別說得自己像是算命先生似的，你那時才幾歲啊？」

端木衡收了槍，蘇唯也收了，坐回原來的位子上。

沈玉書無視他的稱讚，冷淡地說：「現在大家坐在一條船上，同舟共濟才是最聰明的選擇，而且我找不出我們需要為敵的理由，畢竟勾魂玉也算是個俠盜。」

——喂，這裡只有一位俠盜，就是我蘇十六。

蘇唯不大同意沈玉書的說法，不過為了雙方順利溝通，他忍住了。

端木衡點點頭。

「言之有理，不過我想知道一件事，你是從什麼時候開始懷疑我的？」

「一開始。」

「一開始？」

「不錯，我們分別多年，第一次見面是在巡捕房，那時我是大夫的打扮，戴了帽子跟口罩，你是怎麼一眼認出我的？除非你事先調查過我。你載我們去霞飛路後，藉口說沒辦法停車，不跟我們同行，是因為你曾經跟蹤過吳媚，擔心被店員認出來。你說你的右手不方便是因為手腕受傷，但是從你手臂動作的幅度來看，傷的應該是肩膀，後來我聽逍遙說起面具男，就確定你是誰了。」

「既然你從一開始就懷疑我，那為什麼還讓我陪你一起查案？」

「你利用我，我只是回敬而已。」

想起之前的種種對話，端木衡恍然大悟。

「看來那些戴手套睡覺是為了保護手的話也是假的，你其實是在實驗室查線索。」
「當然是找線索，我又沒有蘇唯那麼愛美。」
——喂，說案子就說案子，為什麼要扯上我？
蘇唯不滿地說：「愛美之心人皆有之，我覺得這不應該成為攻擊我的理由。」
「你愛美愛得過頭了。」
「你只是在嫉妒。」
「我為什麼要嫉妒你？」
「因為我比你帥、比你聰明、比你懂得更多的技能……」
「又沒我高。」
硬邦邦的一句話丟過來，成功地把蘇唯噎住了。什麼時候身高也成了攻擊的藉口了？他這一百八十二公分的個頭放在哪裡都算是大高個好吧，他不就是比沈玉書稍微矮了那麼幾公分嗎？
蘇唯擼起袖子想揍人，還好端木衡及時伸出手，制止他們這種毫無營養的對話。
「蘇先生，動用暴力請回家再做，我們還是先來談正事。」
一句話提醒蘇唯，他給端木衡打了個手勢，請他繼續。
端木衡又問沈玉書。
「那你讓我打聽孫澤學的房子，是特意給我提供機會，好讓我帶你們去姜大帥被殺的第一現場？」

「不錯，你本來就知道那個地方，我只是給你搭個臺階。」

「哈……」端木衡發出苦笑，他有點理解蘇唯想揍人的心情了，打量了沈玉書好半天，才說：「以前我沒發現你這麼狡詐。」

「很正常，畢竟那時我才五六歲。」

「等一等。」

洛逍遙聽到一半，忍不住了，舉手問道：「有一個問題我想不通，據說勾魂玉縱橫江湖十幾年，可是端木……先生他才二十幾歲啊，難道他十歲就開始盜寶了？」

蘇唯說道：「又沒人見過勾魂玉的真面目，誰知道他是不是冒名頂替的，別忘了沒有一行是可以無師自通的，端木公子可以深諳偷盜的精髓，一定是有人教過他，那個人才是真正的勾魂玉吧？」

「蘇先生說對了，勾魂玉其實應該算是帶我入門的前輩，那時我留洋歸來，原本想利用自己的才學做番轟轟烈烈的大事業，所以我投筆從戎，但沒多久就發現那些軍閥打著救國救民的旗號，實際上都是些貪得無厭的傢伙，他們只顧著自己撈金，根本沒什麼理想抱負。所以那段時間我很失意，就在我決定棄武從文的時候，遇到了那位前輩，機緣巧合，我救了他一命，也知道了他的身分跟來歷，這讓我想到了與其庸庸碌碌地生活，不如做些有意義的事。」

「所以你就做賊了？」

蘇唯瞪向沈玉書，大聲地咳嗽了一下，提醒他斟酌措辭，別忘了他的搭檔也是一位俠盜。

端木衡正色道：「我盜的都是不義之財，那些貪官軍閥的錢都是搜刮來的民脂民膏，我只不過是代為取之，歸還給大家而已，我個人沒有拿過其中一分一毫。」

「那其實是有兩個勾魂玉了？」洛逍遙好奇地問。

「不，還是只有一個，那位前輩上了年紀，又因為受傷，無法再做這一行，後來他聽說我的小名叫玉鉤，便說我跟他有緣，就直接把名字給我，所以雖然我們沒有師徒之名，但對我來說，他就是我的師父。」

蘇唯忍不住感嘆：「真不錯，身為高官公子，前程似錦的留洋學子，沒人會把你跟江洋大盜聯繫在一起，你簡直就是蘇洛。」

「什麼？」

發現自己一激動說溜了嘴，蘇唯笑咪咪地不說話了。

沈玉書替他說：「他的意思是你是特意選勾魂玉這個名字的，為的是不讓大家懷疑到你。」

「不錯，這幾年我藉著工作之便，瞭解很多內幕，所以一直做得很順利，直到遇到姜大帥這件事，不管你們相不相信，姜大帥的死跟我毫無關係，因為早在我下手之前，那箱金條就已經被掉包了。」

「什麼？」

一顆炸彈突然空投下來，在座的三位同時叫出了聲。

「我前不久剛做完一票，為了不引起懷疑，本來不想馬上再做的，但我在調查情報的時候，偶然發現許副官去城隍廟買了玉鉤，並且是樣式跟我的標記很相似的玉鉤。」

端木衡比畫一下後繼續說道：「我感覺不對頭，就盯上了他們，很快就知道他們的祕密，原來吳媚跟許副官是一夥的，他們計劃在姜大帥去赴約當天調換金條。沒有金條，會談一定不成功，姜大帥還會有生命危險，這樣他們就可以拿著錢遠走高飛了。吳媚是個很有心機的女人，她擔心萬一姜大帥平安返回，會懷疑金條是被她掉包的，所以做了雙重保險，她利用我的名字，以防萬一狀況有變，就把金條被偷的事全部都推到我頭上，一箭雙鵰。」

蘇唯跟沈玉書聽得連連點頭，洛逍遙不大瞭解前因後果，不過見他們點頭，也跟著點頭。

「所以我改變了想法，既然吳媚誣陷我，那我不如奉陪到底，順著她的意思把東西盜過來。於是我訂了一模一樣的皮箱，趁著她跟許副官成功得手得意忘形的時候，找機會把他們的皮箱也掉了包。」

端木衡嘆口氣說道：「事情發展到這裡，本來就可以結束了，但正如玉書所說的，我的好奇心太強，想知道姜大帥到底是跟什麼人會面？便喬裝跟上去，再後來的事你們都知道了，所以不管姜大帥的死因如何，都與我無關，而且昨晚的狙殺事件也與我無關，我比你們更想知道是誰想殺人滅口？」

端木衡說完，目光在三人之間來回轉了兩圈，等待他們的回應。

蘇唯的手指在膝蓋上規律地彈動著。

「劇情又反轉了，那麼在這個羅生門事件裡，是誰在撒謊？」

沈玉書習慣了他亂七八糟的說話，直接抓重點，問端木衡：「你有在盜物之前送上玉鉤的習慣嗎？」

「我的前輩有，但我沒有，我做事只求達到目的，做那些都是畫蛇添足，那都是吳媚故意做給別人看的，以便被質疑時好為自己開脫。」

沈玉書的表情若有所思，沒再問下去。

蘇唯繼續敲手指的動作，洛逍遙也不敢亂說話，於是客廳再度陷入寂靜。

最後還是端木衡忍不住，說：「真相我都告訴你們了，信不信也由你們，我很忙，如果沒有其他的事，就請回吧。」

「我沒有不信你，畢竟我們是多年的朋友。」

蘇唯的手指一停，覺得沈玉書這句話說得實在是太沒有誠意了。

大概端木衡也是這樣想的，所以他臉上浮出冷笑。

沈玉書沒在意，問：「所以真正的金條還在你手裡？」

「不錯，吳媚肯定是發現金條被調換，她沒有拿回金條，不甘心離開，所以才會去拜託你們幫忙。」

「在黃埔旅館狙殺吳媚的是你嗎？」

「不是，我剛才說了，我不喜歡做畫蛇添足的事情。」

對話到這裡，沈玉書站了起來。

「那阿衡，既然現在已經知道失落的金條在你手裡了，現在請你歸還，你答應嗎？」

「當然……」端木衡也站起身，雙手插在口袋裡，對他微笑說：「是不行。」

「我以為看在朋友的面子上，你會同意的。」

「換了平時，也許會，但這次不行，那箱金條我決定用在更有意義的地方上，再說那女人設計誣陷我，我怎麼可以讓她稱心如意？」

蘇唯向沈玉書一攤手。

「看來打友情牌行不通，你還有沒有其他的牌？」

「那我們就說利益，」沈玉書問端木衡，「你一定很想知道對付你的人是誰，如果我在一天內找到真凶，那你願不願意用金條來交換？」

端木衡的眼眸微微瞇起，盯著沈玉書，說：「好像你之前還說不知道的。」

「那是我的事，你只說答不答應。」

端木衡略微思索後，一點頭。

「成交，如果你查清真相、找出凶手，我答應將金條全部原物奉還。」

沈玉書微笑道：「謝謝，不過有些事還需要你的配合，還有，你說要借我新車的，麻煩把車鑰匙給我。」

沈玉書說得太天經地義了，以至於連蘇唯都忍不住對他側目，端木衡也啞然失笑，不過沒說什麼，掏出車鑰匙，丟給他。

沈玉書接了鑰匙離開，走到門口時，又轉身道：「不要再針對我弟弟，這件事跟他一點關係都沒有。」

端木衡挑挑眉，看向洛逍遙，洛逍遙急忙追加道：「衣服不要你還了，你只要找回我的護身符……就是那個小藥瓶就好。」

「我會盡力的。」

端木衡笑了，對沈玉書說：「玉書，你誤會我了，小表弟是我的救命恩人，我怎麼會針對他呢？」

但此話被無視了，沈玉書頭也不回地走了出去。

端木衡走到窗前，目送著他們三人走出院門，他扯出脖頸上的紅繩，屬於洛逍遙的那個小藥瓶就繫在紅繩上。

這東西，等他心情好的時候再考慮要不要還吧。

三人開車返回，路上，洛逍遙打量著車裡的擺設，擔心地問：「哥，我們都跟端木衡撕破臉了，這車如果再出問題，他會不會坑你的錢啊？」

「沒有撕破臉，我只是揭破他的真面目而已。」

「我以為這是一樣的事。」

「當然不一樣，他一定很開心有人跟他一起分享祕密。」

「是這樣嗎？」

洛逍遙表情茫然。

蘇唯很想對他說——你不用去認真理解你哥的話，因為他不是正常人的思維，碰巧端木衡也不是。

蘇唯問沈玉書：「你相信端木衡說的話？」

「邏輯上沒有破綻，他已經承認金條在他那裡，就沒必要在其他地方再做隱瞞。」

洛逍遙聽了，探身趴在椅背上，說：「如果是吳媚自導自演的，那她真是太可怕了，可是哥，只有一天時間，你真的找得出凶手嗎？」

「可以，但需要你們的協助。」

傍晚，沈玉書獨自來到大世界的歌舞廳。

為了配合這裡的氣氛，他特意穿了時下流行的服裝，還在頸上繫了真絲方格圍巾，進去後，點了明月的臺。

明月興沖沖地走進來，發現是沈玉書，她的臉色立刻變了，收起原本堆起的笑，轉身就走。

沈玉書加快腳步跟上去。

兩人一前一後來到後臺的走廊上，沈玉書搶先攔住路，明月只好停下腳步，不耐煩地說：「你們想知道的，我上次都回答了，其他的我真的不知情。」

一疊錢亮到她面前，沈玉書問：「這些能不能讓妳想起什麼？」

看到錢，明月猶豫了一下，但馬上就推開他，繼續往前走。

「這錢我當然想賺，可是我也不能憑空杜撰出來啊！」

「不需要妳杜撰，妳只要把孫澤學贈妳的情書都給我就行。」

「那些……」明月的目光閃爍了一下，「我、我都丟了。」

「孫澤學算是個名人，他的親筆字跡可以賣個好價錢，妳怎麼捨得丟掉？」

「我不想惹麻煩上身啊，聽說他是殺了人，才畏罪自殺的，我怕被牽連到……」

「這話是誰對妳說的？」

「啊？」

「孫澤學畏罪自殺的事還沒有登報，知道內情的只有巡捕房的人，是誰對妳說的？」

發現自己失言，明月立刻閉嘴，低著頭向前匆匆走去。

沈玉書緊跟在她身旁，繼續追問：「那些情書不是被妳丟掉了，而是被人索走了，而且那些人還威脅妳不要亂說話，對嗎？」

「你不要問了，我真的什麼都不知道。」

「那妳可以幫我看一下這個嗎？」

沈玉書從口袋裡掏出幾張照片，將其中一張遞到明月面前，正是那封所謂的孫澤學的遺書，看到它，明月咦了一聲，停下腳步。

「這封信跟平時孫澤學送妳的情書有什麼不同？」

「間隔有點奇怪，好像還沒寫完……這是哪裡來的？」

「是他的遺書。」

聽到遺書二字，明月臉色驟變，轉身就走，低聲說：「你快回去吧，不要再問了。」

「妳回答我，我自然會走的。」

沈玉書緊追不放，跟著她一直走到後門，這裡沒有人，只有微弱的燈光照進來，投在狹長的走廊上，顯得陰森森的。

明月的臉色更難看了，還是夏天，她卻抱住手臂，看上去很冷的樣子，在後門前停下腳步，轉頭看沈玉書，欲言又止。

沈玉書正要再問，身後突然傳來腳步聲，他剛轉過頭，腦袋就被一枝槍頂住了。拿槍的是個長得膀大腰圓的男人，帽子壓得很低，看不清長相，只看到他的絡腮鬍子跟手臂上的猙獰刺青。

隨後後門打開，又有幾個大漢走進來，將沈玉書圍在當中，看他們的打扮跟氣場，都是混跡黑幫的人。

沈玉書冷靜地看向他們，「你們是什麼人？」

絡腮鬍沒有回答他，而是給手下示意，手下掏出幾張鈔票給了明月，打手勢讓她離開。

明月接了錢，擔憂地看看沈玉書，但最後還是什麼都沒說，低下頭匆匆走掉了。

「小白臉，你還真有點膽色啊！」

絡腮鬍拍拍沈玉書的臉，露出黃色大板牙，嘲笑道：「那句話怎麼說來著，天堂有路你不走，地獄無門你闖來。」

「你們想幹什麼？」

頭被槍頂著，沈玉書沒有輕舉妄動，直接發問。

他的問題惹來眾人的笑聲。

「想幹什麼？你馬上就知道了。」

腦後傳來重重的一擊，沈玉書撲倒在地，在笑聲中失去神志。

隨著摔倒，放在他口袋裡的一小包麻油花生散落到地上，絡腮鬍上前一腳踩去，來回碾了幾下，將花生碾得粉碎。

「死到臨頭，這些東西不需要了。」

【第九章】

引蛇出洞

「難道妳以為我會隨身攜帶罪證嗎？我已經把東西轉交給我在報社工作的朋友，假如明早他看不到我，就會將那些證據公諸於世。」

「喔，想得還挺周全的，你還真以為自己是神探了？」

「不是以為，而是我就是。」

不知過了多久，沈玉書從昏迷中甦醒。

眼前景物模糊，他晃晃頭，可能是腦部被重擊過，仍然覺得四周在微微搖晃。

房間頗大，空氣中流淌著怪異的氣味，霉味混雜著汗臭味，還有其他味道。

沈玉書的嘴巴被堵住了，他嗅嗅鼻子，打量四周，就見房間正中吊了個小燈泡，靠牆放著不少雜物，但黑漆漆的看不清楚。

他活動了一下身體，發現自己坐在椅子上，雙手被反綁在椅背後面，他繼續掙扎，可是椅子很重，在他的掙扎下紋絲不動。

「別折騰了，這綁法，你就算再折騰幾個小時也掙不開。」是絡腮鬍的聲音。

沈玉書停止掙扎，順著聲音看過去，就看到絡腮鬍坐在對面的樓梯口上，他旁邊還站著幾個兄弟，腰間別著短刀，殺氣騰騰，一副黑幫打手的樣子。

視線逐漸適應昏暗的空間，沈玉書發現堆放在角落的東西是麻袋，牆角還站著一個人，但身影隱藏在黑暗裡，看不清容貌。

絡腮鬍子走過來，把塞在他嘴裡的毛巾拽出來，隨手丟去一邊。

沈玉書喘了兩口氣，說：「謝謝你沒在我嘴裡塞抹布。」

「看在你有禮貌的份上，回頭我會給你個痛快。」

「你不會殺我的，至少在拿到你們想要的東西之前，不會殺我。」

「喲呵，你小子還挺有膽量的嘛，都到這份上了，還這麼鎮定。」

絡腮鬍上下端量他，「既然你主動開口了，倒省了我們兄弟很多力氣，趕緊把事都交代了，別浪費我們的時間。」

「我會說的，不過不是你，而是跟你的老闆，我要跟她直接談。」

旁邊一個手下不爽了，上前就要動手，被絡腮鬍攔住，盯著沈玉書，陰森的眼神讓人聯想到惡狼，不過沈玉書沒被他的氣勢嚇到，依舊一副平靜的表情。

最後還是絡腮鬍先開了口：「你知道你在跟誰說話嗎？」

「不知道，但我知道是誰花錢雇你綁架我的。」

「什麼？」

「而且她現在就在這裡。」

聽了這話，絡腮鬍情不自禁地往角落裡瞟了瞟，沈玉書順著他的目光看過去，提高聲音問：「是不是？溫雅筠溫督察？」

絡腮鬍子更緊張了，慌張地叫道：「你怎麼知道？不，這不是我說的……」

他最後一句話是衝著角落裡叫的，那道黑影終於動了，慢慢踱步，走到燈下。

她穿著襯衫馬褲，腰間束著銀色皮帶，長髮盤在腦後，用銀簪別住，顯得颯爽精幹。

這樣一位美貌的女人，如果換個地方，是可以傾倒眾生的，但此刻她身上散發著冷冽的煞氣，就連這些混江湖的男人都有點怕她，隨著她的走近向兩旁退開。

溫雅筠走到沈玉書面前，雙手插在褲子口袋裡，淡淡地說：「我記得你叫沈玉書，說自己是宏恩醫院的實習醫生，但實際上卻是個剛留洋回來的公子哥兒，家門敗落了，沒辦法，只好開了家偵探社糊口。」

「看來妳已經調查過我了。」

「所有插手這件案子的人我都會調查，不過我小看你了，被一個名不見經傳的偵探攥住把柄，這是我始料未及的，」溫雅筠自嘲過後，換了語調，冷聲問：「你怎麼知道我也在場？」

「香氣。這裡除了汗臭氣跟霉味外，還有玫瑰香的味道，雖然很淡，但足夠提醒我，我們在孫澤學的家第一次見面的時候，妳身上也噴了相同的香水。」

「你是狗嗎？」

面對嘲諷的質問，沈玉書心平氣和地回應。

「鼻子靈也是身為偵探的基本要素之一。」

「你會懷疑到我也是用鼻子嗅出來的嗎？」

「那倒不是，推理這方面我還是習慣用腦子，」頓了頓，沈玉書說：「可以先把我放開嗎？接下來的時間還很長，我們可以慢慢聊。」

「我沒有跟人談判的習慣，老實說，沒人知道你被綁架到哪裡，如果你想活著走出去，就將那箱金條交出來。」

「如果我交了，只怕也會跟姜大帥一樣陳屍街頭。」

「不交的話，你馬上就會死！」

「不會的，在沒拿到有關妳殺人的證據之前，妳不會殺我。」

「哈，你以為我真相信就憑你一個三流偵探，會掌握威脅我的證據嗎？」

「不相信的話，妳又何必特意派人去大世界抓我，那裡人多眼雜，如果妳不是擔心時間一長會走漏風聲，也不會選擇在公眾場合動手。」

溫雅筠柳眉微皺，不說話了。

沈玉書又說：「所以比起金條，妳更想要的是妳殺人的罪證，有了那些罪證，大家就會知道姜大帥是妳殺的，還有孫澤學的死也是妳下的手。」

「好吧，就當你說的是真的，那麼銷毀罪證的最好辦法就是直接幹掉你。」

「難道妳以為我會隨身攜帶罪證嗎？」

一直被綁著，全身變得痠痛，沈玉書活動了一下身體。

他轉動著被捆綁在椅子上的雙手，趁大家不注意，悄悄摸出藏在袖口夾縫裡的刀片，說：「我已經把東西轉交給我在報社工作的朋友，假如明早他看不到我，就會將那些證據公諸於世，妳現在就算嚴刑逼供也沒用，因為我根本不知道他在哪裡。」

「喔，想得還挺周全的，你還真以為自己是神探了？」

「不是以為，而是我就是。」

如此坦白的自誇，連見多識廣的溫雅筠也聽得有點傻眼，確定沈玉書沒在說笑話後，她倒背雙手，打量著這位被綁架者，嘲諷說：「你倒是很有自信。」

「在某些方面，妳也很有自信，就比如妳自以為設計了一盤好棋，毫無破綻，實際上卻是漏洞百出，現在尾大不掉了，妳擔心被上頭責罰，就急於解決問題，才會讓黑幫幫忙的不是嗎？」

沈玉書都說中了，溫雅筠深吸了一口氣，背著手，來回踱了幾圈，問：「聽你的意思，是有什麼更好的建議？」

「是的，現在從某種意義上來說，我們其實坐在同一條船上，不如做筆買賣，我把搜集到的證據全部給妳，那箱金條妳分我一半，怎麼樣？」

聽了沈玉書的話，房裡的眾人一齊笑了起來，看他的目光就像是在看傻子。

沈玉書也不介意，盯著溫雅筠等待她的回答。

溫雅筠揮手制止了眾人的笑聲，說：「那我倒要聽聽你掌握了什麼證據，值不值得那半箱金條。」

沈玉書暗中鬆了口氣。

他其實並沒有把握一定可以說動溫雅筠，但他必須找各種藉口拖延時間，好等待援兵到來，到時人贓俱獲，溫雅筠就算有天大的神通，也別想逃脫。

問題是，援兵何時才能到？

沈玉書在腦子裡飛快地計算著，臉上保持平靜，微笑說：「那要不要先放開我？反正你們這麼多人，也不怕我跑掉。」

「綁著又不妨礙你說話。」溫雅筠看了下手錶，「快點，我沒時間在這裡跟你磨蹭。」

「好，那我就先說證據，姜大帥不是在孫澤學的家裡被殺的，而是在四馬路的某棟住宅裡遇害的。那晚妳跟他約好在那裡見面，他沒有帶一位隨從，那是因為要跟他會面的是女人，對一個握慣了槍桿子的土匪軍閥來說，女人就是花瓶，是擺著好看的，就算妳是督察，他也根本沒放在心上。」

沈玉書看一眼溫雅筠後繼續說道：「可是他沒想到那晚除了妳跟他之外，還有孫澤學，姜大帥跟孫澤學都想拿到員警廳的那個位子，他以為妳跟孫澤學串通好了，一怒之下要放棄談判，當然，那箱金條他也準備拿走。眼看著東西即將到手，妳當然不肯放掉，爭執中雙方都拔了槍，妳為了自保，搶先動手，驗屍官說姜大帥致死的原因是鑿冰器，那是妳事後放去孫家的，事實上刺進姜大帥心臟的不是鑿冰器，而是妳頭上的銀簪，對嗎溫小姐？」

聽到這裡，大家都不約而同地看向溫雅筠盤髮用的簪子，溫雅筠的表情稍微一僵，隨即便笑了，既不承認也不否認，道：「繼續。」

「我檢查過姜大帥的屍體，他死前抽過菸，昨晚我還在凶案現場找到了一個菸蒂，這說明你們當晚有抽菸，但奇怪的是現場卻沒有菸灰缸，我猜可能是姜大帥在受傷倒地時，將血蹭到了菸灰缸上，要擦拭一個打造精緻的菸灰缸實在太麻煩了，所以妳索性就帶走它，卻在匆忙之中遺留菸蒂。」

溫雅筠的臉色變了，突然停下腳步，冷冷盯住沈玉書。

沈玉書平靜地跟她對視。

「不錯，這就是我說的證據之一，我在菸蒂上驗出了吸菸者的唇印，不知妳知不知道，人的唇印跟指紋一樣，都是獨一無二的特徵，只要對照妳的唇印，就可以判定是否是妳留下的了。」

「我經常抽菸，你怎麼證明那個菸蒂是在凶案現場發現的？」

「因為上面除了留下妳的唇印外，還有姜大帥的血液反應，房間茶几邊角上也留下了姜大帥的血跡，雖然妳派人炸掉了房子，但是在這之前我已經找到妳留下的一部分指紋，我把這些都寫在了化驗分析書裡，這是證據之二。」

「不可能！」

居然沒騙到溫雅筠。

聽到她斬釘截鐵的發言，沈玉書立刻想到了其他可能性。

「妳敢這麼肯定，是因為當晚妳一直戴著手套嗎？」

溫雅筠面帶微笑，不做聲。

「原來如此。」

沈玉書點點頭，表示自己想通了，「如果是男人，整晚戴手套會很奇怪，但女士穿裙子戴蕾絲手套，只會顯得高貴典雅，對嗎？」

「別想信口開河來誑我，我會坐到督察的位子，並不是因為長相。」

「明白了，但妳還是脫不了干係，因為我查過了，妳跟那棟房子的主人曾經交往過，所以妳有那棟房子的鑰匙並不奇怪，妳很聰明，用以前情人的住宅做為會談的場所，就算出意外，也沒人會懷疑到妳身上。」

這段話出乎溫雅筠的意料，但她很快就鎮定下來，聽了沈玉書的講述，她反而認為主動權掌握在自己手裡，微笑說：「菸灰缸也好，銀簪也罷，都在我這裡，你還有什麼證據指證我？」

「還有孫澤學的遺書。」

溫雅筠將沈玉書拿去給明月確認的那幾張照片拿出來，丟到他面前。

「這有什麼用？」

「我說的不是這些，而是真正的遺書，不過確切地說並不是遺書，而是孫澤學寫給明月的情書，它應該有兩張，妳毀掉後面那張，斷章取義，讓大家誤以為是遺書。」

「為什麼你這麼確定？」

「因為按照孫澤學的習慣，書信下方都有落款蓋章，妳要臨摹的話，一定要有範本才行，妳在臨摹孫澤學的名字後，毀掉了第二張信紙，並在第一張信紙上加蓋了印章，讓它看起來像是遺書，但是在這裡，妳犯了一個很大的錯誤——殺人還有偽造現場時，妳都戴了手套，可是為了臨摹得逼真，就必須摘下手套。臨摹完後，妳擦去毛筆上的指紋，這導致屬於孫澤學的指紋也被擦掉了，所以妳需要用他的手再重新握住毛筆，以保證筆管上留下他的指紋。」

「那是孫澤學的毛筆，筆管上當然會有他的指紋，這有什麼問題？」

「有很大的問題，妳忘了，孫澤學是用槍口對準自己的太陽穴自殺的，他的頭側還有手上都留下了火藥灰燼，當他再握毛筆時，筆管上也沾上了灰燼，這就證明了他不是自殺，而是被謀殺的，除非他有本事在死亡後寫遺書。」

短暫的沉寂後，溫雅筠嘆了口氣。

「這是我的失誤，沒想到你連這麼細微的地方都注意到了，所以那管毛筆現在在你手中？」

「不錯，這就是證據之三，還有證據之四，妳允許孫澤學出現在妳跟姜大帥會面的地方，可見你們的關係很密切，所以妳有很多機會弄到孫澤學的住宅鑰匙，在離開時鎖上房門，製造密室的假象。」

「那又怎樣？就算你證明了孫澤學是被殺的，也無法指證是我殺的人，你提供的這些證據沒有一條可以定我的罪。」

「有一條可以定罪的，就是妳頭上的銀簪，簪子上有很多雕紋，就算擦拭得再乾淨，仍舊會留下被害人的血液成分，只要稍加化驗，就可以查出來。」

「但很可惜，這個最有力的物證在我手裡，幾分鐘後，我就會丟了它，到時再沒人能夠找到，謝謝你的提醒，讓我有機會毀掉它。」

溫雅筠說完，給站在兩旁的大漢使了個眼色，然後轉身離開。

沈玉書急忙叫住她。

「如果妳想反悔，那所有的證據明早就會出現在各大報刊的頭條上。」

他的問題再次換來眾人的嘲笑。

這次溫雅筠也笑了，轉過頭，對他說：「不會的，我不知道你把證據交給了誰，但我確定只要有黑幫介入，那沒一家報紙敢報導這件事，更何況你說的那些證據對我來說，一點價值都沒有。」

眼看著絡腮鬍朝自己走過來，沈玉書卻還沒有割斷繩子，他只好拖時間，對溫雅筠叫道：「那我不要金條了，留我一條命怎麼樣？」

周圍的嘲笑聲更大了，絡腮鬍掏出匕首，在沈玉書臉上拍了拍，「小白臉，看你剛才侃侃而談的樣子，還以為你有點膽量，原來死到臨頭，你也會害怕的。」

「你走開，我不要跟你說話。」

沈玉書偏開頭，對準備離開的溫雅筠說：「讓我加入你們的團隊吧，我很聰明的，可以幫妳很多忙，這次的案子我也不再提了，怎麼樣？」

「你是很聰明，可我最討厭自以為聰明的男人，所以你是被你的聰明害死的。」

「妳要殺我，有沒有考慮過怎麼處理屍體？吳媚委託我調查她丈夫死亡的事，如果我也死了，所有人都會懷疑孫澤學不是真凶，到時再找到我的屍體的話，妳會更麻煩的。」

絡腮鬍笑道：「這一點不用擔心，我們有的是辦法讓你永遠消失。」

「是因為這是在江上嗎？」

沈玉書的話讓眾人的笑聲打住了，絡腮鬍用刀尖捅捅他的胸膛。

「行啊小子，這都給你猜到了。」

「因為燈盞一直在晃，椅子又固定在地上，而且溫小姐說她會把簪子丟到一個別人永遠找不到的地方，那大概只有丟進黃浦江，才沒人能夠找到了，所以我猜我們現在是在船艙裡。」

「你看看你，死到臨頭了，還在這裡賣弄小聰明，真是死不悔改啊。」

沈玉書並沒有喜歡長篇大論，他只是在爭取時間，好讓援兵及時趕到，至少讓他有機會割斷繩索。

絡腮鬍對沈玉書的印象不錯，晃著手裡的匕首，「你這人挺有趣的，要不是溫小姐發話，我還真想留下你，不過不用怕，我下手很快的，會讓你在毫無痛苦中死掉。」

「如果可以，我還是想選擇活著。」

「那可不行，我拿了人家的錢，要幫人家消災的。」

絡腮鬍說完，舉起刀，沈玉書急忙大叫：「等等！」

「又有什麼事啊？」

「跟你無關，我想問的是溫小姐。」

沈玉書儘量貼近椅背，悄悄用刀片切割捆綁手腕的繩索。

為了引開眾人的注意，他故意向溫雅筠大聲叫道：「我有一個地方想不通，妳可以告訴我嗎？讓我死得明白點。」

被他一再干擾，絡腮鬍只好又放下刀子，無奈地說：「我說你這人怎麼這麼死性子，是不是有學問的人都這副德行，反正要死了，你知道了又有什麼用？」

「那是我的事，溫小姐，請妳告訴我！」

溫雅筠已經走到樓梯口了，聽到沈玉書急切的問話，她起了好奇心，轉過身，問：「是什麼？」

沈玉書問道：「妳跟姜大帥面談，為什麼要讓孫澤學參與？那晚你們談崩了，是因為你們發現姜大帥帶來的是假金條？還是因為你們只是想吞掉姜大帥的錢，從一開始就沒想幫他辦事？」

溫雅筠想了想，回答他：「都不是。我是打算跟姜大帥談成那件事的，沒想到孫澤學暗中尾隨跟來，他也想進員警廳，事先也給了我好處，就認為我暗中跟姜大帥會面是背叛他，跑來跟我當面對質，姜大帥聽了我們的對話，以為我想兩邊通吃，就動了手。」

「但事實是讓誰進員警廳，並不是妳一個人說了算，對吧？」

「不錯，在我們三方爭執的時候，皮箱被撞到地上，裡面的東西散落出來，姜大帥發現了那不是金條，以為是我們暗中調換了，向我拔槍，所以嚴格來說，我是自衛。」

「那如果那晚孫澤學沒出現，妳跟姜大帥談成了的話，孫澤學的錢你會還他嗎？」

聽了沈玉書的話，溫雅筠發出不屑的冷笑。

「那是個小人，還是個很蠢的小人，以為付了錢就可以心想事成，該是有多蠢。」

「他會暴怒，就證明他給妳的好處絕不低於姜大帥，那為什麼你們選擇了姜大帥？」

溫雅筠沒再回答他，冷冷道：「你知道得夠多了，到此為止吧。」

「我都要死了，難道妳還怕一個死人保守不住祕密嗎？」

沈玉書還想再拖延時間，但溫雅筠已經煩了，無視他的追問，走上樓梯。

絡腮鬍拽拽鬍子，對沈玉書說：「雖然我聽不懂你們在說什麼，不過溫小姐回答了這麼多，你也該心滿意足了，就讓我來送你上路吧。」

他說完，舉起刀就向沈玉書胸前刺去，誰知就在此時，啪的一聲，船艙裡的唯一一盞燈突然爆掉了，艙內瞬間陷入黑暗之中。

絡腮鬍的手腕傳來劇痛，他痛得連連搖手，沒辦法揮刀，緊接著眼睛被一個毛茸茸的東西甩到，頓時眼淚直流，卻不知道那是什麼東西，只能在黑暗中亂摸。

那東西跑到他腦袋上，往前一竄就跑走了，接下來又是接連幾聲槍響，沈玉書這時已經割斷繩索，為了避免被子彈射到，他就地滾到一邊。

絡腮鬍不知道發生了什麼事，一邊揉著眼睛，一邊慌忙大叫：「不許開槍，別傷了自己兄弟！」

「老大，我們沒開槍！」

「那是誰在開槍？」

大家目不視物，接二連三地被奇怪的東西咬到，痛得哇哇大叫，再加上槍聲的影響，都陷入慌亂中，誰也不知道開槍的正是溫雅筠。

溫雅筠本來已經上了樓梯，看到這個狀況，她擔心有變，又中途折返回來，掏出槍，對準沈玉書原本坐的地方射擊。

開了幾槍後，她身旁突然傳來冷風，手腕被某個冰冷物體抽中，劇痛之下，她失手將槍落到地上，黑暗中感覺到有人攻擊過來，她慌忙抬腿橫踢，讓攻擊者無法靠近。

那應該是個男人，並且反應非常快，他閃身躲過後，再度揮拳，溫雅筠什麼都看不到，憑經驗拔出匕首，在空中胡亂揮舞。

男人躲閃了幾下，抬腿將匕首踢掉，又一個掃堂腿將她撂倒，按住她的肩膀，舉刀就刺。

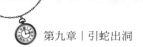

溫雅筠感覺到來自利刃的冷意，她偏頭躲避，又連續揮拳加以攻擊，兩人在船艙的地板上滾打了數個回合，溫雅筠終於再次摸到槍，舉槍衝他射擊。

子彈沒有順利射出，因為男人及時握住手槍套筒向後一滑，又順便扣住了手槍的擊錘。

在無法視物的漆黑空間裡，他的身手跟準確度都高得驚人，溫雅筠不由得毛骨悚然，只得直接鬆開槍，屈膝將敵人撞開，又衝周圍大叫道：「他在這裡，快幹掉他！」

那些彪形大漢正像沒頭的蒼蠅似地在船艙裡亂撞，聽到溫雅筠的命令，紛紛抽出刀衝了過來，男人一看不好，彎腰就地滾開，仗著戴了夜視鏡，他避開敵人，跑到沈玉書身邊。

沈玉書已經將綁在身上的繩子都扯掉了，聽到風聲，他舉起刀片做出防禦的架式，就聽對方低聲說：「是我，蘇唯。」

一聽援兵到了，沈玉書大喜，收起刀片。

為了照顧他的視力，蘇唯晃亮了一根螢光棒，歎道：「我又救了你一命。」

沈玉書瞟瞟蘇唯。

蘇唯一身黑色夜行衣打扮，頭上包了純黑頭巾，頭巾上還架了個類似眼鏡的東西，肩背他那個隨身不離的奇怪小背包，雙手戴著鋼製護腕，再看他手裡散發著微光的小棍子，他發現蘇唯的新武器又增加了。

旁邊傳來吱吱叫聲，卻是松鼠花生，牠的速度非常快，順著地板衝過來，有人想抓牠，被牠張口咬住，並且咬完就跑，完全不給對方反擊的機會。

牠一路跑到蘇唯的肩上，衝著被牠咬的那些人齜起牙吱吱叫，一副嘲笑的樣子。

沈玉書被逗樂了，將刀片還給蘇唯。

「是我自救的，不過要謝謝你提供的刀片。」

那是一枚非常精巧的薄刀片，是行動前蘇唯藏在他的衣袖夾層裡的，就算特意搜查也很難發現。

換做以往，他一定會追問蘇唯這麼精緻的刀片是哪裡打造的，不過他現在已經開始習慣了。

蘇唯經常會變出一些他從未見過的東西，那個背包就好像是百寶囊，可以隨時供應出他們需要的物品。

蘇唯收好刀片，晃著螢光棒，提防逐漸逼近的眾人，說：「我早就到了，是你一直在那兒囉囉嗦嗦地說個不停，我沒辦法，只好當聽眾。」

「你又不打聲招呼，我怎麼知道？」

「這麼多人，你是要我怎樣打招呼啊？」

「喂，你們說夠了沒有？」

兩人還在對嗆，對面的黑幫分子聽不下去了，絡腮鬍握著匕首，衝眾人一揮手。

「兩個一起幹掉，快點！」

一聽這話，蘇唯急忙把手伸到沈玉書面前，手裡握著蝴蝶刀跟伸縮棒，剛才他就是用伸縮棒將溫雅筠的手槍打掉的，問：「二選一，你要哪個？」

「你怎麼沒準備槍？」

「就算我想準備，那也得有槍才行啊大哥。」

看著眾人拿著傢伙衝過來，蘇唯催促道：「快點！」

這時已經有人衝到近前，沈玉書拿起伸縮棒，學著西洋劍的擊法一棍子甩過去，將那人的短刀打落在地。

「自己小心！」

看到溫雅筠撿起槍，將槍口指向他們，蘇唯急忙把螢光棒塞進背包裡，重新戴上夜視鏡，沒想到黑幫的人找到了煤油燈，油燈點亮了，雖然光芒微弱，但是足夠他們看清攻擊目標。

溫雅筠趁機向他們開槍，兩人只好一邊迎接敵人的攻擊一邊躲避子彈，還好船艙裡人多，溫雅筠幾次開槍都失去準頭。

蘇唯被眾人逼到角落裡，眼看著寡不敵眾，溫雅筠還緊追著他們不放，他大叫道：「我已經通知巡捕房了，水警馬上就來了，哈哈，你們全部都被包圍了，還不棄械投降！」

那些人一聽，都有些發慌，絡腮鬍急忙叫道：「別聽他胡說，這個時候水警怎麼可能會來？」

「不信啊？那好好聽聽，外面有沒有巡邏艇的聲音？你們現在不跑，等會兒想跑也來不及了。」

蘇唯說得底氣十足，這次連絡胭脂也沉不住氣了，大家側耳傾聽，的確聽到馬達聲，他們面面相覷，不知道該如何是好。

溫雅筠喝道：「別跟他們廢話，趕緊幹掉他們，塞到麻袋裡，水警那邊我來應付。」她說完，爬上樓梯匆匆跑了上去。

那些人聽從她的命令，又重新向蘇唯跟沈玉書圍攻過來，兩人背靠背，一個拿伸縮棒，一個拿蝴蝶刀，各自應付這幫氣勢洶洶的大漢。

蘇唯武功一般，沒幾下蝴蝶刀就被打落在地，他仗著身體輕盈，用吊索把自己吊起來，躲避著對方的攻擊，還好有小松鼠幫他，牠在大家的雙腿之間飛竄，還不時張嘴咬一口，讓那些人沒辦法集中精力對付蘇唯。

蘇唯趁機對沈玉書叫道：「我要跑了，你一人撐不撐得住啊？」

沈玉書把伸縮棒當西洋劍來用，那些人沒見過這種擊劍方式，被打得措手不及，沈玉書將前面幾個打倒在地，看到蘇唯被眾人追得東跑西竄，他忍不住吐槽說：「你又想著逃跑了。」

「這真的不能怪我，我最擅長的是偷功跟輕功，打架真的不行。」

「那你的炸彈呢？」

「炸彈？」

「就是上次調查觀音事件時，你用過的那個，又是火藥又是煙霧的，你有帶來嗎？」

沈玉書從小跟著父親練武，對付幾個黑道混混對他來說綽綽有餘，但他急著去追溫雅筠，生怕溫雅筠趁機逃走，那就功虧一簣了，說：「那東西挺管用的，快用它。」

聽了沈玉書的解釋，蘇唯明白他說的是閃光彈。

他藉著吊索凌空一個躍身，翻到沈玉書身旁，為難地說：「我只有三顆欸，之前已經用了一顆，還剩兩顆，我還想用在更有意義的地方。」

「現在就是有意義的地方。」

沈玉書抬腳將逼近他們的兩個人踹出去，再次催促蘇唯。

考慮到眼下的狀況，蘇唯只好從背包裡拿出他的閃光彈，正猶豫著要不要用，就被沈玉書劈手奪過去，甩向敵人，並大喝道：「炸彈來了！」

蘇唯徹底傻眼了。

圍攻他們的人聽到叫聲，同時定在那裡，眼看著閃光彈在船艙裡劃出一道弧線，落到地上，他們嚇得紛紛撲倒。

但閃光彈在落地後什麼反應都沒有，只是順著地板骨碌碌向前滾出了一段距離後，停住了。

「你這個笨蛋！」

如果不是考慮到自己不是沈玉書的對手，蘇唯一定會向他揮拳的。

趁著大家還蒙在鼓裡，趴在地上躲避炸彈，蘇唯衝過去撿起那枚閃光彈，順著樓梯往上跑。

花生見狀，急忙竄進沈玉書的口袋裡，沈玉書帶著牠趕上蘇唯，問：「為什麼它沒發光？」

「因為你沒有拔掉扣環啊，大哥！」

「那我再試一次。」

沈玉書說著話，就要去搶閃光彈，被蘇唯搶先塞回背包。

「資源有限，我們需要珍惜。」

還好黑幫那些人被唬住了，暫時沒有追上來，兩人衝出船艙，跑到甲板上。

此時已是半夜，黃埔江心卻到處閃爍著光亮，數艘船艇正在向他們所在的船隻駛近，做出包抄的架式，隨著距離拉近，可以看到船上的那些人身上穿著員警制服。

溫雅筠站在船頭，默默注視著眼前的場景，聽到腳步聲，她轉過頭，看向蘇唯跟沈玉書。

蘇唯走近她，道：「我勸妳還是乖乖投降吧，那些都是水警，妳覺得妳的水性好得過他們嗎？」

夜風拂動，溫雅筠的額髮輕微揚起，聽了蘇唯的話，她輕蔑地一笑。

「誰說我要逃跑？」

「不逃跑，難道妳是打算認罪了嗎？」

溫雅筠沒有回答，而是反問：「你們是不是一早就算計好了？」

「bingo，不把妳抓個現行，妳會認罪嗎？」

沈玉書聽懂了蘇唯在說什麼，但溫雅筠不一定聽得懂，於是他解釋說：「不錯，雖然我們掌握了妳的犯罪證據，但並不足以定妳的罪，所以我們就想到這個引蛇出洞的計劃，假如妳是真凶，當妳從吳媚那裡聽說金條的情報後，一定會現身的。」

「所以你去大世界並不是為了找明月，而是給我提供抓你的機會？」

「是的，正如妳所說的，我是個聰明的男人，所以我讓妳中計了。」

蘇唯瞅了沈玉書一眼，突然覺得一個人可以如此坦然自若地自誇，也是一種很神奇的屬性。

溫雅筠果然被他氣笑了，「哈哈，你倒是挺有膽量的，你就不怕你的同伴無法及時趕到，而讓你命喪黃泉嗎？」

「如果真是那樣，那只能說命該如此，我既然選擇做偵探，就有了隨時送命的覺悟，事實上，在這場賭博裡，我贏了。」

蘇唯接口：「這要感謝我們的花生醬。」

小松鼠從沈玉書的口袋裡探出頭來，蘇唯摸摸牠，讚道：「牠的鼻子絕對比警犬的鼻子還要靈，尤其是在尋找食物的時候，所以我事先在沈玉書的口袋裡塞了香味濃郁的麻油花生，就跟著牠順利找到江邊。」

聽到這裡，沈玉書不由得瞅瞅他。

「這種事，你至少該派警犬，用花生醬，讓我覺得你有點拿我的生命開玩笑。」

「啊，被看出來了？」蘇唯笑嘻嘻地說：「其實我心裡也有百分之零點零零零一的希望找不到你的，但現實總是殘酷的。」

「為什麼不希望找到我？」

「因為……可以不說嗎？」

「夠了！」

溫雅筠在對面聽得不耐煩，厲聲打斷他們，冷笑道：「不用再在這裡夸夸其談了，我已經明白了，但很遺憾地告訴你們，就算抓到我，你們依然無法定我的罪，綁架你們，還有要殺你們的都是那些黑幫分子，我是聞訊來救人的。」

「哈，妳還真敢說啊，臉皮這麼厚，難怪妳可以坐到督察的位子。」

「那又怎樣？這本來就是個黑白顛倒的世界，至於那唯一的證據，你們也永遠都拿不到了。」

溫雅筠說完，從頭上拔下簪子，就要拋去江中，卻突然感覺有些不對，藉著巡邏艇射來的燈光，她低頭看去，便驚訝地發現，在她手中的並非銀簪，而是一根木筷。

蘇唯抬起手，一枚打造精緻的銀簪在他的指間靈活地轉動著，他轉了幾圈，將它亮到溫雅筠面前。

「證物在這裡呢！」

溫雅筠看得目瞪口呆，愣了好半天才回過神，伸手摸動著頭髮，叫道：「你……簪子怎麼會在你那裡？」

「在跟妳對打的時候，我就已經拿到它了。」

經蘇唯提醒，剛才在黑暗中跟對手搏鬥的一幕幕閃過溫雅筠的腦海。

當時她只顧著防範跟進攻，每個招式都記得清清楚楚，卻偏偏不知道是什麼時候簪子被摸走的，並換成了木筷。

看著她震驚的表情，蘇唯感到從未有過的滿足，對一個神偷來說，再沒有比這個反應更好的讚美了。

他掏出袋子，將簪子放進去，遞給沈玉書，安慰溫雅筠說：「不用再想了，如果會被妳覺察到，那我還混什麼啊。」

沈玉書接了袋子，「不錯，現在人證物證俱在，妳該認罪了吧？」

這時巡邏艇已經陸續靠到船邊，洛逍遙跟裴劍鋒分別站在不同的船上，靠近後，洛逍遙搶先跳上船，指揮巡捕們去船艙捉拿罪犯，他自己跑到沈玉書面前，問：「哥，你有沒有受傷？」

「沒事，只是一些小擦傷。」

「我快被你嚇死了，要是萬一溫雅筠當場動手殺你的話，那該怎麼辦？如果我一早知道你是這樣打算的，一定不會配合你。」

「不會的，她想要金條跟證據，一定會先問清楚再滅口。」

裴劍鋒走到溫雅筠面前，真相現在已擺在眼前，他還是一臉不可置信，對溫雅筠說：「沒想到是妳，妳怎麼會做這種事？」

溫雅筠一言不發。

長髮被江風吹亂了，掩住她的表情，裴劍鋒滿腹怨氣沒處發，氣道：「為什麼會是妳？我一直很尊敬妳，把妳當楷模，沒想到妳這麼不知自愛！」

「如果不是這樣，我們一開始也不會懷疑你了。」蘇唯對他說：「所以通知你是為了試探，假如你通風報信的話，那我們就確定你也是同夥。」

「原來如此，那如果我真是同夥的話，你們不就全軍覆沒了？」

「怎麼可能，我們當然還準備了第二張牌。」

蘇唯用大拇指指指江上，不遠處停著幾艘船隻，天太黑，看不清那些是什麼人，但可以看到船舷上都架著槍。

「要在上海灘混，沒幾個拿槍桿子的朋友怎麼行？」

裴劍鋒恍然醒悟，「難道是端木衡的人？」
蘇唯笑嘻嘻不說話，沈玉書對裴劍鋒說：「現在人贓俱獲了，功勞是你的，該怎麼處理你應該知道。」
「謝謝。」
裴劍鋒道了謝，上前要帶溫雅筠走，被她甩開。
她拂開髮絲，對沈玉書道：「剛才我回答了你的問題，現在我也想問你一個問題。」
「妳說。」
「為什麼你這麼肯定凶器就是這枚銀簪？」
「我查閱了以前的報紙，上面刊登妳每次破獲大案的照片。妳第一次戴這枚簪子是在幫富商程九千解決綁票案的時候，之後妳每次上報，都必戴它，可見它對妳的重要性，如果我沒猜錯，這枚銀簪是程九千、也就是四馬路那棟房子的主人送妳的定情信物，所以妳才這麼在意，我說的對嗎溫小姐？」
溫雅筠聽完，沉默半晌，發出自嘲的笑聲，「沒想到你會注意到這麼小的細節，我早該在分手時就丟掉它的，都怪我一念之差……」
「沒有丟掉是因為妳還愛著那個男人，所以到現在妳還是獨身。」
蘇唯追加：「也就是說，我們並沒有可以給妳定罪的確鑿證據，證據是妳親手送給我們的。」

「你們是不是覺得我很蠢？」

「沒有，不管任何時候，長情都不是一件錯事，但犯罪另當別論。」

「你懂什麼！」

沈玉書冷淡的回應激怒了溫雅筠，她指著周圍的人，叫道：「你們這些男人知道什麼！你們根本不會理解我的艱辛，有什麼資格來指責我？你們只要稍微做點事，就能得到認可，輕鬆就拿到想要的官銜，可是你們知道我付出了多少心血跟精力，才坐到督察的位子？漂亮的女人，大家只會把她當花瓶看，就算做出成績，功勞也是別人的，想要往上爬，就得付出比別人更多倍的努力，甚至用身體來交換！」

溫雅筠越說越激動：「最初一開始進入警界，我也是滿腔熱血，可是看著周圍全是不學無術，只會逢迎拍馬的傢伙，我才知道，如果你連最起碼的地位都沒有，那根本就別想被人看得起，更別說實現自己的理想。說到犯罪，這十里洋場裡有誰是乾淨的？有些事就算我不做，其他人也會做，所以不如由我來操刀，要想改變這個世界，實現自己的理想，就必須有犧牲，更何況那些人都是死有餘辜，我根本沒錯，要說錯，那只能說是生不逢時！」

一番慷慨激昂的話說完，許久船上都沒人出聲，最後還是沈玉書開口打破了寂靜。

「不管妳是男是女，出發點是什麼，也不管被害人是好是壞，這些都不能成為妳可以犯罪的理由，這個世界，沒有任何人是一定被需要的，妳所謂的為理想而奮鬥的行為，只是源於妳的不甘心跟自以為是罷了。」

聲音沉穩平靜，卻遠比溫雅筠的滔滔言詞更鼓動人心，溫雅筠聽呆了，臉露茫然，連裴劍鋒上前推她，她也毫無反應。

沈玉書說：「該說的都說了，剩下的就等妳到了法庭後再為自己辯解吧。」

溫雅筠臉上的肌肉略微抽動，突然惡狠狠地瞪向蘇唯跟沈玉書，大叫道：「自以為是的是你們，你們根本就不知道這件事牽扯得有多廣，看著吧，你們很快就會知道跟我們作對的後果了！」

「我會記得妳的忠告，但也請妳記得——妳有權保持沉默，但妳所說的每句話都將成為呈堂證供。」

話被搶先，蘇唯向前一個踉蹌，嘴巴半張，瞪向沈玉書，從沒像現在這樣這麼想去揍一個人。

這句現代警匪片裡最流行的臺詞是他的專用語啊！這次的案件，這傢伙從頭至尾都在搶他的風頭也罷了，為什麼連臺詞也搶？

不對……誰來告訴他，為什麼沈玉書的學習力這麼好，這句臺詞他只說過兩次，竟然立刻被人活學活用了！

感受到蘇唯憤慨的氣場，沈玉書轉頭問：「我是不是用錯了？」

「不，你用得很對，」蘇唯皮笑肉不笑地說：「不過下次請記得，重要的臺詞留給重要的人說。」

「好的。」

沈玉書答應得很爽快，至於他會不會說到做到，那就另當別論了，至少蘇唯對此完全不抱期待。

——所以下次我會記得搶臺詞的。

蘇唯在心裡握住拳頭，做了個一定要成功的手勢。

這時，巡捕已將船艙裡的黑幫分子全數擒獲，把他們陸續押上來，帶去巡邏艇上。裴劍鋒也將溫雅筠押上船艇，溫雅筠沒再說話，昂著頭上了船，看她的表現，不僅沒有悔改之心，甚至不認為巡捕房能把她怎麼樣。

「抓了條大魚，看來接下來又有得查嘍。」

洛逍遙說完，跟蘇唯和沈玉書擺擺手，也追著同僚上船。

隨著船隻啟動，溫雅筠的身影逐漸遠離他們的視線。

看著她的背影，沈玉書突然問：「你說她剛才提到的『我們』是指誰？」

「我怎麼知道？不過她身為女子，可以坐到警務處督察的位子，背後一定有人撐腰，反正案子解決了，這時候我們只要關心我們可以賺多少錢就行了。」

端木衡所在的船隻正在向他們靠近，這讓蘇唯想起了這個非常現實的問題。

沈玉書聳聳肩。

「說得也是，這種事就留給警務處的人去煩惱吧。」

兩船即將接近，端木衡一躍身，跳上他們的船。

他今天難得的一身軍裝打扮，衣著筆挺，英氣十足，燈光照在他滿是笑容的臉上，更顯得俊秀灑脫。

端木衡曾被溫雅筠開槍射傷，現在幕後黑手終於擒獲，他也算是出了口惡氣，心情自然很好。

蘇唯走過去，正要打招呼，就在這時，尖銳的槍聲在黃浦江上響起，隨即驚叫聲從剛離開的那艘巡邏艇上傳來。

三人同時變了臉色，一齊向巡邏艇看去，就見槍聲過後，溫雅筠的身影晃了晃，向前一頭栽倒。

夜幕垂下來，掩住了發生在眾人眼前的血腥一幕。

【第十章】

真正的目標

「玉書，我都有點怕你了，好像在你面前無法保留任何祕密。」

「那當然，別忘了他可是福爾摩斯粉啊！」蘇唯樂道。

「什麼……粉？」端木衡看向沈玉書。

沈玉書面無表情地回答：「他的意思是我很崇拜福爾摩斯。」

端木衡對沈玉書微笑說：「他那些亂七八糟的話也只有你能聽懂，看來你跟你的同住人配合得越來越默契了。」

「不，他叫蘇唯，是我的搭檔。」

洛逍遙說錯了，姜英凱跟孫澤學兩人被殺一案很輕鬆就結案了，最終凶手確定是溫雅筠。

因為溫雅筠的突然死亡，許多還沒有查清的細枝末節也陷入迷霧裡，出於各方面的原因，上頭直接下了指示，命令巡捕房停止調查，直接結案。

至於槍殺溫雅筠的凶手是誰，到最後警務處也沒有給出一個合理的解釋。那晚黃浦江上的光線太差，四下裡的船隻又多，在發生槍擊事件後，眾人都處於慌亂狀態中，別說追查凶手，就連當時凶手在哪裡，在得手後又是怎麼逃離現場的都無從查起。

就這樣，溫雅筠之死變成無頭案，上頭不准繼續調查，所有相關的檔案也都移交給公董局的警務處，洛逍遙作為一個小巡捕，手頭上既沒有人手，也沒有案卷資料，他除了聽話外什麼都做不了。

所以，有關溫雅筠被暗殺一案，洛逍遙唯一知道的線索就是她頭部中槍，子彈從前方擊中她的眉心，一槍斃命。

當時除了他之外，站在溫雅筠身旁的還有好幾個人，凶手可以在黑夜裡一槍命中目標，證明他是個非常厲害的專業狙擊手，洛逍遙在僥倖自己沒被誤殺的同時，也很好奇凶手當時究竟在哪裡？

不過這些都不屬於他的管轄範圍，他只是在第二天跟同僚走形式地在黃浦江附近搜查可疑人物，天還沒黑就收隊了，因為在這一天的時間裡，所有案件資料都已移交出去。所以當晚洛逍遙就早早收工，一路跑回家。

這兩天他忙著辦案，一直沒回家，今晚決定好好陪陪父母，路上還買了母親喜歡的蝦仁蒸餃跟蟹黃餅，誰知他到了家，還沒進門，就聽到裡面好多人在說話，非常熱鬧。

洛逍遙滿腹疑問地走進去，晚飯已經擺好，而且很豐盛地擺滿了一桌，大家陸續就席，雲飛揚在跑裡跑外地幫忙拿碗碟筷子，看到洛逍遙，他熱情地打招呼。

「逍遙你回來了。」

「喂，你怎麼在我家？」

「剛好我去偵探社打聽案子，聽說大家今晚在這裡聚餐，我就過來湊個熱鬧。」

「我跟你不熟吧？」

「沒關係，今後會很熟的。」雲飛揚接過他手裡的小吃，把他拉到餐桌前，「來來來，剛好要開席了，一起吃吧。」

這種把他家當自己家的口氣是什麼意思啊？

再看到坐在坐席上給洛正敬酒的某人，洛逍遙就更無語了。

「端木衡，你怎麼也來了？」

端木衡還沒回答，洛逍遙的腦門上先挨了一下，謝文芳走過來，聽到他的話，訓道：

「怎麼一點規矩都不懂？這是端木公子，還不快叫人。」

「沒事的、沒事的，伯母，大家都是朋友，我跟玉書還是幼時的玩伴，就像一家人一樣，用不著客氣的。」

——誰跟你是一家人，你根本就是黃鼠狼家的吧？

當著母親的面，洛逍遙不敢亂說話，等母親去廚房，他立即揪著端木衡把他拽去一邊，低聲喝道：「你要對付我就儘管來，不要碰我的家人！」

「不要這麼嚴肅嘛小表弟，今晚可是伯母請我來的，我是客人。」

端木衡完全沒把洛逍遙的警告放在心上，笑嘻嘻地回答道，還伸手搭住他的肩膀，在旁人看來，他們根本就是很要好的朋友。

洛逍遙用手肘撞他，冷笑，「我娘又不認識你，為什麼要請你來？」

「因為我送了她幾張很難買到手的戲票，她就把我當親兒子看了。」

「你為什麼要送她戲票？端木衡你到底有什麼陰謀詭計？」

在洛逍遙看來，像端木衡這種詭計多端的人，如果沒有目的，他一定不會特意討好別人，這讓他心驚膽顫，生怕一不小心連累到父母。

越想越害怕，洛逍遙急忙追加道：「我警告你，如果他們有什麼事，我一定不會放過你的！」

端木衡臉上浮起玩味的笑容，這讓洛逍遙更加毛骨悚然，被毒蛇緊盯的感覺湧上來，他想掙脫開，卻被端木衡壓住不放，低聲問：「想不想拿回你的護身符啊小表弟？」

「誰是你的小表弟？再說護身符不是都被你扔掉了嗎？」

端木衡利誘道：「扔掉的東西難道我不會再找回來嗎？所以你乖乖的，我心情一好，說不定就還你了。」

「我管你心情好不好！」

端木衡說話反反覆覆，洛逍遙也不知道他哪句才是真的，說不定都是在耍自己，越想越氣惱，用手肘撞開他，氣呼呼地回到座位上坐下。

酒席已經開始，沈玉書幫洛正敬酒，蘇唯跟雲飛揚聊天，長生玩他的小口琴，謝文芳給大家盛湯，就連小松鼠花生也忙著低頭啃松果，沒人留意洛逍遙這邊的情況。

謝文芳盛著湯，教訓他道：「端木公子可是大貴人，跟你那些狐朋狗友不同的，你要好好招待客人，別失了禮數。」

——端木衡當然跟他的朋友不同，這傢伙根本就是大灰狼，而且還是喜歡披羊皮的狼。

洛逍遙在心裡反駁著，伸手接湯，被謝文芳拍開，把湯放到端木衡面前，堆起一臉的笑，說：「都是粗茶淡飯，沒什麼好招待的，端木公子你就多包涵了。」

「伯母您太客氣了，我以前吃過御廚做的菜，都沒法跟您比呢，您也別見外，就跟玉書一樣叫我阿衡就好了。」

——呵呵，不知道睜眼說瞎話會不會被雷劈？

看到母親完全被端木衡迷惑了，洛逍遙又生氣又無奈，悶頭撥飯，準備來個眼不見為淨。

偏偏端木衡還故意招惹他，給他碗裡挾了幾塊麻辣肉片，問：「小表弟好像心情不好，是不是案子還有什麼問題？」

——你在公董局做事，這件事你比我更清楚吧？

洛逍遙沒好氣地說：「沒問題，都結案了，稀里糊塗地結的。」

「我也聽說了，」謝文芳說：「案子是員警廳一個很厲害的女人做的，但最後她也被殺人滅口了對吧？」

「是警務處，不是員警廳，不過差不多了，反正最後很多事情都沒查出來，就這麼不了了之了，平白便宜了裴劍鋒。」

蘇唯問：「裴劍鋒又怎麼了？」

「沒怎麼，就是案子都由他處理，功勞都變成他的了。」

說到這裡，洛逍遙對沈玉書說：「我真不明白你們啊，整件案子明明是你們解決的，為什麼要把功勞讓給他？」

沈玉書微笑不說話，端木衡幫他解釋道：「這件事牽扯重大，從暗殺我們的人出身軍隊就能看出，溫雅筠背後還隱藏著很大的勢力，案子表面上是解決了，但實際上還有很多疑點，所以少蹚渾水是好的，賣裴劍鋒一個人情，今後在租界做事，也會方便很多，玉書是這樣想的吧？」

——就你聰明、就你知道。

洛逍遙不爽地衝端木衡翻白眼，不過他也明白端木衡說的都是實情。

有些事情不是憑他們幾個人的力量就能翻盤的，所以要懂得在適當的時候收手，這是這幾年他混巡捕房得出的經驗。

雲飛揚插話說：「說到這個，你們也太不夠意思了，冒險也不叫我一聲，現在我只能靠聽的來體會當時的場面。」

「我們也給你提供新聞素材了，這還不行？大不了下次叫你。」

「一言為定啊！」

「為定為定，不管怎麼說，這次偵探社接下的案子可以順利解決，都多虧了大家的攜手幫助，在此多謝大家，還有花生醬。」

蘇唯說完，起身依次給大家敬酒，還抓了一把瓜子放到花生面前，但花生正忙著咬榛子，頭都沒抬，只是用尾巴把瓜子努力往自己身邊撥。

沈玉書對端木衡說：「明天我跟蘇唯要去見吳媚，阿衡，希望你也一起去。」

「我也要去？」

「當然，別忘了在這個案子裡，你才是主角啊！」

聽出沈玉書的暗示，端木衡笑了，點頭道：「沒問題。」

酒過三巡，大家推杯換盞，都有了醉意，長生吃飽了，帶著他的小寵物跑去門口，坐在門檻上吹口琴。

他還不是很熟練，口琴吹得斷斷續續的，蘇唯側耳傾聽，覺得曲調有點熟悉，像是很久以前聽過的，但突然間又想不起是什麼曲子。

「在想什麼？」

思緒被沈玉書打斷，蘇唯回過神，「沒什麼。」

明明就是有什麼，因為剛才蘇唯的眼神很空洞，充滿了茫然的氣息，跟平時歡脫的他很不一樣。

想起他跟蘇唯在輪船上初次相識的經過，沈玉書有種感覺，蘇唯心裡藏了很多祕密，而這些祕密是絕對不可以碰觸的。

偏偏他又很想知道……

——當你對一個人越來越感興趣的時候，那就證明你們的關係加深了。

沈玉書忘了是在哪裡看過這句話的，現在放在他身上真是再合適不過了。

「其實我是有件事不明白。」慵懶的聲音傳來，蘇唯說：「上次我也有問過你，為什麼我們的偵探社要叫萬能偵探社？你不覺得很俗氣嗎？」

沈玉書一怔，定在那裡。

酒席桌上也頓時靜了下來，大家的表情都多了分微妙，蘇唯察言觀色，問：「我踩到地雷了？」

端木衡說：「那倒沒有，只是我以為你們關係這麼好，你肯定知道的。」

「難道你知道？」

沈玉書伸手放在嘴邊，發出嗯哼的咳嗽聲，端木衡卻當沒看到，笑道：「因為萬能是玉書的字啊，是沈伯父為他取的。」

「噗！」蘇唯把嘴裡的酒噴了出來，大叫：「不是吧？」

端木衡含笑點頭，表示正是如此。

蘇唯再也忍不住，拍著膝蓋大笑起來。

其他人也被帶著一起發笑，沈玉書終於惱了，冷著臉問蘇唯：「這名字不好嗎？」

「好，非常好，沈萬能，再配上我們的偵探社，簡直就有種萬事屋的感覺。」

「萬事屋？」

「喔，簡單來說，就是無所不能的事務所，伯父真有先見之明啊，給你起了個這麼有氣勢的字……哎呦！」

小腿傳來疼痛，制止了蘇唯的話，他震驚地看向沈玉書，沒想到這位看似正人君子的傢伙骨子裡居然這麼暴力。

沈玉書像是沒事人似的，一臉雲淡風輕地站起來，拿著碗去廚房。

蘇唯急忙也拿起碗跟了上去，看到沈玉書盛湯，他把碗遞過去，笑嘻嘻地問：「生氣了？」

「你說呢？」沈玉書斜瞥他。

「當然不會，你只是要找機會跟我說話。」

一語中的。

沈玉書說：「看在你的智商跟我平行的份上，我決定原諒你。」

「謝主隆恩。」

「順便交代你一個任務。」

「啊哈，」蘇唯聳聳肩，「你讓我做的事永遠只有一個，這次目標是誰？」

沈玉書沒說話，用湯勺在鍋裡劃了幾下，虛寫了一個字——木。

第二天，沈玉書跟蘇唯來到吳媚下榻的酒店。

端木衡跟他們同行，按照約定，他帶來了那箱金條，原物奉還。

皮箱比蘇唯想像的要小，類似攜帶型密碼箱的尺寸，但重量卻很重，蘇唯接過皮箱時，不由自主地向前晃了一下。

他忍不住認真地打量端木衡，可以在眾人嚴密看守下盜出這麼重的東西，端木衡的偷技一定不簡單。

吳媚精神很好，一改前幾天愁容滿面的模樣，旗袍也換成淺粉色，領口嵌了塊美玉，頭髮放下，在耳邊一側繫住。

許富把箱子接過去，放在桌上打開，盤點裡面的東西。

注視著他的舉動，端木衡臉上閃過譏笑，但馬上就掩飾過去。

吳媚走到他們面前，微笑說：「這次真是太謝謝你們了，我真沒想到殺害我家老爺的會是一個女人，並且還是在警務處擔任要職的女人，幸虧有你們，否則這個黑鍋我是背定了。」

「吳小姐言重了，我們只是拿人錢財與人消災，盡本分而已。」

沈玉書的眼眸掃過放在牆角的旅行箱，問：「你們就要離開了嗎？」

「是的，我已經領回了我家老爺的遺體，準備下午就走，唉，這次上海一行，不僅什麼都沒做成，他還丟了性命，今後我大概是不會再來了。」

許富清點完物品，向吳媚點了下頭，吳媚走回去，取出四根金條，放到桌上。

「這是支付的傭金，還請笑納。」

「這麼多，吳小姐真是大手筆啊！」

「蘇先生說笑了，跟含冤受屈相比，這點錢不算什麼。」

「那就謝了。」

蘇唯掏出手絹，將金條包好，放進口袋裡。

吳媚示意許富鎖好皮箱，又問沈玉書。

「有一點我很好奇，你跟我說已經找到了證據跟金條，讓我去通知巡捕房的人，請他們再重新調查我家老爺的死因，這些到底是真的還是誘餌？」

「一半是真相一半是誘餌，不妨直說，那時候除了溫雅筠之外，我也懷疑過妳，因為妳也有戴髮簪的習慣，不過後來我調查過，妳不會功夫，所以就算出其不意，也很難用髮簪刺穿姜大帥的心臟。」

「這……這……」聽了這個回答，吳媚苦笑道：「真沒想到你會懷疑自己的委託人。」

「做偵探這行的，必須懷疑所有人，因為任何人都有說謊的可能，事實上妳也的確說謊了。」

「你還在為我最初的隱瞞耿耿於懷嗎？其實我……」

「與那件事無關，我說的是妳編造了勾魂玉盜取金條的謊言。」

吳媚一怔，許富替她說道：「那並不是謊言，大帥出事的當天早上，勾魂玉的確送了信物過來警告我們。」

「不，是謊言，是你跟吳小姐聯手演的一齣戲。你們在姜大帥去赴約之前就把皮箱調換了，所以姜大帥的死本來就在你們的設計之中，但計劃總有意外，那就是你們調換的皮箱卻真的被人盜走了，雖然借刀殺人這招成功了，但你們卻不得不留下來，想辦法尋找丟失的金條。」

「荒唐荒唐，」吳媚聽不下去了，叫道：「我為什麼要害我家老爺？如果真是我害他的，我又為什麼要請你們來調查他的死因？」

「妳不是想調查他的死因，只是想找回這個皮箱，至於妳害他的原因，是因為妳跟許副官是情人關係。」

吳媚低頭不語，反而是許富聽不下去了，掏出槍指向沈玉書，喝道：「一派胡言，假如你再誣陷夫人，我就一槍斃了你！」

沈玉書面不改色，「我有沒有誣陷，吳小姐心裡最清楚，假如妳真愛自己的丈夫，又怎麼會在他死後不久就穿新裝呢？妳這件旗袍我曾經在黃埔旅館的客房見過，那時它的價格標籤還沒拆。」

吳媚揮手讓許富放下槍，她恢復了冷靜，面對沈玉書，微笑說：「真是小看你了。」

「這話應該由我來說，是我低估妳了吳小姐。」

「此話怎講？」

「妳是個很聰明的女人，非常擅於運用各種突發狀況，比如看到勾魂玉的新聞，就想到把調換金條的事栽贓到他身上。在被開槍警告後，妳又想到利用這個機會打碎玉鉤，破壞線索。」

「但最後還不是都被你看穿了？」

吳媚讓許富打開皮箱，她又拿出兩根金條，放到他們面前。

「這些夠不夠買你們的守口如瓶？」

「妳想多了，我不是法官，無法針對妳的做法做出評判，更何況凶手已經伏法，我說什麼並不重要。」

「你是君子。」

「至少我不是小人。」

吳媚點點頭，將金條丟回箱子裡，做出端茶送客的手勢。

三人站起來準備離開，端木衡突然問：「我想知道，那晚姜大帥單身赴約，是你們攛掇他的嗎？」

「不是，是他自己堅持的，於是給我們提供了好機會，後來知道凶手是誰，我才明白為什麼——他瞧不起女人，他一向都把女人當附屬品，不管是對我，還是對談判的對象，所以他的死根本就是命中註定的。」

話語中充滿了濃濃的怨恨，可見她對姜英凱的怨氣有多深，嘴唇緊緊咬住，顯示出她堅韌的性格。

蘇唯猜想她會殺掉姜英凱，其中一定有很多原因，但不被尊重絕對是她最無法容忍的。

三人走到門口，沈玉書突然又臨時轉回，問吳媚。

「問個話外題，妳的第一任前夫也是妳殺的吧？」

吳媚的表情有些詫異，但稍微猶豫之後，還是坦言回答了。

「是的。他是個金玉其外敗絮其中的人，婚前和善有禮，婚後就現出原形，經常醉酒打我，有一次我在逃避追打中失足跌下樓，導致流產，那時候我就想著要怎麼殺他了。他死後沒多久，姜英凱就逼我嫁他，我順水推舟答應了，所以就算有人懷疑我的前夫是被謀害的，也只會懷疑姜英凱，我依舊是被人可憐的弱女子。」

「妳一點都不弱，妳是我見過最聰明的女人。」

「也許你們會覺得我狠毒，但身逢亂世，不多為自己考慮一下怎麼行呢？我很久以前就知道了，所有男人都是靠不住的，人最可以依靠的只有自己。」

蘇唯忍不住瞥了許富一眼，很想知道在聽了這話後，他心裡作何感想？

沈玉書說：「我贊成妳的最後一句話。」

「謝謝，」吳媚向他微笑說：「你也是我見過最聰明的男人，如果可以，我也不想再跟你這樣聰明的人合作。」

「那就後會無期了。」

沈玉書說完，走了出去。

三人出了客房，蘇唯追上去，好奇地問：「你怎麼知道她的前夫也是被她殺的？」

「在看了她的資料後，直覺這樣告訴我。」

端木衡問：「那時候你是不是就懷疑凶手是她？」

「不是懷疑，是確定，因為殺人是會上癮的。」
「這樣的女人好可怕，看來那位許副官要自求多福了。」
「不，我覺得可以深諳女人心理的男人更可怕，換言之，玉書，我都有點怕你了，好像在你面前無法保留任何祕密。」
「那當然，別忘了他可是福爾摩斯粉啊！」蘇唯樂道。
「什麼……粉？」
端木衡看向沈玉書，表示他聽不懂蘇唯在說什麼。
沈玉書面無表情地回答：「他的意思是我很崇拜福爾摩斯。」
出了酒店，蘇唯自動請纓開車，他跟沈玉書要了車鑰匙，去取車前，他拍了拍端木衡那邊沒有受傷的肩膀，說：「我跟你一見如故，等你的傷好了，我們再痛痛快快地喝一杯。」
「沒問題。」
目送蘇唯的背影，端木衡對沈玉書微笑說：「他那些亂七八糟的話也只有你能聽懂，看來你跟你的同住人配合得越來越默契了。」
「不，他叫蘇唯，是我的搭檔。」

深夜，聖若瑟教堂的頂樓很寂靜，夜上海再繁華喧鬧，也無法傳到這裡。

所以，沈玉書坐在頂樓的臺子上欣賞著夜景，覺得在這裡獨自喝酒還是滿愜意的。

今晚是蘇唯約他來的，但他來了很久，酒瓶裡的酒喝掉了一半，蘇唯也沒出現，讓他忍不住懷疑那個人是不是不告而別了。

這是很有可能的，因為他的出現也是那麼突然。

不過一切都證明是沈玉書想多了，就在他等得不耐煩，準備離開時，樓梯傳來腳步聲，沒多久他就聽到屬於蘇唯的嗓音。

「嗨，讓你久等了帥哥。」

沈玉書跳起來，一把捂住了他的嘴巴。

在這麼靜的地方大聲喊叫，他是想讓所有人都知道他們偷進私人地界嗎？

「嗚嗚嗚……」

說不出話來，蘇唯只好不斷搖手，表示自己不叫了。

沈玉書這才鬆開手，卻馬上發現蘇唯的氣場跟平時不一樣，像是突然間變成了自己不認識的人。

蘇唯沒發現沈玉書的表情變化，呼呼喘著氣，說：「放心吧，我這一路上都有留意的，確定沒人才會叫的，我又不是豬隊友。」

「豬……隊友？」很好，他又學到了新名詞。

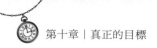

「豬隊友就是……」
「行了，我懂的。」
「哇塞，我還沒解釋你就懂了？」
「因為我不是豬隊友。」
沈玉書運用得恰到好處，這證明他是真的懂了。
失去解釋的樂趣，蘇唯聳聳肩，覺得有點失落。
「我帶了酒來，我們一起喝。」
他拉著沈玉書去臺階，沈玉書卻沒動，而是借著月光注視他，慢慢的，表情變得微妙。
蘇唯反應過來，理理頭髮。
「頭髮長長了，我就去剪了，雖然髮式有點土，不過這個年代也不能強求什麼了。」
為了今後做事方便，他將頭髮剪得很短，特別是染過的那些地方，所以就變成了這種近似平頭的樣子。
其實理髮師傅的手藝還是不錯的，只是這個時代的審美觀跟九十年後會有點不一樣，一些地方只能將就了。
見沈玉書還盯著他的頭髮發呆，蘇唯的玩心湧上來，故意湊過去，問：「有沒有覺得我很帥？看在你曾經幫我治過病的份上，我考慮以身相許喔。」
沈玉書的眉頭皺得更緊了，然後嚴肅地說：「基本上我對同性愛沒有排斥，不過從生理角度來講，同性做愛會比較麻煩，事前事後都要做好準備工作，才能保證生理跟心理同時達到滿足，如果你想試的話，我不介意配合，既可以達到快感，事後還可以拿來當做醫學資料來研究，一舉兩得。」

蘇唯臉上的笑容僵住了，盯著沈玉書看了半晌，他冷靜地回道：「你贏了。」

「所以你要試嗎？」沈玉書很認真地說：「不過今晚不行，我喝了酒，無法清醒地做資料，而且我不喜歡你現在的髮型。」

「喂，你不用把嫌棄表現得這麼明顯吧？我只是遵守我們當初的約定去剪髮的。」

「當初我們有什麼約定嗎？」

這傢伙居然忘記了，早知道他何必特意去剪頭髮啊！

為了不氣吐血，蘇唯決定還是不要說話了。

「喔，我想起來了。」沈玉書一拍額頭，恍然大悟地說：「我當初只是隨口說說的，我沒想到一個小偷也會履行諾言。」

「再次重申——先生，我是俠盜，不是小偷，而且在你貶低我的人格之前，請不要忘記你想要的許多東西都是靠我拿到手的。」

「也對，那我收回前言，對不起。」

——嗯，這還差不多。

扳回一局，蘇唯滿意了，拉著沈玉書在臺階上坐下來，一起看著遠處的燈火，問：「那你覺得我哪個髮型好看？」

「都好看。」

硬邦邦的回應，讓蘇唯很想吐槽，為什麼聽沈玉書的回答，感覺他們像是情侶在對話，而且是很無聊的情侶。

過了一會兒，沈玉書忽然說道：「不過我個人還是覺得你以前的髮色比較有性格，那種顏色的頭髮還會再長出來吧？」

很遺憾，那髮色是染的，在回到九十年後的現代社會之前，他無法再擁有那樣的髮色了。

蘇唯拿出帶來的小酒壺，仰頭喝了一口，推給沈玉書，沈玉書接過來喝了後，又還給他。

兩個人就這樣你一口我一口地喝著酒，欣賞著夜上海的風光，沈玉書突然說：「我不明白，為什麼我們每次都要在教堂頂樓喝酒？」

「因為比較浪漫嘛，這種事說了，你這個研究狂人也不會懂的，所以在我找到女朋友之前，就拜託你充當一下這個角色吧。」

沈玉書看了蘇唯一眼，覺得他根本不會找女朋友，因為蘇唯一直給他一種感覺，他不是屬於這個世界的人，他的言談舉止、思維，還有他唱的歌曲，都跟這個世界格格不入。

終於忍不住，沈玉書說：「我有個問題想問。」

「你問，我可以選擇不答。」

「那晚你唱的是什麼歌？」

「哪晚？」

「就是我們第一次來教堂喝酒的那晚，你喝醉了，回去的路上一直哼的那首歌，很奇怪的旋律。」

至少他從來沒聽過那種旋律的歌曲，悠揚又憂傷，灑脫又悵惘，彷彿正是蘇唯的寫照，也是那一刻，蘇唯的存在攫住了他的心房。

沈玉書憑著記憶哼了一小段，蘇唯聽到一半，笑了起來。

「原來是這一首，歌名叫《望月》，對我來說是很久以前的歌曲。」

沈玉書皺了下眉，他聽不懂這句話的意思，想開口詢問，但是在夜風中旋起的輕揚歌聲截住了他的話。

「狼在叫，雪正飄，月似鏡子天上照，路正長，酒樽搖，任那孤單心裡燒。人在世，四方飄，就似根本不重要，水中花，鏡中月，誰來渡我風雨橋。就算哭笑中豪情未了，終於都會消耗掉，讓我舉這杯再對月，就算這世情難料……」

曲聲低迴婉轉，似有還無，詞句中卻又充滿了豪邁情懷，這兩種完全不同風格的感情融匯到一起，似有違和，卻又無比和諧。

沈玉書靜靜聽著，夜風拂過髮鬢，拂過眉間，也拂過了他的心頭。

心弦被撥動，在風中輕顫，他仰頭注視著蒼穹那輪明月，不由得癡了。

許久，回過神來，沈玉書這才驚覺一曲早已終了，蘇唯停止哼唱，專心喝酒賞月，一直在配合哼歌的是他自己。

「今天的月好圓，沒想到時間過得這麼快，一轉眼就又到十五了。」

蘇唯仰望圓月，發出感歎，「我記得有句古詩說『今人不見古時月，今月曾經照古人』，以前我不太理解，現在有點明白了。」

「這句話不是很好理解嗎？」

「是很好理解，但理解跟感受是兩個概念。」

奇怪的目光投來，蘇唯心中一驚，發現自己今晚感觸太多，一不小心差點把心事說出來。

大概是現在的氣氛太好了吧。

現代社會雖然有更多豪華打造的娛樂設施，有更漂亮的美景，但都不會感染到他，或許他一早就知道那些東西再美再華麗，也都是假的。

都不如九十年前的這個夜晚來得真實，在這裡，就連月色都讓人感到那麼親切。

為了不讓自己的心情再陷入傷感中，蘇唯及時換了話題，故作輕鬆地問：「你是不是真的很愛醫學研究啊？」

沈玉書感覺出他故意迴避，便沒有再問下去，「也不是說很愛，而是既然做一件事，當然要做到最好。」

「你不會為了做研究，甚至不介意跟死屍做愛吧？」

換了正常人聽到這個問題，一定會覺得提問者大腦有問題，但沈玉書恰好不是正常人，所以他認真地回應道：「理論上講是沒有問題。」

「看你的反應，難道已經做過了？」

「那倒沒有，但有機會我想試一試。」

好像幾分鐘之前，沈玉書也說過不介意跟他那個的，他還以為是沈玉書的思想前衛，沒想到這傢伙只是想做研究而已。

看著沈玉書嚴肅的表情，蘇唯瞠目結舌之餘發現——在他心中，自己竟然悲劇地跟死屍畫上等號了。

「呵呵，看來你也是個怪人。」

「不會比你更怪了。」

「那我們豈不是天生一對？」

「對，天生一對的好搭檔。」

「那你要不要告訴你的搭檔——端木衡跟吳媚他們真正想要的不是金條？」

說到今天的經歷，蘇唯先前的一絲絲傷感瞬間消散一空，轉身面朝沈玉書坐好，興致勃勃地問：「還有，你怎麼確定端木衡一定會把它藏在身上？」

他揚揚手裡的泛黃紙張，這張紙是他從端木衡身上順手牽來的戰利品，也是昨晚沈玉書交代給他的任務。

其實直到得手為止，蘇唯都不相信沈玉書的推論，所以他就更加好奇了，明明整個事件他都有跟沈玉書一起參與，那麼沈玉書究竟是什麼時候注意到這個細節的？

「偷竊搭檔的東西是不好的行為。」

沈玉書摸摸口袋，發現東西已經在蘇唯的手裡後，他提醒道。

蘇唯一秒將黃紙塞還給他，雙手合十。

「抱歉抱歉，這純粹是習慣了，下次我會注意的，你倒是說說看，你是什麼時候發現這張紙的存在？」

沈玉書微笑著不說話，蘇唯震驚地問：「不會又是一開始吧？」

「那倒不是，只是在知道了有金條的存在後，總覺得哪裡怪怪的。」

「哪裡怪？」

「那一箱金條的確夠普通人舒舒服服過一輩子了，但圍繞這次事件的幾個人都出身富庶，從吳媚的衣裝打扮還有談吐來看，她也應該不是為了一點錢就連命都不要的人，所以我那時就想，也許她真正想要的不是金條，而是裝金條的那個小皮箱。但皮箱又不是古董，有什麼用途呢，它唯一的用途就是放東西，比如藏在夾層裡的東西。」

「對對對，有道理，所以說端木衡一早就知道這個祕密？」

沈玉書點點頭，「他肯定是知道的，所以才會輕易就答應我提出的條件，反正他需要的東西已經得手，金條根本沒放在他眼中，不如做個順水人情，塞張假的替代物在箱子的夾層裡就行了。」

「那不用說溫雅筠也知道了？」

「是的，你還記得她說過孫澤學跟她翻臉是因為她收了錢，卻把機會給了姜大帥嗎？孫澤學跟姜大帥投入的資金應該是差不多的，那為什麼溫雅筠的上頭會選擇姜大帥……」

「是因為姜大帥有更大的底牌！」

「正是如此。」

「可是你又怎麼確定今天在跟吳媚見面時，端木衡會將真正的紙放在身上？」

「因為我之前做了暗示，告訴他我們知道他在上海所有的住所。他是個聰明人，越聰明的人就想得越多，疑心也就越大，那麼最後東西放在哪裡最保險呢？肯定就是自己身上，因為他自負沒人可以從他身上偷到東西。」

「哈哈，別忘了道高一尺魔高一丈，天底下還有什麼東西是我蘇十六偷不到的？」

無視蘇唯沾沾自喜的發言，沈玉書又說：「而且端木衡很想看戲——懷揣著真品，欣賞吳媚跟許富兩人自以為是的反應，那種上帝視角的感覺一定很有趣。」

「可惜螳螂捕蟬，黃雀在後，端木一定沒想到我們才是笑到最後的人，不過他現在應該發現東西被偷了。」

「就算發現，他也不能怎樣，誰知道東西是被誰偷的？他沒有證據，跑來質問我們，除了被我們看笑話外，對他沒有任何幫助，所以他最大的可能就是裝作什麼都不知道。」

「感覺做你的竹馬很倒楣。」

「你不需要擔心這個問題，你沒有機會做我的竹馬，只能是搭檔。」

「那假如端木今天沒有照你預料地隨身攜帶東西呢？」

「假如我推測失誤，結果大不了是你偷不到東西，對我們來說完全沒有損失，反正我們已經賺了四根金條。」

「說得也是，不過說了半天，這張紙到底是什麼？值得大家拚了命地搶奪？」

「我剛才看了一下，好像是機關地圖，但不知這是哪裡。」

沈玉書展開邊角泛黃的紙張，遞給蘇唯。

藉著明亮的月色，蘇唯將紙張仔仔細細看了一遍。

確切地說，這只是小半張地圖，像是從哪裡撕下來的，邊角參差不齊，紙張頗厚，泛著暗淡的黃色，像是在努力向他們宣告——我就是藏寶圖喔，快帶我去尋寶喔！

圖上有很多圈圈點點的地方，重要部分還用紅筆做了標注，看起來是某一處的平面圖，但僅有一部分，很難辨別地圖所指的位置。

「根據我長期摸索的經驗，這很可能是一幅藏寶圖。」

蘇唯忍不住吐槽：「我不需要經驗，也知道這張紙跟藏寶有關，問題是這是哪裡的藏寶？是真還是假？」

「空穴來風，未必無因，看那些人拚命爭奪的樣子，多半是真的。」

那麼問題來了，藏寶的地點在哪裡？

蘇唯翻過來覆過去看了一會兒，又把地圖舉起來觀察。

月光透過斑駁的紙張，映出了機關圖下方隱藏的紋絡，他突然明白了這是雙層地圖，急忙指給沈玉書看。

兩人對著月光看去，就見上面一層的圖紙更細緻清楚，下面的紋絡彎曲交錯，類似東西走向的山脈，上面沒有標注一個字，但是在觀察的過程中，蘇唯的臉色變了，突然推開沈玉書，雙手舉著圖紙，重新對著月光細看起來。

沈玉書說：「這是山脈路線圖，只要我們花點時間，拿它跟普通地形圖一點點相對照，就有可能查出地圖所示的位置。」

蘇唯緊盯著地圖不說話。

他的異常反應引起了沈玉書的注意，問：「你是不是發現了什麼？」

「……不……沒有……」

事實上，他發現了，不僅發現了，在短短的幾秒鐘裡，他還完全明白了所有人為這張圖紙瘋狂的原因。

四面環山，當中築有石城，東邊臨泉，北方面朝長城要塞，西邊空地的部分畫了很多紅圈，這樣的地域難得一見，他所知道的只有一處，那就是馬蘭峪。

說到馬蘭峪，也許大部分人都很陌生，但若提到清東陵，那可以說沒人不知無人不曉，那裡是清朝歷代數位皇帝的陵墓，其中尤以慈禧太后的定東陵最為著名。

由於當年東陵被盜大案的關係，蘇唯對這座陵墓地宮充滿好奇，還數次去修復後的定東陵參觀過，更收藏很多相關的地圖跟陵墓平面圖。

所以在對照了山脈後，他馬上就參透了玄機——這是遵化馬蘭峪，是清東陵的入宮機關圖，姜英凱正是想用這張圖為自己今後的仕途打通關係。

姜英凱有自知之明，就算他有清東陵的路線圖，以他的能力跟實力，也斷斷不敢去盜墓，所以不如將圖送給更有實力的人，換來眼前的蠅頭小利。

蘇唯不知道姜英凱是從哪裡弄到這半張地圖的，甚至這張地圖的真實性尚有待考據，但對於利慾薰心的官僚軍閥來說，哪怕只有一點可能性，他們也不甘心放過，亂世之中，最不缺的就是投機鑽營者。

於是一九二八年的夏天，在河北遵化發生了一起震驚中外的盜竊案。

軍閥孫殿英帶兵用炸藥炸開了清皇陵，闖入陵墓地宮，當時不僅是慈禧的墓被洗劫一空，連康熙、乾隆的陵墓也未能倖免，這就是歷史上著名的東陵大盜案。

是的，只有這樣，才能解釋為什麼在求官這件事上，姜英凱勝過了孫澤學。

為什麼有人有能力驅動軍人搞暗殺活動。

為什麼事後身為警務處督察的溫雅筠被滅口後，上頭卻勒令結案。

端木衡的父親是太醫院院判，他會瞭解內情不奇怪，這些人一個個費盡了心機，就是想找到進入陵墓地宮的路線圖！

因為那裡面有著世人無法想像的珍寶財富，跟它相比，一小箱金條又算得了什麼？

「現在是西元多少年？」他喃喃問道。

「一九二七年，也就是民國十六年。」

東陵墓被盜案發生在一九二八年的夏天，也就是說還有不到一年的時間……

「你到底知道了什麼？」

「不，我什麼都不知道。」

「你明明就是知道的！為什麼不說？」

因為不能說，不可以說，也沒有必要說。

就算他說了，除了擾亂沈玉書平靜的生活外，改變不了任何事實。

蘇唯沒有想當然地認為自己是救世主，命運讓他回到民初是為了拯救蒼生。

因為過去已經發生的事實無法改變，歷史更不可能由他來改寫，在歷史的滾滾洪流中，他只不過是滄海一粟罷了。

就算他費盡心機地去做任何事，最終歷史還是會走入相同的結局——從來沒有一刻像現在這樣，蘇唯清楚地認清了這個事實。

人類本來就是如此渺小，他們既改變不了過去，也改變不了未來，他們唯一可以做的就是活在當下，任何的不改變就是最好的改變。

蘇唯回過神，一切都想通了，他如釋重負，心情變得輕鬆起來。

沈玉書還在注視著他，等待他的回答。

蘇唯將圖紙重新折好，還給了沈玉書。

「有些事我不能說，不過我可以告訴你，吳媚跟許富他們不會成功的。」

「因為地圖在我們這裡。」

「我想，有沒有圖，其實改變不了什麼的。」

也許地圖的其他部分在輾轉中落到孫殿英的手上，刺激了他的貪欲之心，也許孫殿英根本沒有地圖，但同樣在利慾薰心之下闖入地宮盜寶，這些內情蘇唯無從知曉，他唯一確定的是不要告訴沈玉書。

因為他不知道沈玉書會怎麼看待這件事，假如他去阻止或是做出其他更可怕的事，歷史可能就真的會改變了。

但這種改變絕對不是朝著好的方向，而是越改越糟糕，或許他們在九十年前一個不經意的舉動，都會影響到後世的變化，這樣的蝴蝶效應是他不想看到的。

「回去吧。」

面對沈玉書疑惑的目光，他微笑說：「勾魂玉事件已經解決了，我們的酬勞也拿到了，接下來我們要做的是好好規劃工作，爭取接到更多案子。」

「那這張地圖怎麼辦？」

「是要毀掉它，還是將它束之高閣都由你，反正結案了。」

蘇唯喝完酒壺裡最後一口酒，順著樓梯搖搖晃晃地走下去。

沈玉書看著他的背影，不確定蘇唯是真醉了還是在裝醉，但他知道蘇唯還有很多事情沒講出來。

他身上圍繞著許許多多的祕密，而最大的祕密還是他這個人，比起這張地圖，這個人的存在更讓他在意。

那麼，就慢慢來吧，別忘了他們可是搭檔啊！

沈玉書追了上去，眼眸掃過蘇唯衣領下的懷錶鏈，他交代道：「我今晚寫一些偵探社的宣傳單，明天你負責去張貼。」

「想通了？」

「沒有，不過世界這麼大，我們能有多大的心每件事都去在意？」

沈玉書說了蘇唯曾經說過的話，看到蘇唯靈活地挑動眉頭，他又道：「也許將來有一天，在我問起的時候，你會選擇回答。」

蘇唯想了想，微笑著瞇起了眼睛。

「也許……」

（完）

【作者後記】

請跟著新角色加入歡樂探案的行列

親愛的讀者們，你們好！

首先，多謝在百忙中閱讀拙作，希望這個發生在民初的歡樂搞笑偵探系列故事能給大家帶來歡樂。

看了《王不見王》的第一個故事後，相信大家對這個系列的基調都有了大致的瞭解，這次的故事依舊是以輕快文風為主，講述了一個圍繞著軍閥被殺案而引起的連環殺人事件。

為了不破梗，案件內容我在這裡就不多講了，請大家直接看故事就好，至於主線發展，主角的相識相知也算是順利（？），總之蘇唯靠著他的長相（？）還有各種手段跟技巧，賴在沈玉書家裡，並希望通過瞭解沈玉書的家庭，找到回到現代社會的辦法。

但是到目前為止，他還是一無所獲（這是當然了，他現在就回去

了，那我還寫什麼XD）

在這一集裡，由於故事的設定關係，多了一些那個時代的專有名詞，我都做了注釋。

在這裡，我再簡單講解一下當時的背景。

一九二七年的上海，處於被各國分割管理的狀態，有英美合併而成的公共租界，也有法租界，租界就像是國中國，他們有屬於自己的行政機構跟司法活動，國民政府無法干涉租界內部的一切事務，包括員警或軍隊駐紮等。

公董局是法租界（法國）的最高行政機構，而工部局則是公共租界（英美）的最高行政機構，小表弟洛逍遙是法租界的巡捕，所以第一案發生在四馬路，他就管不到了，因為公共租界有自己的警務機構，他沒有權力插手。

但也有一種例外，就是兩邊的租界在共同的利益驅使下，會選擇合作。比如在調查重案要案方面，或是引渡罪犯方面，還有鴉片的運輸販賣方面，在本故事裡，兩邊租界為了不讓事情再擴大化，便共同同意結案，這也就暗示了一點——在溫雅筠跟姜大帥交涉清東陵機關圖的事情

上，雙方租界以及政府內部都有人插手。

至於幕後黑手究竟是誰，還請大家繼續看下去。

再說回故事的內容。

在這一集裡，出現了兩個新人物——雲飛揚跟端木衡。

這兩個人都算是重要配角，今後也將成為萬能偵探社的主力軍，出於個人的惡趣味，我寫了不少端木衡跟洛逍遙的對手戲，雖然看起來逍遙這孩子有點可憐，但我寫得樂在其中，相信廣大讀者也很喜歡看到他被欺負，所以只能在這裡對他說聲對不起了^^;

還有雲飛揚的身分，下一集應該會提到，有興趣的讀者不妨猜一猜，其實他的身分在第一集裡，我就有側面說過了。

在這一集裡，蘇唯跟沈玉書聯手破案，兩人的關係密切了很多，但對於沈家與他穿越到民初是否有關聯，他依舊一無所知，所以繼續用美食攻陷飼主（？）是非常有必要的，不過伏筆我已經點出來了，就是最後出現的那張清東陵機關圖。

那麼，之後蘇唯跟沈玉書還將面臨怎樣的危險跟波折，還有雲飛揚跟長生的身分是什麼？以及端木衡在系列事件中又扮演了怎樣的角色？還請繼續關注《王不見王》系列的後續故事。

最後，再次重複那句話——本故事內容純屬虛構，如有雷同，純屬巧合。

以下是小落的微博和FB，大多放一些與創作、出版有關的資訊，歡迎大家來我家玩。

微博 http://www.weibo.com/fanluoluo

臉書 https://www.facebook.com/fanluoluo

那麼，我們就在《王不見王・案卷三・虎符令》裡再見啦，再次感謝大家的支持。

樊落

二〇一六年冬

狂想館012

王不見王2 勾魂玉

國家圖書館出版品預行編目資料

王不見王2勾魂玉 / 樊落著. -- 臺北市 ：晴空出版
: 家庭傳媒城邦分公司發行,
2016.4
冊； 公分. --（狂想館012）
ISBN 978-986-92580-8-1（全5冊：平裝）

857.7 105002459

作　　者　樊落
封面繪圖　Leila
文字校對　劉綺文
責任編輯　高章敏
國際版權　吳玲緯
行　　銷　艾青荷　蘇莞婷
業　　務　李再星　陳玫潾　陳美燕　枊幸君
副總編輯　林秀梅
副總經理　陳瀅如
編輯總監　劉麗真
總 經 理　陳逸瑛
發 行 人　凃玉雲
出　　版　晴空
城邦文化事業股份有限公司
104台北市中山區民生東路二段141號5樓
電話：（886）2-2500-7696　傳真：（886）2-2500-1967
E-mail：bwps.service@cite.com.tw
發　　行　英屬蓋曼群島商家庭傳媒股份有限公司城邦分公司
104台北市中山區民生東路二段141號2樓
書虫客服服務專線：(886)2-2500-7718；2500-7719
24小時傳真服務：(886)2-2500-1990；2500-1991
服務時間：週一至週五09:30-12:00；13:30-17:00
郵撥帳號：19863813　戶名：書虫股份有限公司
讀者服務信箱E-mail：service@readingclub.com.tw
晴空部落格　http://sky.ryefield.com.tw
香港發行所　城邦（香港）出版集團有限公司
香港灣仔駱克道193號東超商業中心1樓
電話：852-2508-6231　傳真：852-2578-9337
E-mail：hkcite@biznetvigator.com
馬新發行所　城邦（馬新）出版集團【Cite(M) Sdn. Bhd. (458372U)】
41, Jalan Radin Anum, Bandar Baru Sri Petaling, 57000 Kuala Lumpur, Malaysia.
電話：+603-9057-8822 傳真：+603-9057-6622
電郵：cite@cite.com.my

美術設計　廖婉禎、陳涵柔
內頁排版　洸譜創意設計股份有限公司
印　　刷　沐春行銷創意有限公司
初版一刷　2016年4月
定　　價　250元
I S B N　978-986-92580-8-1